讀小說
Reading Novel

魔女復甦

中山七里
なかやま しちり

魔女は甦る

瑞昇文化

目次

一——魔女的後裔——

1

目擊瞬間，槙畑啟介下意識地別過臉去。在案件搜查這條路上打滾了十二年，也看過無數嚴重毀損的屍體，包含腐爛、遭車輪輾斷的情況，但他還是第一次看到這種完全不成人形的屍體。

現場位於埼玉縣所澤市神島町，屍體被人遺棄在距離主要幹道周邊聚落約一公里之外的沼澤地帶。用「遺棄」來描述這個狀態確實再適合不過，因為那個景象看起來就不像只是單純擺在那邊，而是大剌剌地丟著不管。

實際情況是，有一堆肉片與骨頭的渣滓四散在半徑約兩公尺的範圍內。屍體並不是只有頭部與四肢遭到截斷，彷彿是數十人份吃剩的帶骨肉廚餘濺灑出來那樣，沾著少量肉末的骨頭散亂一片。要不是有撕裂的黑色外套、以及襯衫和毛衣的碎片，恐怕根本看不出這是人類的屍體吧。

屍體的各個部位都遭到肢解，皮膚和脂肪部分也都遭到剝除，別說是年齡性別，就連體格大小都無從判斷。至於關鍵的頭部，頭髮只剩下四分之一，整個頭皮都沒了，頭蓋骨也裸露在外。兩眼窩空空如也，臉頰、嘴唇、耳朵等較柔軟的部分也已經缺失，露出紅黑色的斷面。指尖、軀幹的部分也一樣，斷面處只看得到纏著血管和組織的骨頭。

要是時值盛夏，屍體肯定會馬上開始腐爛，搞得四周臭氣沖天，但十一月的冷空氣阻止了這件事情發生。不過肉片與血水的氣味和沼澤飄出的爛泥臭味交雜在一塊，形成了另外一種臭氣。

不久後槙畑便感覺有東西衝上喉頭。因為太久沒有產生這種反應，令他慌了一下，但在千鈞一髮之際總算成功把那些東西都吞了回去。

「太慘了，簡直跟踩到地雷沒兩樣。」

一旁望著案發現場的渡瀨難以忍受地說。

「案發現場真的是在這裡嗎？有沒有可能是在其他地方殺害之後再搬來這裡分屍的？」

「也不是不可能。但你看看這劇烈的出血狀況，根本就不是切割屍體時會流出的量，而是從活生生的人體中所噴出的血液喔。雖然也有可能是嫌犯下手時將被害人體內的血液榨取出來後再拿到這邊亂灑，但做這種多餘的事情能有什麼好處？我跟你打賭，這裡肯定就是案發現場。還有，雖然說是分屍，但實際下手的可能不只是人類，你應該也早就注意到了吧？」

槙畑的確在他開口前就注意到了。

渡瀨拿著手帕摀住口鼻，朝著其中一個屍塊走近，蹲下來撿起一片東西。

那是前端沾著血的黑色羽毛。

雖然因為到處都有衣物碎片所以不太顯眼，但仔細一看還是能看到大量的羽毛和屍塊混雜在一起，而這也使整個場面看起來更加慘烈。

「你就是駐守這一區的神山巡查沒錯吧？」

渡瀨回頭，對著一名站在一旁、手足無措的老警官說著。老警官整個人抖了一下，立刻挺胸站好。

「是，請問怎麼了？」

「這一帶烏鴉多嗎？」

「烏鴉？哦，這裡是牠們的棲息地。」

神山巡查似乎因為發現自己有辦法回答這個問題，所以吃了顆定心丸，開心地回答起來。

「原本沼澤地周圍半徑一公里的地方都是廚餘堆肥場，但後來因為市府條例通過，現在已經禁止傾倒廚餘了。從縣警本部出發的話走幹道就能抵達這裡。從十年前開始，那條幹道沿途上就接連開起了餐廳、漢堡店還有便利商店。那些商家所製造的廚餘量可不是開玩笑的。」

「可想而知。」

「不過這裡離市內的堆肥場太遠了，沒有回收車會來。本來這個地區就沒什麼人住，產生的垃圾量也很少，所以政府也默許民眾自行焚燒垃圾的行徑。後來狀況在一夕之間改變，民眾不得不在一天之內把大量的垃圾處理掉。更何況廚餘這種東西，放個半天就變得臭烘烘的。即便這裡是郊外，也不是說隨隨便便就找得到離店面有一段距離的垃圾場，所以很多企業看上了這一塊空地。當時恰好碰上政府推行稻米減產政策，多了不少廢耕地，所以也不愁沒地方用，而且對很多不知道該拿土地怎麼辦的地主來說，恐怕也不失為一條救命繩索，所以這些企業就聯合承租這塊地，作為專門堆放廚餘的區域。」

「了解。所以把這裡當作獵場的烏鴉才會集體移動到這邊築巢啊。這方面倒是跟都市裡頭差不到哪裡去。那我請教一下，現場附近有沒有發現疑似被害人的車子？」

「沒有。從幹道那邊到這個沼澤地帶之間都沒發現可疑的車輛。」

「那被害人是怎麼跑到這裡來的？」

「我認為很有可能是先搭公車到聚落入口的站牌，再從那裡搭別人的車過來的。」

「而那個人就有可能是兇嫌。但話又說回來……感覺這起案子會變得很難搞。」

渡瀨想說什麼很明顯。明明已經將屍體肢解成這麼小塊，卻又隨意棄置，這根本就不是一般想隱藏被害人身分的兇手會做的事情，而是為了尋樂子而殺人的殺人犯會做的事。這種人會將自己的行為譽為藝術，盡可能讓更多人目睹犯案結果。

「查到被害人的身分了嗎？」

渡瀨大聲詢問在場的其他人，有位原本在惡臭之中默默蒐證的鑑識課同仁拿了一袋塑膠袋過來，裡頭裝著錢包。

「這是在外套口袋中發現的。遺留物的部分目前只有找到這個，沒發現手錶、配飾以及手機之類的東西。被害人除了外套之外，穿著的衣物也都有很多口袋，然而攜帶的物品卻出奇地少。」

「搞不好是被人拿走了。」

平凡無奇的折疊式黑色錢包，一看就知道是合成皮料的便宜貨。而且邊角部分都已經磨損，可見主人一點也不惜物。

槙畑和渡瀨一同檢查了錢包，裡頭放有兩張萬圓鈔以及五張千圓鈔、公車定期票、銀行發的信用卡兩張、市立圖書館借書卡一張、牙醫診所診察券一張、還有附照片的公司員工證以及健保卡。

員工證上的照片是一名五官工整、臉蛋不大且眼神溫和的青年。

「姓名，桐生隆。年齡三十歲。住址，所澤市師脇町二之二一 Green Hills 二〇一號房。員工證……屬於一間叫作史登堡的公司。」

「確認完畢，麻煩了。」

「收到。」

「不過槙畑，被害人並不一定就是這張照片上的人。你怎麼有辦法這樣斷定？」

「這張診察券的發行日期是今年二月。牙科診所的療程沒有一個月還是幾個禮拜是不會結束的，所以這個叫桐生隆的人照理說應該一直到最近都還有去看診。那麼理所當然會留下就診紀錄，只要進入司法解剖程序時比對一下上顎部分的資料，就能馬上確認身分了。我的回答有及格嗎？」

槙畑帶著微微諷刺的口吻回答，渡瀨則是乾笑了一下。

「只要你還在我底下做事，我就可以高枕無憂。拜託你就一直待在這裡不要往上爬囉。」

「我才要拜託班長趕快高升坐上本部長的位子呢。但話又說回來，最重要的問題還沒釐清。」

「死因嗎？」

「現階段既沒發現疑似是凶器的物品，也沒有任何殘留物，加上屍體毀損程度又這麼嚴重，完全無法研判是刺傷還是槍傷，也不能排除絞殺和毒殺的可能性。甚至最基本的，就連是自殺還是他殺都沒辦法釐清。」

「畢竟屍體的狀況這麼淒慘，有跟沒有一樣。內臟也幾乎被挖得乾乾淨淨，就算驗屍恐怕也驗不出個所以然。搞不好連預估死亡時間都估不出來。」

渡瀨不爽地抱怨了幾句，朝著屍體周遭的環境看過去。高至腳踝的茂密雜草從沼澤邊緣開始以放射狀向外生長，屍體雖然就散落在這些雜草地毯上，但可想而知，殘留物這麼繁瑣反而增加了搜查的難度。比如說包含被害人在內，案發現場曾有多少相關人士？相關人士是男是女？現場又發生了什麼樣的事情？現在偵辦初期所能依據的基礎線索全無，用膝蓋想也知道渡瀨此時有多焦躁。

也就是說，現階段能做的事情就是蒐集目擊者證詞了。

「我去蒐集證詞。」

「你自己一個人沒問題嗎？」

槙畑向旁邊一看，神山巡查的眼神就像一條等待主人發號施令的獵犬一樣。

「神山先生，能否請你陪同蒐證？」

做了個球給神山後，他雖然有些緊張，但還是開心地回答：

「是，請讓我同行。」並敬了個禮。

兩人脫離其他搜查員，穿過杉木林後來到農業道路。厚重的雲遮蔽了陽光，冷冽的空氣載著杉樹的香氣進入鼻腔。但都走了這麼遠，還是隱約聞得到案發現場的惡臭，槙畑稍微聞了聞自己的外套袖口。

「那不是沾到身上的味道，是臭味漫延到這裡來了。」

神山聞了聞自己的袖口後說。

「早上到中午的風會從山腳下經過沼澤地帶吹來，我也是因為風帶來的臭味才會到現場看看的。」

「原來是這樣。你是第一個發現的人，發現當時的情況是怎麼樣？」

「大概是早上七點左右，那時我正好要去補一些駐所的存糧——就是一些杯麵和餅乾之類的東西——因為都吃完了，所以我就騎著腳踏車前往幹道旁的便利商店。然後經過這邊時，那股惡臭就飄了出來。聞起來既不是肥料的氣味、也不是廚餘的酸臭，我也怕放著不管的話可能會有居民跑來申訴，所以我就想去探一探惡臭的來源，穿過了杉樹林進去一看，就發現了那副慘狀。」

「現場維護狀況如何？有沒有什麼可疑人士或聲響？」

「那一帶沒多少車會經過，也不是小朋友上學的路線，從通報之後到分局人手支援到來之前都沒有任何人來過。我一直一個人站在那邊呢。」

神山眉頭深鎖地說。一想像他隻身一人在那股惡臭與慘狀中等待支援的心情，槙畑實在是忍不住替他感到同情。

「不過那到底是什麼情況啊？像我這種鄉下駐警會碰到的案件也就只有打架或竊盜，都會區的犯罪是怎樣也只有看新聞和報紙報過。現在那些什麼劇場型犯罪啊、獵奇殺人事件啊，根本就想像不到會發生在日本。可是看到剛才的那副模樣……那根本是妖魔鬼怪幹的好事。」

槙畑站在流露憤慨和困惑之情的神山身旁，大大地點了點頭。槙畑也認為這起案件兇殘至極，但不認為是出自妖魔鬼怪之手。這毫無疑問是有血有肉的人類所犯下的案件，而且兇嫌恐怕也只是個普通人，平時會和街坊鄰居打招呼、會和大家吃著一樣的食物、會看綜藝節目捧腹大笑、會為支持的棒球隊加油。光是今年一年，像這種外表看似普通的人所犯下的冷血兇殘案件，槙畑馬上就舉得出六起。

「你對於被害人……對於桐生隆這個人有沒有什麼印象？」

「我也看過照片了，是這附近沒見過的生面孔呢。不過史登堡這間公司的研究所倒是離這邊不遠，只是那間公司早在兩個月前就已經關閉了。」

「那是怎麼樣的研究所？」

「我記得是德國的製藥公司。不如我們現在就過去看看？」

他們走了一段路後碰到三叉路口，其中一邊通往聚落，另一邊直入蕨類叢生的樹林。槙畑稍微望了望樹林，茂密的草木遮蔽了視野，完全看不到後頭的模樣。

「前面也就只有研究所一棟建築物而已。雖然之前有員工在走這條路的時候還會做一些簡單的整理，但研究所封鎖之後，當然也就沒有人會來除草，任由雜草叢生，最後變成了這個樣子。」

槙畑一踏進樹林便感到後悔，但也同時體會到大自然強韌的生命力。

兩個月沒有人走，代表這邊也才兩個月沒人整理過，但這段時間或許已經足夠讓大自然消除掉人為的痕跡了。柏油路已經被兩側生長的雜草侵吞掩蓋，處處枝蔓橫生。腳下有許多藤蔓交纏、胸口的高度附近也長滿枝葉，抬頭一看，透過樹枝間窺見的天空只有指頭一般大的面積，簡直像是在拒絕人類入侵似地。

自然根本就不愛人類，而人類喜愛的自然其實也不過是自己建立起來的庭園罷了。

葉片擦過臉頰，尚未完全蒸發的朝露沾濕了臉。就這麼前進幾分鐘後，眼前終於出現類似出口的地方了。

「哎呀，到了到了。就是這一棟。」

神山一開始指的地方是目測高達三公尺的鐵柵門，兩扇鐵柵門被人用黑金色的鎖鍊繞了五圈捆起來，鎖鍊的兩端還用一個手掌大的掛鎖扣著。環顧四周，和鐵柵門等高的白色牆壁往左右兩側延伸，裡頭的模樣只能透過鐵柵間的縫隙窺探。

門柱上還掛著一塊招牌，上面刻著史登堡製藥日本分社的字樣。公司名稱上方還有他們的LOGO，是將草寫體的S和B重疊在一起的圖案。

「這棟建築物還真是戒備森嚴。一般製藥公司會做到這種地步嗎？」

「我也不清楚。他們好像跟這邊的居民也沒怎麼交流，所以也沒多少人聽說過詳細的情況。」

「從牆上的髒污程度來看，很明顯這棟建築物在很久之前就已經建成了。所以他們完全沒跟居民有所交流確實有些……」

「真的是一丁點交流都沒有。既沒加入町內會，員工從上班到下班的這段時間也完全不會外出。而且明明附近沒有賣吃的地方，也不會跟外面訂便當，感覺就像是要斷絕跟外部社會的一切連繫。不過在路上碰到別人的話搞不好還是多少會打個招呼就是了。」

槙畑看著門柱，試圖印證神山的說詞。刻著公司名稱的招牌旁有個信箱，信箱旁有電表箱之類的東西。這麼看來，郵差、快遞或查電表的人也沒有必要進入園區。

「但垃圾方面又是怎麼處理的？這種規模的研究所，文件廢棄物的量應該也十分可觀才對。」

「似乎是直接在園區內自行焚燒的樣子，據說他們自己有個焚化爐。」

「確實就保護企業機密的角度來說是比碎紙機安全多了。」

槙畑透過鐵柵縫隙觀察內部。研究大樓是兩層樓建築，不過園區本身十分寬闊，所以看起來並不是那麼大的建築物。大樓外牆和圍牆一樣是灰白色，從這個位置來看，一樓沒幾扇窗戶，而且也都是很小的窗戶，大概只有一張成人的臉大吧。但二樓的窗戶卻大得不成比例，幾乎整面牆都是以落地窗構成。庭園大歸大，但過去可能花團錦簇的花台如今也被鄙俗的雜草凌辱，連個花的影子都看不見了。撇除掉杳無人跡的因素來說，這裡也是荒涼的可以，散發出一股拒絕任何看到此處的人接近的感覺。

從看到研究大樓的那一刻起，槙畑就感覺有股惡寒在背脊蠢動。那種感覺就跟站在血跡斑斑的殺人現場或屍體掩埋處時那股陰冷的感覺很像，如果是年紀比較大的人，可能會管那股邪惡的氣息叫不吉利吧。雖然槙畑平時不怎麼相信靈魂、氣場之類的超自然現象事物，但卻無法否定長年辦案所培養出的體感。

「從這裡看的話，建築物後面好像還有很大的空間。有沒有其他的大樓還是什麼東西在後面？」

「老實跟您說，我曾進過園區一次……」

「什麼時候？」

「六年前了，那是我剛到這邊就任時的事。我在調查戶口的時候曾進去過一次，但他們也只有帶我繞繞建築物周圍而已。研究所後面挖了一個像池塘一樣的洞……裡面丟了堆積如山的醫療廢棄物，像是老舊注射器和藥瓶之類的。」

「所以可燃垃圾會在園區內焚化，不可燃垃圾也在園區內就地掩埋。沒想到做得這麼滴水不漏。」

「如果只有不可燃垃圾的話還好，那些人在設施快要封閉之前還丟了一堆實驗用的小動物。當然都是屍體。害得這附近整整兩個禮拜都瀰漫著一股腐臭味，根本就沒辦法靠近。」

楨畑檢查封鎖措施，緊扣住鎖鍊的掛鎖看起來雖然很大，但也就是市面上常見的種類。明明園區四周的防備森嚴地堪比城牆，大門的封鎖措施卻這麼隨便，這讓楨畑感覺有些不對勁。如果說只是為了封鎖研究所本身的話，這樣的處置也是無可厚非。但在他眼裡，這裡看起來簡直就像一座城主與士兵落荒而逃後所留下的一座空城。

「既然有上鎖，就代表這裡是禁止進入的吧？」

「就算不鎖，也不會有人想來這種陰森森的地方。就連附近不學好的小夥子都不會靠近這裡呢。」

聽了這番話，楨畑也沒來由地接受了自己的感受。原來不是只有自己感覺到這個地方所散發出的邪門氣息。

「要進去嗎？」

「如果有經地主許可的話當然是沒問題，只不過……」

「只不過？」

「聽附近的長輩說，這片土地跟研究所的擁有者都是德國人哪。似乎沒辦法馬上取得聯繫。」

「原來是外國人買下了這塊地啊。」

「哎呀，聽說這也是離我就任好久之前的事情了。好像是戰前的事情了。」

總而言之，槙畑認為他們必須盡早進去看一看。如果桐生隆和神島町之間的關聯就只有這間研究所，那管它是封鎖了還是怎麼樣，他的目的地實在難做他想，很可能就是這間研究所。即使目前已經封鎖，但研究大樓本身並沒有拆除，可以合理懷疑裡頭依然留下了一些器物和文件。而桐生隆應該就是為了來拿留在裡面的東西，在來到這裡的途中遭遇了某種不幸。或者也可能是為了來見研究所的某位相關人士。

當槙畑想到這裡時——

嘎。

不知道從哪裡傳來了一陣類似鐵與鐵相互摩擦的聲響。

槙畑下意識地看向神山，老巡查的視線則是落在槙畑頭上。槙畑跟著他看的方向，慢慢轉過頭去。

是一隻烏鴉。

那隻烏鴉停在圍牆上，眼睛看著他們兩個。

嘎。

烏鴉又叫了一聲，彷彿是在告訴他們剛才發出聲音的正是自己。

牠快速地甩了甩頭，但看起來也不像馬上要飛走，而是像是要觀察他們兩個人一樣繼續停在上頭。陰鬱的天色之下，一隻漆黑烏鴉站在城牆上監視著城郭的動靜。這幅畫面令人聯想到一張空白的圖畫紙上，染上了一滴黑色墨水。

「去、去，閃一邊去。」

神山巡查揮手趕鳥，不過烏鴉依然故我，繼續盯著他們兩個。牠連續的眨眼看起來就像相機的快門。仔細一看，牠頭頂豎起的頭毛宛如雞冠。可能是個體差異吧。

這隻烏鴉是不是也吃了桐生隆的屍塊呢？

在槙畑的眼裡，突然將那隻烏鴉和披著黑色外套的桐生隆重疊了。

案發現場位於無人居住的沼澤地帶，而且最近的民家也相隔一公里以上，當然不太可能會有人目擊到可疑人物或聽到奇怪的慘叫聲，所以槙畑他們完全沒打聽到什麼有用的情報，就離開聚落了。

就在眾人回到現場後突然出現了狀況。

沼澤地入口聚集了五、六個人，仔細一看，渡瀨和一名女性正在人群中間爭執。

「請讓我看一下！」女子強烈地要求渡瀨。「我只要看一眼就可以確認了，拜託，拜託你讓我看一下！」

「剛才我說過了吧！目前現場的狀況沒辦法讓人確認。要我說幾遍你才聽得懂？」

身形魁梧的渡瀨整個人氣勢像是被壓了過去一般，瞇起眼來盯著那名女子。然而女子絲毫不退縮。

女子瞥了這邊一眼，剛好就和槙畑對上了眼。

從事警察這一行，特別又是身經百戰的刑警的話，只要看過一次就不太會忘記別人的臉孔，但槙畑覺得對這個女人用不上這項能力。

她身穿花呢格紋襯衫、外頭一件厚背心、合身的牛仔褲，及肩中長髮隨意綁起，這宛如獵人一般的衣著十分引人注目，不過更令人印象深刻的是她眼裡散發出的神色。當她望著別人時，視線毫不飄移。看似清秀的容貌上，唯有那對眼神散發出足以灼傷對視者的熱氣。

「怎麼亂成這樣？」

「回來啦，槙畑。這位小姐說被害人應該是她認識的人，所以要求我讓她看看屍體，怎麼也勸不動。」

「可是一般來說，這種時候不都會請家屬或認識的人來確認身分嗎？」女子繼續要求。

「這要視情況而定。現場並不適合讓女性和小孩看到。連我們看了十幾年屍體的警官都差一點吐了出來，所以能不能麻煩你發揮一下想像力啊？」

居然被他看到了——槙畑覺得很羞愧，但同時也對渡瀨的觀察力感到欽佩。渡瀨乍看之下就只是個粗人，但一進入案發現場便會把罩子給放亮，無論是周遭環境還是下屬的一舉一動都逃不過他的法眼。不知道這是身為刑警的特質還是管理職位的能力，總之這一雙不容忽視的好眼光是藏在渡瀨那副外表之下的真實力。

「而且確認身分的手段也不是只有看到遺體一種而已吧？槙畑，把剛才發現的遺物拿給小姐看看。」

女子的眼睛轉到槙畑身上。正面受到注視之下果然感覺非常銳利，而且十分強烈。這麼強烈的視線都讓人差一點就要不自覺往後退上一步。他不經意地想到一些無聊的問題，這個女子是不是對任何人都投以如此強烈的目光呢？

「我是埼玉縣警，敝姓槙畑。請問你認識被害人嗎？不好意思先請教一下貴姓大名。」

「我叫毬村美里，大學三年級的學生。」

她拿出學生證，那是縣內一所赫赫有名的藥科大學。藥科大學的女大生和任職製藥公司的男性。槙畑心裡大概對於兩者的關聯有個底了。但一個是從員工證照片上看來眼神溫和的青年，一個則是透過照片都能感覺自己被狠狠瞪著、氣勢洶洶的女孩，要把這兩個人放進同一個框架裡，還需要一點想像力。

在尚未確認被害人就是桐生隆之前，能給她看的物證就只有記名的公車定期票了。

當他拿出裝著定期票的塑膠袋時，發現手上沾滿了濕濕的汗水。槙畑一瞬間猶豫了一下，然後將塑膠袋拿到她眼前。

結果毬村美里就像碰到鬼壓床一樣一動也不動，表情也瞬間凍結，眼神裡的光彩像關了燈一樣消失殆盡。

「確定是你認識的人嗎？」

「是的……」

「你和桐生先生的關係是？」

「他是我大學的學長……我們在交往。」

「他是在前面那家叫史登堡的製藥公司上班沒錯吧？」

「對，他擔任研究主任。不過研究所已經在今年秋天關起來了。」

槙畑看著她靜靜回答問題時的表情，心生不小的疑竇。如果是面對戀人死去的情況，那就算嚎啕大哭也不奇怪，可是這個女人只是緊咬住雙唇。如果交往的說詞屬實，那這個女人的自制力絕非常人。

「你為什麼會到這裡來呢？」

「今天早上我們約好了要見面，可是到了約好的地方卻沒看到人……這種事情還是第一次發生。所以我就到桐生先生可能在的地方找人，可是他既不在公寓裡也不在我想得到的地方，剩下能想到的就只有前公司這裡了。」

「手機連絡不上他嗎？」

「他沒有手機。他的座右銘是不必要的東西就不會買也不會帶在身上……連去史登堡上班都是搭公車，所以也不打算買車……警官，請問一下。」

「什麼事？」

「有沒有其他能確定身分是他的東西？」

「有……員工證和牙醫診所的診察券之類的。」

「我不會再要求你們讓我看現場了，所以請你們告訴我。桐生先生的遺體到底是什麼樣的情況？」

槙畑無法馬上回答。他看了看渡瀨，渡瀨輕輕點了點頭。意思是可以說，只是到底該怎麼說比較好呢？被輾爛？被切成小塊？肉末？腦中浮現了各種形容詞，但全都不是什麼適合說出口的話。說起來，那麼悽慘的模樣恐怕也沒有什麼比較穩當的描述方法吧。

「先向你說聲抱歉，我這個人比較詞窮，可能說不出什麼中聽的話。總之，桐生先生的遺體被分割成了好幾十塊。」

槙畑煩惱了許久後決定這麼開口。

「再加上各個部分都有烏鴉啄食過，毀損情況非常嚴重。要不是有員工證和遺物，恐怕得花上好一段時間才可能研判出被害人的身分。」

原本打算講得更委婉一點，結果卻不盡人意。

不知道美里是不是想像了一下那副模樣，她嘀咕了聲「怎麼會……」緊緊閉上雙眼，兩手摀住了臉。但即使遮住了表情，卻無法完全隱藏住湧現的情緒。剛才處於備戰狀態般緊張的肩膀已經開始顫抖。她或許討厭在別人面前亂了方寸吧。槙畑對眼前這個和自己的情感奮鬥的女子感到同情。

這種時候到底該跟被害人親友說些什麼才好？槙畑一點頭緒也沒有。常見的安慰和哀悼的話語，一旦從負責偵辦案件的搜查員口中說出，就變得空洞不已。

過了一陣子，美里顫抖的肩膀也稍微鎮靜了下來。但她慢慢放下雙手後，表情看起來依舊十分僵硬。

「抱歉打擾您工作了。」

美里語畢便轉過身去準備離開。

「啊，稍等一下。」

槙畑帶著顧慮將手搭到她肩膀上，但她回望時的動作和投來的目光都充滿了明顯的敵意。

「什麼事？」

「我們有很多事想請教你，方不方便和我們到署裡一趟？」

「這是強制的嗎？」

「不是，你可以選擇拒絕。但是為了盡早找出殺害桐生先生的兇嫌……」

「我應該……提供不了什麼有用的資訊。」

「或許只是你自己覺得沒有用而已。」

於是美里再次拿出學生證，並塞到槙畑的手裡。

「這上面有我公寓和手機的號碼，也有我老家的聯絡方式。有事情打到這邊找我，我不會假裝不在的。」

她不讓槙畑有任何回話的餘地，說完後頭也不回地走開。

「你要去哪裡？」

「跟你們的案子無關的地方。」

槙畑無言地目送她離開，美里的身影就這麼消失在農業道路的另一端。雖然沒辦法強制請她到署裡配合調查，但留在原地的槙畑剛才實在是有失體面。他確認了手上的學生證，上頭確實記有住處和手機的號碼，也註記了老家的聯絡方式。誠如她所說，她並不打算要逃避。但也沒有進一步協助辦案的意思。

話又說回來，槙畑想起美里那不讓人看見的絕望，是屬於受害者家屬的情感，一種被別人蠻橫奪走最愛之人的感覺。

受害者家屬這份激動的心情，其實很多時候不會對向兇嫌，而是會衝著辦案現場的搜查員而來。因為突然接到噩耗，情感上沒有其他出口，只能發洩到身邊的第三者身上，藉此避免自己崩潰。這是一種防衛的本能，所以對於現場辦案的警官，一般也都會被要求不能對受害者家屬的情感太過敏感。因為每每碰上案件時都必須承接所有受害者家屬的悲傷與憤怒，就算有再多個身體都吃不消，而且追根究柢那也不是警察的工作。

過去上司屢次提醒他這件事，而槙畑自己也會告訴自己不要這樣。這種事情他也知道。他以為自己已經很明白了……。

「槙畑啊，你那壞習慣又跑出來了。」

回頭一望，站在身後的渡瀨簡直就像父親望著不肖子一樣看著他。

「你的腦袋、體能都好得沒話說。既認真、又清廉，為人溫厚老實，在嚴處犯罪行為的一課之中卻又辦事得力。但這就是你唯一的弱點了。」

「班長……」

「不用說，將家屬的悲憤轉換成逮捕犯人的動力也是必要的，但還是要懂得拿捏，你完全超出限度了。」

「我明白自己的問題在哪裡。」

「不，自己都知道問題在哪裡的人問題更大。像剛才你拿定期票給那個小姐看的時候還手心冒汗不是嗎？又不是這一兩天才分發過來的菜鳥，不過回答一個問題就緊張成那樣，這就是你過度害怕的證據。這才不是對遺族的同情或顧慮，而是畏懼。」

「畏懼……」

「對，你害怕被害人的遺族。」

現場蒐證結束後，遺體移送到醫科大學法醫學教室進行司法解剖。

「今天哪位醫生負責？」渡瀨問，一名鑑識人員便回答是光崎教授。

「光崎醫師啊。想必那個厚臉皮的老爺子也會被這次的屍體嚇到吧。畢竟都已經是解剖後的狀態了，還得先確定哪個部分是哪個部位，目前簡直就跟立體拼圖一樣。」

如果遺族聽到這種話大概會昏厥過去吧，但現在沒有人對此說三道四。因為大家都知道，渡瀨會開這種玩笑，就代表他的內心跟說出來的話完全相反，充滿了不安。

「槙畑，你和幾名鑑識同仁去被害人家裡一趟，搞不好除了指紋和毛髮之外還有留下什麼線索。」

「收到。」

「上顎的照片拍出來後我會傳真過去，如果是常跑的診所應該不會離家太遠，你在住家附近打聽情報的時候順便繞去牙醫診所看看。」

「確認文件的部分怎麼辦？」

「如果對方要求的話之後再補。你去的話應該只要給他們看警察手冊就沒問題了吧？」

意思也就是鎖定被害人身分比較要緊，正式資料的部分之後再說。這並不符合一般的流程，但若是以辦案現場的搜查順序來看的話，槙畑並沒有異議。

「啊，還有，」槙畑轉身準備離開時又被叫住。「麻煩你帶上那小毛頭。」

「那小毛頭」正手足無措站在渡瀨下巴所指的方向。

古手川和也，今年剛分發到搜查一課，是個稚氣未脫的二十五歲青年。他坐立難安地東張西望，比起搜查員更像是第一次進教室時尋找自己位子的新生。

「原則上我們應該要和轄區分署的同仁合作，但派一個搞不清楚狀況的人也會造成分署的困擾，再加上我們還有一個教育新人的名目，所以就拜託啦。」

雖然槙畑不是很願意接受，但也沒有拒絕的理由，所以他舉手表示了解，招手叫古手川跟上。

槙畑一坐上車便開啟導航搜索桐生住家所在的師脇町，他要找的師脇町二之二一距離現在位置約南下三十公里，依目前幹線交通狀況來看，預估要開半個小時。

古手川握好方向盤，飛車開往南方。

來的路上還沒有留意到，現在仔細一看才發現車窗外的街景是典型的郊區景色。家庭餐廳、速食店、附設出租服務的書店、紳士服飾量販店、加油站、便利商店、大型藥妝店、信用制的無人商店、電信行……鮮豔的招牌和外觀華麗的建築物並立，相對於此，民家倒是寥寥無幾。

他想起神山巡查說的話。既然這邊有這麼多間大型商家，確實一天所製造的垃圾量會十分可觀，也不難想像堆放大量垃圾的場所會變成烏鴉聚集的地點了。神山說目前已經立法禁止隨意丟棄垃圾，但恐怕還是有些業者會趁著夜色把垃圾丟到沼澤地附近，保障了烏鴉的生活。

逐漸看不到大型店鋪後，車外轉變成一片田園風光。厚雲低垂，用來驅趕害鳥的大眼珠圖案氣球和代替稻草人使用的人偶被風吹拂著，靜靜等待真正的冬天到來。剛才沿途的那些郊外商家，幾年前應該也像這邊一樣都是田地吧。未來這些類似稻草人的東西，或許也將漸漸被大型商家的霓虹燈給吞沒。還是說反而會越來越少人過來這邊，讓新店家開了又關、關了又開，最後又變回了原本的田園呢？

「槙畑警官，你怎麼看這個案子？」

「怎麼看？」

「毛骨悚然就是指這種事情給人的感覺吧？窮凶惡極的分屍案之類的，這種異常的案件從縣警創始以來，應該說就連本廳這麼久以來都沒碰過不是嗎？老實說，我興奮到了極點。」

他的語氣聽起來就像是終於逮到千載難逢的機會似的。

路旁的店家又開始增加，已經進入市街鬧區了。導航的電子語音報出已經抵達目的地的訊息，之後古手川便將車停在路旁。

眼前是一棟兩層樓高的公寓。與其取英文的Green Hills，感覺還是漢字的綠色山莊比較適合。通往二樓的階梯是現在已經不太常見的簡易鐵板梯，外牆看得見不少縱向的裂痕。唯一讓人覺得漂亮的褐色窗框，靠近一看結果只是單純的鐵鏽。

槙畑茫然地將這棟建築物跟製藥公司研究主任、年紀輕輕的管理人員聯想在一起，雖然印象落差太大，讓他起初以為自己找錯了地方，但門柱的招牌上確實是寫著Green Hills。保險起見，他檢查了一下信箱區，二〇一號房的信箱上的確貼著「ＫＩＲＹＵ」的名牌。過去人們口中永遠不會不景氣的製藥業，如今也不再是不敗金身了嗎？還是說公司對桐生隆的評價就只值這種公寓呢？又或是說賺得比別人多、花得也比別人多，所以才住在這種窮酸的房子裡呢？

他將疑問安放在記憶裡的某個櫃子上，眼睛停在「二〇一號房　管理人室　山崎」的名牌上。從建築物的風貌來判斷，應該是退休老人在僅存的土地資產上蓋了一棟公寓，然後自己也入住其中一間房的感覺。

從一〇一號房探頭出來的山崎就跟槙畑腦中勾勒的印象差不多。體型嬌小、感覺優點就只有老老實實的老好人。老人原本狐疑地看著一群鑑識人員，但古手川一拿出警察手冊後，他馬上嚇得目瞪口呆。

「桐生隆……是那位桐生先生吧？請問他是做了什麼事情麻煩到各位警官了嗎？」

「不是，並不是他幹了什麼事情。」

古手川如此說明，但山崎老人看起來還是一頭霧水。

「請問桐生先生在這裡住幾年了？」槙畑換了個方向。

「嗯……和我孫子出生同一年的話……七年了。」

「七年嗎？住很久了呢。」

「是啊，年輕人大概住個三年左右就會搬走，不是因為結婚就是因為調職。如果不是這些原因，那就是買車了。你看這間公寓也沒有停車場，所以他們馬上就會搬到附停車場的大型公寓去了。但桐生先生並沒有車，應該說他根本也沒有要買車的意思。」

「你的意思是桐生先生對於長期居住在這裡也不覺得有什麼問題？」

「哪有什麼問題。現在已經很難得可以看到像桐生先生這麼優良的模範住戶了。不僅完全沒和人起過糾紛，上下班又準時，見到人都會好好打招呼，垃圾也都有好好分類，在規定的時間拿出來丟。而且也常常打掃房間，不會帶什麼奇怪的朋友進屋。」

「當然租金也從沒遲繳過吧？」

古手川接著詢問，山崎大大點了點頭。

「他這個人很木訥，但也不是那種陰沉沉的感覺，而是那種在別人面前總是靜靜露出微笑的人。」

「請問有沒有備用鑰匙？」

槙畑想起桐生隆員工證上的照片。原來如此，安靜的笑容的確是一張適合那位青年的表情。

古手川突然開口詢問。

「有是有……但桐生先生也還沒回來，再怎麼樣還是得顧及個人隱私的問題……」

「關於這點您不用擔心，相信桐生先生不會對此表達任何不滿與抗議的。」

「怎麼說？」

「因為他是殺人案的受害者。」

古手川說出口後，山崎微微張開了嘴，彷彿看到什麼難以置信的東西。

「就是因為這起案子才需要調查他的房間，所以麻煩借用一下鑰匙。」

山崎嚇得整張臉都在顫抖，轉身跑回管理人室後又跑回來，塞給古手川一把鑰匙，接著彷彿在害怕什麼一樣，立刻躲進了房裡。

「喂，又還沒確定那具屍體就是桐生隆。」

「但基本上也等於確定了不是嗎？如果桐生隆真的還活著當然是件好事，而且房東也不會對房間主人坦承自己主動把鑰匙交給別人了。」

就算是為了搶著立功，古手川的行為也太愚蠢了，槙畑想著。不知道他是不是想掌握搜查現場的主導權，一副趕進度的樣子，無奈手段太過粗糙了。剛才的情況，只要再稍微說明個一兩句就可以輕鬆地讓山崎拿出鑰匙，但是古手川操之過急，把不該說的話也說出口了。搜查階段初期就讓相關人物抱有不必要的恐懼和既定印象，對於辦案一點幫助也沒有。

不過槙畑也沒有特別斥責古手川。換作渡瀨的話也許會說他的不是，但他這種急性子還勉強在容許範圍內。

爬上樓梯後正前方的房間就是二〇一號房，門牌也和信箱一樣是同一個字跡所寫下的「KIRYU」。

他們戴上手套，慢慢轉動門把。

「……房間很暗呢。」

「他把窗簾拉起來了。」

在一片昏暗之中依然能感覺到房間十分狹小，並不是因為坪數小，而是物品過多所導致的感覺。接著飄來一股霉味，不對，這不是霉味，但很像發霉的味道……槙畑的嗅覺令他突然想起縣警本部地下室的資料庫。就是類似那種地方的老舊紙張氣味。他留意著腳下，走到就格局來說稍微大了一點的窗邊，拉開窗簾。

陽光照亮房間，槙畑和古手川都瞪大了眼睛。

槙畑現在確定他一開始聯想到的畫面沒有錯。

書、書、書，以及一大堆書。

書櫃佔據了一整面牆，而且都塞滿了書。只靠書櫃也裝不下，所以書櫃上面的書也疊到天花板，感覺都快滿出房間了。他曾經看過這種景象，不是在郊區的舊書店，就是在市立圖書館的廢棄書庫。環顧房間，幾乎有三面牆都是這個樣子，除了出入口之外全都被書給佔據，連壁紙是什麼花紋都看不出來。除了書架以外，能稱得上是家具的就只有一張放電腦的桌子，完全看不到電視和音響之類的東西。這與其說是房間，不如說是擺了一台電腦的書庫。

但由於書籍全都擺得整整齊齊，不會給人雜亂的感覺。不僅依書籍高低整理過，同個類別的書籍也都擺在一起。雖然有囤物的習慣，但整理得也很勤，可見屋主一絲不苟的個性。

《默克診療手冊》

《醫療人類學》

《新免疫療法》

《藥理學讀本》

《抗氧化物質的種種》
《藥學概論》
《醫用動物學》
《疫苗手冊》
《EB 病毒》
《知情同意》
《藥物成癮病症》
《藥物動態與藥效》
《藥物類資訊素養》
《行為毒理》
《臨床藥物動態理論之應用》
《生醫材料與活體》
《須注意過量之藥劑與處置》
《化學物質之風險評估》……。
「這傢伙就沒什麼興趣消遣嗎？」
古手川看了看架上書籍的書名後訝異地說。

「每一本都是跟工作有關的艱澀書籍。」

「這個世界上也是有興趣就是工作的人。」

槙畑瀏覽著一本本書名，視線突然停在某個地方。

他又看了看其他層，但還是只有剛才那個地方吸引到他。

在繁多的藥學類書籍中，有三本書發出了不一樣的光芒。

《滅絕物種與瀕臨絕種生物》

《野生動物之保護與回歸》

《掠食者　本能與學習》

槙畑抽出這三本書，快速翻動書頁。這些書似乎已經讀過好幾遍，書口的部分有清楚留下拇指翻閱過的痕跡。幾乎整本書都有註記和畫線，也沒有為了藏匿什麼東西而切割的洞。顯然這三本書肯定是買來讀的，不是拿來挪作他用。換句話說，這三本書的內容或許就是桐生隆除了工作之外比較有興趣的事情。

「電腦也不是什麼昂貴的機種呢。」

古手川的注意力已經轉移到桌上，開始東看看西看看。

「這已經是四個世代以前的古董了，不知道出廠日期是哪一年。這種機型連DVD—ROM都不能用耶。」

古手川檢查完桌子底下那台數據機的型號後一臉不屑地對著槙畑說。

「這傢伙到底把錢花在什麼地方啊？」

槙畑懷疑自己是不是聽錯了，明明一堆東西就清清楚楚擺在眼前，難道他的眼睛是長假的嗎？

「還用講，當然是書啊。你看看這個藏書量，就算再怎麼保守估計也不會少於一千本。」

「可是也不過就是書而已。」

槙畑從書櫃上抽出一本書，默默地指著封底給古手川看。

定價一萬五千日圓。

古手川像是看到什麼詭異的東西一樣，一直盯著定價看。

「專業書籍便宜的也要三千圓，如果是從事醫學相關工作的人，考慮到供需平衡的情況和購買的客群，價格恐怕還要再加倍，而這種書有一千本以上。換算下來應該足夠買下兩台賓士了。」

古手川忌憚地走回書櫃前，刻意地嘖了一聲。

「真搞不懂，書這種東西明明只要讀一本六百圓的文庫本就夠了。」

槙畑聽到這句話之後，就知道古手川欠缺的東西是什麼了。明明自己內心中也存在著他人無法窺探的部分，但他卻沒有注意到，應該說他根本也沒打算去注意。

犯罪行為是反映出一個時代的鏡子，而這些罪行都是萌發自日常生活中，且逐漸滋養起來的。所以偵辦案件也可以說是一項蒐集日常生活中的憎惡、嫉妒、慾望等各項負面因素的行為，也因此警察必須要盡可能累積更多資料，多了解什麼樣的人會追求什麼、會厭惡什麼。夫婦間的愛恨、上班族的悲哀、政治家的野心、御宅族的執念、性倒錯者的熱情，這些情感全都具有相同的價值，不存在正常或異常的差異。古手川就是缺乏這樣的概念。好比說古手川現在將這起案件看作變態的所作所為，但並不是只有變態會犯下獵奇案件，甚至可以說現代犯罪異常的地方，就在於普通人也會犯下超乎尋常的案件。然而這個男人卻和神山巡查一樣，只站在自己的良知安全地帶俯瞰事情。

槙畑突然意識到，渡瀨之所以讓古手川跟著自己，可能就是要他教導古手川這件事。但即使明白這個用意，槙畑還是完全沒有產生榮譽感和責任感，只覺得麻煩和鬱悶。

搜查的基本和偵訊的技術應該可以從實際的查案過程學到，但對於了解他人的慾望、對人的好奇心是天生的，教也教不來。至少對那些以自己的生活規範來評斷他人的人來說，這件事情也勉強不來。

總之，槙畑決定不要理會古手川，反正渡瀨應該也希望他照自己平常的模式來行動。

他離開比三坪略小一點的房間，走進餐廚房。這邊也只有一張桌子、一張椅子和一個衣櫥箱，簡單到不能再簡單。屋主可能都吃外食，廚房用品屈指可數，甚至連過去大家視為生活必需品的冰箱都沒看見，恐怕都是吃便利商店的便當來打發而已。

房裡既看不見開伙的痕跡，也看不到散亂的垃圾，極度欠缺生活的氣息。搞不好他本人也只把這裡當作附浴廁的書齋而已。

桌上有副相框，相片是桐生隆和毬村美里相依的合照。地點看起來像是在某個公園或是遊樂園，路過他們身後、帶著孩子的一家人也入鏡了。

桐生隆微微笑著，看起來比員工證上的笑容稍微放鬆了一些。原來如此，這張笑容就和山崎描述的一樣。不過這時吸引槙畑注意的是美里的表情。美里笑得十分開懷，如果將桐生隆的笑容比作春日的陽光，美里的笑容就是盛夏的豔陽了。

原來她也會笑得這麼開心。

槙畑想起不久前見過的美里。她當時表情生硬，看起來有如將情感緊緊封住的厚冰層。搞不好她再也沒辦法露出這樣的笑容了。

槙畑有些承受不住，把照片放回了原處。

他們兩人將指紋和毛髮的採證交給鑑識人員後便踏出房間。其中一名年輕鑑識人員一看到房間裡的狀況，就毫不掩飾地流露出厭惡的神情，可能是覺得書搬來搬去會很麻煩吧。

回到車上，發現縣警本部已經傳了照片的傳真過來。在B5大小的紙張上有上顎部放大後的照片。

「手腳挺快的嘛。」古手川的語氣中帶有一點驕傲，不過從遺體毀損程度來看，也可以壞心地認為他們除了拍攝上顎部照片之外也沒其他事情可做了。無論如何，能鎖定被害人是桐生隆的確切物證就是這張照片不會錯。

錢包內診療券上的名稱是藤森醫科，地址一樣在師脇町。查了導航之後，確認從現在的位置往北方直行三百公尺後就會抵達。由於也沒必要開車，所以兩人決定走路過去。

今年警界內部的醜聞接二連三發生，實屬罕見，幾乎沒有哪一年比得上。首先是一月時，有一名警視正欲抹消自己酒駕的案子、二月是在辦案初期階段出現紕漏，導致沒抓到犯人、五月時有某件自白書被發現遭到竄改、七月則是有幾名刑警對流浪漢施暴，即使全國各地的警察如此失態，但警察手冊一拿出來還是會馬上令人肅然起敬。當他們表明來意後，原本傲慢的櫃檯小姐表情驟變。

就在她告訴他們稍候一下，接著離開櫃台後的幾分鐘間，槙畑在心中計算診間內小孩子發出慘叫的次數。過了一陣子後總算出現了一名白衣男子。

「久等了，敝姓藤森。」

藤森的年紀看起來約比槙畑大個三、四歲，個子很高，害身高位處平均值的槙畑在跟他講話時還必須稍稍抬起頭。他長得一副聰明樣，舉止落落大方，比起牙醫師還更會讓人聯想到戰無不勝的律師。

「我們是埼玉縣警，敝姓槙畑。啊，真是讓人驚訝，沒想到醫生您這麼年輕。聽說您是自行開業，還以為會是更加年長的醫師呢。」

「畢竟是第二代了。上一代院長已經在前年退休享樂去了。」

「想必您也是喜不自勝吧？」

「這可不好說。比起說接了院長的位子，感覺更像是他把診所的一切都塞給了我呢。」

他們移至接待室，藤森不等槙畑提出要求便主動開口。

「聽說兩位是來調查某位患者的就醫紀錄……請問是火災嗎？還是飛機失事呢？」

「都不是……醫生怎麼會舉這兩個例子呢？」

「我以前也待過警察齒科醫學會，每次碰到災害和事故的時候警方就會把我叫到現場，要我掰開遺體的嘴巴檢查。」

「那麻煩您看一下。雖然不夠清晰，但沒有燒焦、牙齦也沒有遭到破壞，算是一張漂亮的照片。」

槙畑說完後遞出傳真。藤森身體微微前傾，盯著照片看。

「……這個人，是在什麼樣的情況下發現的？」

「離這裡北邊三十公里處的郊外，國道旁有一個沼澤地，遺體就是在那裡發現的。發現時已經不光是遭到肢解，甚至已經支離破碎了。」

「破碎啊。」

藤森皺起眉頭，仔細看了看照片。過了一下子後慢慢遞還給槙畑，接著兩手交扣抵著額頭，宛如在祈禱一樣垂下頭來。

由於沉默了好一段時間，古手川忍不住開口。

「醫生，其實這名被害人持有這間診所的診療券。」當他說到這裡，藤森便維持原本的姿勢回答：

「是桐生老弟對吧？」

「您一眼就看出來了嗎？」

「當然我也不是把所有患者的齒型都記在腦海裡，只是因為他三天前才剛做完比較費工的治療，所以記憶猶新。上面的三顆門牙，最右邊那顆其實是全瓷牙冠的假牙。當初為了配合兩旁牙齒的顏色，還刻意從內側把顏色弄得暗一些，花了不少力氣。而且他的牙齒有個特徵，就是右邊臼齒裡面特別凸。所以就算補上銀粉，咬合面也不會呈現水平。這張照片也有一樣的狀態對吧？」

槙畑邊聽說明，邊看著照片。確實如藤森所說明的，右邊臼齒的形狀有點歪。

藤森抬起頭來看著槙畑。

「他是被人殺害的？」

「目前尚未得出任何結論，但就情況研判，意外和自殺的可能性較小。」

「我馬上幫你們準備他的 X 光照片，如果還需要什麼請儘管提出。」

槙畑從他的口氣中聽出了超乎專業之外的個人情感。

「您和桐生先生交情不錯嗎？」

「姑且不論他對我怎麼想，我一直把他當作自己的弟弟看待。」

藤森說到這裡停了下來，嘆了口氣。

「他第一次來看診是在兩年前，預約的診療時間一直都是星期六上午十一點，兩年來從未變過。由於患者坐在診療椅上時嘴巴都是打開的，沒辦法說什麼話，但來往多次之後我們也漸漸對彼此有更深的了解。職業、個性、食物的喜好、生活狀況，這些因素都可能直接或間接影響到牙痛，所以在詢問這些事情時也會茫然浮現患者平時生活的模樣。但當然都是我這邊提問的話，對方也會產生戒心，所以我也會開始說些自己的事情。」

和我們一樣，槙畑心想。在偵訊室裡和嫌疑犯單獨對峙時，必須將自己的資訊告訴給對方，這可是偵訊技術基本中的基本。

「和他說話之所以愉快，比起談話內容什麼的，主要是因為他人品不錯。他雖然不是幽默也並非是能言善道的類型，但很善於傾聽。和他講話簡直就像是在跟神父告解一樣。」

「他……我是說桐生隆是個怎麼樣的人？」

「您所謂的『怎麼樣』是指？」

「雖然是個好人，但容易招致誤會，所以遭到他人怨恨之類的。」

「應該沒這回事，他就像外表看起來那樣是個溫和的人。只不過……」

「……只不過什麼？」

「他在醫學上，特別是在藥學上抱持著比較特殊的見解。但這應該跟案子沒什麼關係。」

「不，有沒有關係是由我——」

「麻煩您告訴我們。」槙畑從中打斷了古手川的話。「我們現在對於桐生隆的了解就只有員工證上的資料，其他一概不知。我們認為周圍的人對他的印象、他的性格、說話方式、理念、嗜好，在偵辦案件上都是不可或缺的情報。」

「我知道了。」藤森舉起一隻手，接著稍微瞥了古手川一眼。「他對藥物，廣義來說對於藥理學抱有獨特的價值觀。不對，與其說價值觀，不如說是近似崇拜的情感。他認為藥物是上天的禮物，可以用來彌補人類缺失的能力，也是所有醫學的根本。」

「藥物難道不是這麼一回事嗎？」

「以臨床醫師的立場來看，這種意見十分偏激。槙畑警官，您聽過巨量維他命（Megavitamins）理論嗎？」

「不，連名字也不曾聽過。」

「巨量維他命理論是一九七〇年代後半，美國生物化學家萊納斯・鮑林（Linus Pauling）於著作中所倡導的一種理論。比方說感冒是維他命C不足所引起的，腳氣病則是由於欠缺維他命B所導致。以往的維他命理論會說人們若要維持健康，則必須攝取最低限度的維他命。至於鮑林博士的巨量維他命理論則打破最低限度所需量和限制攝取量的概念，反過來藉由大量攝取維他命，好治療以及預防疾病。而桐生老弟的意見和這項巨量維他命理論十分接近。也就是說，比起醫療技術，他認為藥物的運用才是次世代醫學該有的面貌。」

藤森皺起了眉頭。

「會不會是因為桐生先生不是醫生，而是製藥公司人員的關係？」

「這應該也有影響，但撇除這個因素不談，桐生老弟的想法還是很偏激。會這麼說是因為他立基於巨量維他命理論之上所建立的文明論。」

「您說文明論嗎？」

「他是這麼說的。人類這個種族以其他生物望塵莫及的速度與規模進化至今，主要的原因是什麼？其中一個答案是機械。古騰堡的印刷術、瓦特的蒸汽機、貝爾的電話、還有核能、電腦……要說人類的歷史就等於機械文明的歷史也不為過。那麼牽動我們下一個階段的東西究竟是什麼呢？」

槙畑有種在大學課堂上聽講的感覺，他看向一旁，發現古手川如坐針氈，屁股扭來扭去。

「他認為，是透過藥物所進行的肉體與精神改造。若是想追求更高等的進化，就唯有讓人類個體本身產生變化才行，而且除了借助藥物的力量外別無他法……兩位聽了這番話有什麼想法？」

「怎麼聽起來很像綠巨人浩克和蜘蛛人的世界。」

古手川疑惑地說。

「沒錯，這確實是異常偏激的論點。雖然偏激，但這完全不是科幻作品的情節。」

槙畑下意識露出怪疑的神情，藤森則以不悅的神情回應。

「好比說奧運時如果使用禁藥是一大問題沒錯吧？那就是透過藥物的力量將人類的體力與精神提高到極限的行為，也就是巨量維他命理論比較積極的應用方式。桐生是這樣說的。」

「他這麼滔滔不絕嗎？在醫生面前的時候。」

「不是，他是斷斷續續地講。而且笑得那麼從容，讓我也不怎麼想反駁。」

槙畑想起照片上桐生隆那副溫和的笑容，說從容也確實是挺從容的。但所謂的表情，顧名思義就只是表面上的模樣，人類的憎惡總是緊緊藏在表情之後，在犯罪當下以具體的形式表露出來。

「您最後一次見到桐生先生是在三天前，他看起來有沒有哪裡不太對勁？」

「不太對勁嗎？」

「或是說不像他會有的言行舉止。」

「當天是預約做植牙，臼齒的治療則留到之後。和以往一樣都是三十分鐘，也一如往常地聊聊天……但這麼一說，他最後離開這個房間時說了些奇怪的話。」

「奇怪的話？」

「那語氣十分諷刺，很不像他會說的話，所以讓我覺得有些驚訝。剛好他前面一名患者是個小學男生，拔了一顆牙後哭天喊地的。桐生老弟在候診間有些佩服地聽著他哭，然後對我說：『患者在眼前叫成那個樣子，真虧醫生你還能平靜地繼續治療呢。』我半開玩笑地回他說我上輩子一定是納粹的拷問人。結果他就把手擺到門把上說：『如果是這樣，那我也是魔女的後裔喔。』」

無法釋懷的感覺緊緊貼在後腦勺上，這種感覺是一件案子不會那麼快結束的前兆。

「你怎麼想？」

「那個醫生的證詞嗎？」

「桐生隆最後說的話，自己是魔女的後裔什麼鬼的。」

「他肯定一到半夜就會騎掃帚在天上飛。」

「我是很認真地在問你。」

「就是回應醫生的玩笑話吧？那麼他應該也是在開玩笑。」

真的是這樣嗎？回應笑話的笑話。或許這個看法比較妥當，但就山崎和藤森醫生對桐生隆的印象來想，這完全不像是他會說的話。反應機靈、妙語如珠的人，這和槙畑腦海中所描繪出的桐生隆印象完全對不上。就算真的是笑話好了，聽起來也不如古手川說的那樣只是隨口說說，而是帶有種更加陰沉的幽默感。

抵達搜查本部所在的所澤署後，等著他們的是第一次搜查會議。

一進入大會議室，前方講台上坐著的是里中縣警本部長，右邊還坐著栗栖搜查一課長，而左邊則是新渡戶所澤署長。然而實際上主導會議的人，是栗栖身旁的搜查一課門脇管理官。渡瀨等五位主任則是彼此隔著尷尬的距離坐在最後一列，稍稍仰望著講台。

門脇簡單打完招呼後，馬上將案發現場的畫面投影在前方的大螢幕上，尚未看過案發現場的人發出了不成聲的呻吟。槙畑心想這也難怪，這麼淒慘的狀況，就連他這個親眼見過的人再看到一次還是覺得恐怖。門脇看到眼前的畫面，也露骨地攢眉蹙鼻。

「就算是遭車輛輾斃的屍體也沒這麼慘。根本連犯罪剖繪都用不著，一看就知道兇嫌是個變態……。被害人的身分確定了嗎？」

槙畑起身。

「根據被害人持有之健保卡與員工證，研判是曾任職於案發現場附近的史登堡製藥研究所的桐生隆。現場留下的上顎部分和牙科診所的就診紀錄亦相符，現在鑑識人員正在比對現場的指紋和毛髮是否和被害人房間內所採集到的相同。」

「司法解剖的結果呢？」

其他同仁站了起來。

「向各位報告現階段已確認的事實。從胃內食物的消化狀況研判，預估死亡時間落在昨天下午四點至晚上十點。兇嫌僅有將四肢截斷，不排除是其後有肉食性動物將各部位撕碎的可能。另外從屍體的毀損情況難以鎖定殺害方法。」

也是，槙畑認同。光靠炸雞的骨頭怎麼有辦法知道雞是怎麼被勒死的。

「還有，現場完全沒發現非被害人的血液、體液、毛髮、皮膚等線索。現場四散的羽毛據說是學名為 Corvus Corone、俗稱小嘴烏鴉的羽毛。」

小嘴就是指喙部細小的意思吧。槙畑想起那隻停在研究所外牆上的烏鴉。雖然他沒有就近觀察過烏鴉，也沒有和其他烏鴉比較過，但那隻烏鴉的喙感覺確實非常尖銳。

「截斷四肢所使用的工具釐清了嗎？」

「由於斷面事後的損傷嚴重，所以無法確定。」

「被害人與兇嫌的關係呢？」

「這點我來說明。」渡瀨舉起手。

門脇的表情有些扭曲。不用說，就階級上來說門脇絕對比較高，但他也沒那個膽子敢對渡瀨比手畫腳。因為渡瀨不僅是重視辦案第一線狀況的老練警官，舉發率也是縣警本部首屈一指。渡瀨看起來似乎也有拿捏好放鬆與隨便之間的界線，所以就算他語氣比較不客氣也只能當作沒聽到。

「被害人過去就職的製藥公司已於兩個月前關閉，關於公司方面的情報蒐集現在才剛開始。這部分是由龍崎班負責。交友關係目前只知道他有一名就學中的女友叫毬村美里，不過這條線也還在調查中。」

「已經向家屬確認過了嗎？」

「沒有這個必要，桐生隆並沒有家人。」

渡瀨說完後將B5大的文件發給全體同仁。上面是一整個家族的戶籍謄本資料。

桐生家共有七人，最前面是祖父嘉助。

嘉助　祖父。　大正元年三月一日富山縣東礪波郡吉野村出生。昭和十年十月六日同笹平彌榮登記結婚。昭和五十五年八月十日歿。

彌榮　祖母。　大正五年五月廿四日東礪波郡高瀨村出生。昭和十年十月六日同桐生嘉助登記結婚且於該月九日遷出東礪波郡高瀨村千五十一番地笹平時夫之戶籍，遷入此戶籍。昭和五十五年八月十日歿。

利郎　父。　昭和十二年九月四日東礪波郡吉野村出生。昭和三十八年七月七日同磯谷君枝登記結婚。昭和五十五年八月十日歿。

君枝　母。昭和十五年六月五日富山縣婦負郡小坂町出生。昭和三十八年七月七日同磯谷利郎登記結婚且於該月十一日遷出婦負郡小坂町四百一十番地磯谷耕郎之戶籍，遷入此戶籍。昭和五十五年八月十日歿。

聰一　長男。昭和四十年五月六日東礪波郡吉野村出生。昭和五十五年八月十日歿。

美也　長女。昭和四十三年十二月三十日東礪波郡吉野村出生。昭和五十五年八月十日歿。

隆　次男。昭和四十六年十一月五日東礪波郡吉野村出生。昭和五十五年九月二十一日由佐義山多津收養為子。遷出東礪波郡吉野村千二百五十一番地桐生利郎之戶籍，遷入此戶籍。

如渡瀨所說，除了隆之外的其他六人都被畫上了╳，結束了這一生。

「六個人的死亡日期都在同一天，是發生了什麼意外嗎？」

「和管轄該區的富山縣警確認後，已知是天災意外。昭和五十五年八月十日，自北陸登陸且持續北上的第十五號颱風，為吉野村一帶帶來一小時八十毫米的局部性豪雨，山崖邊的三戶人家連屋帶人全都遭到土石掩埋，而其中一戶便是桐生家。土石流瞬間傾流而下，聯絡道路遭到阻斷，所以救援隊直到事故發生後八小時才抵達。死者十五名、無人生還。當時八歲的桐生隆因為剛好在前一天參加海邊戶外教學，所以成為唯一逃過一劫的人。」

下個不停的豪雨，被灰色雨簾阻絕的山間聚落，宛如慢動作般崩落的山崖，連發生什麼事都不明不白，就和家具一起被埋進土石中的居民。這些過去曾在新聞和電影中看過的一幕幕場景，此時也變成連續的影像浮現在槙畑的腦海中。

「全家罹難，只剩老么一人……等等，戶籍上不是有說之後隆被佐義山多津這名女性收養了嗎？這名女性是誰？」

「佐義山多津是大利郎十歲的姊姊，就是隆的姑姑，也是他唯一的親人。多津嫁入佐義山家後不久丈夫便病逝，兩人膝下無子，所以收養隆並不成問題。起碼收養後九年內都沒問題。」

「也就是說，佐義山多津之後也？」

「平成元年三月因為腦溢血逝世。年僅十七歲的桐生隆從那個時候開始便失去了所有血親，徹徹底底變成一個無依無靠的人。後來他租了間公寓自己一個人住，重考一年後進入藥科大學，一路走到今天。」

「無依無靠，而且又是個窮苦學生呢。」

「這一點倒不見得。他似乎不曾為錢煩惱過，也沒為了糊口飯吃而打工過。不僅付得出租金、水電費，連藥科大學的入學費和學雜費都繳得出來。起碼算不上是個窮學生。」

「……因為有其他家人的壽險嗎？」

「沒錯。桐生隆的父親指定自己和妻子死亡時的保險受益人便是三位孩子。然而兄弟姊妹中就只有隆一個人倖存，所以兄姊的份也都由隆繼承下來了。而兄姊兩人身上受益人也是掛在父母身上，所以保險金同樣都歸到隆這邊，全家四個人的保險金全都落到一名八歲男童的手上。當時的金額是兩億四千萬圓，昭和末期可是泡沫經濟下最繁盛的高利率時代，當時的兩億四千萬不僅不會越花越少，反而還因為複利而越滾越多錢，至今總額已經超過四億了。」

「四億……。」

「然後最慘的其實是領養隆的佐義山多津。一個懵懵懂懂的八歲小孩，帶著多到自己一個人拿不了的大把鈔票來到她家，再加上當時多津是領年金過活的獨居老人。我翻了當時報紙的縮小資料版確認雜誌的廣告，顯然媒體們還是喜歡靠一夜致富和他人不幸的題材來吃飯，從以前到現在都沒什麼變。所以報導也是把八歲小富翁和領取年金的老人寫得亂七八糟。」

「那麼實際情況如何？」

「實際上她非常克勤克儉。不知道多津是本來就沒有打算碰保險金，還是顧忌旁人眼光才沒碰，總之她的生活在收養隆之前和之後並沒有產生劇烈變化。既沒有改建屋齡三十年的木造平房，也沒有揮霍購物，兩個人過著極為普通的生活。當時的隆雖然擁有大筆資產，但對於怎麼使用卻也毫不在乎的樣子。槙畑，你看過他住的公寓了吧？」

「是的。」

「他的房間怎麼樣？」

「醫學相關的書籍堆滿了整間房，從地板一直堆到天花板。其他家具就只有四個世代以前的舊型電腦、一張書桌、一張餐桌和椅子，還有幾個老舊的衣物箱，裡面放了幾件舊衣。」

「簡直跟窮學生住的房間沒兩樣。」

「可是裡面的生活氣息異常地少。」

「生活氣息？」門脇回問。

「看不出物慾和金錢慾望。我所謂的沒有生活氣息就是指這個意思。」

「資產方面呢？」

門脇提問後，另一名主任舉手。

「我們調查了他往來銀行的帳戶。姑且先不論驚人的存款金額，扣掉這點來說他拿的薪水也不少。一直到失業之前，每個月二十五號都會有超過六十萬的薪水匯入他的戶頭，但他一個月的支出最多時也不過三十萬。在這個超低利率的時代，還會把上億的金錢全都丟到利率極低的定存帳戶裡，我們認為他也不是一個鐵公雞。」

「唔……。」

就在門脇與所有同仁陷入一陣沉默時，渡瀨突然開口，看起來也不像是特別對誰說的。

「對錢對車對衣食住都沒興趣，只會大量採購自己所學專業相關書籍的溫和青年。這樣的一個青年在某個夜晚，被人發現成了一堆悽慘的屍體碎片。看起來也不太可能是搶劫，畢竟不會有人在那個杳無人煙的沼澤地旁守株待兔。會是看上他的財產嗎？但並沒有發現他有任何法定繼承人。雖然有女朋友，但也沒有發現表明要把財產留給女友的遺書。那不然是怨恨嗎？即使一個人待人再和善，還是免不了有被他人憎恨的可能，而且這一點還能從遺體的損傷狀態看出。桐生隆的屍體被毀壞成那樣，只留下頭髮、牙齒、健保卡、員工證這些可以確定死者身分的東西，只有可能是出於憎惡的行為。」

「關於那間關閉的研究所目前掌握了多少？」

龍崎主任回答了這個問題。

「該公司叫史登堡製藥，總公司設立於前東德，在業界似乎頗有名氣。那間研究所是日本唯一的一間支部，不過今年九月已經關門。當時的所長和分社長都是德國人，研究所關閉後馬上就返回德國，那時的員工包含桐生隆在內共有二十四名，全都是日本人，而且都在研究所關閉的當下遭到解雇。從我們拿到的商業登記抄本只能得知這些。那兩名歸國的德國人至今仍未能取得聯繫，雖然也有聯絡史登堡總公司，但對方對一間已經關閉的遠東分公司似乎不太在意，現在還在等待對方進一步的回覆。剩下的二十三名員工目前正在追查下落，但抄本上記載的名字就只有所長和分社長，所以員工的部分還需要一點時間。」

就在此時，里中本部長桌子上的電話響起。

「怎麼了，我們現在正在開會。什麼？抱怨？警察廳的宮條警官……不用，我有耳聞但現在還……你說他親口說的……好。」

放下話筒後，里中的臉上同時出現了不悅和狐疑的神情。接著他看了門脇一眼。

「請問發生什麼事了嗎？」

「沒事。今天本來有警察廳的訪客，但沒想到會挑這個時間點來……我知道他們派人來也是因為和案子有關，殊不知竟然是那個人。」

「您說桐生隆的案子嗎？到底有什麼關係？」

「來的人是本次案件的負責人宮條課長輔佐……就是之前那個……說是要親自過來說明的樣子。搞不懂他們要幹嘛。」

不久後，栗栖課長帶著一個人走進會議室。

他環視了所有同仁後微微點頭致意。

「各位同仁好，我是警察廳生活安全局派來的宮條貢平。」

年約四十到四十五歲，身高和槙畑差不多。乾瘦的身體搭上一顆不大且細長的頭。細細的眉毛和小小的無框眼鏡給人一股神經質的印象。

一旁的里中板著一張臉，快快地開口。

「警察廳提出了申請，表示未來辦案時蒐集到的情報都必須通報警察廳。」

恐怕上頭也沒和里中詳細說明過，從他在所有警員面前依然難掩困惑的神色就可以窺知這一點。

「就是要我們共同偵辦的意思囉？」

渡瀨語帶挑釁地問。里中正準備回答他的問題，宮條便伸手制止。

「由我來說明吧。讓我加入此案的偵辦並非正式的命令，所以並不是共同偵辦。就算大家要把我當作透明人也無妨，只不過偵辦過程中若有和史登堡製藥以及旗下員工有關的事項出現，請務必讓我參與。」

用詞雖然慎重有禮，但在槙畑耳裡聽起來就是命令。唉，這個人也一樣，槙畑心想。雖然這種機會不多，不過共同偵辦時會碰上的警察廳偵察官就只有兩種人，一種是從一開始就把轄區分署刑警當部下差使、開口閉口都在藐視其他人的類型。另外一種則是用詞忠謹懇切，故意放低姿態的類型。其實這兩種人都以不同的形式表現出了他們滿滿的優越感，根本上來說是一丘之貉。槙畑認為宮條屬於後者。

只是，他的下一句話大大撼動了槙畑對他的第一印象。

「當然，目前生活安全局所掌握到一切有關史登堡公司的資訊，也會全數分享給搜查本部的各位。」

槙畑下意識地再看了宮條一眼，其他驚訝的同仁也一樣，甚至連門脇都張開了嘴巴，啞口無言。

在眾人一片驚愕之中，渡瀨率先打破沉默。

「生活安全局……也就是說這起殺人案可能牽涉到毒品就對了？」

「還不能斷定，但既然遭到殺害的人是史登堡的員工，那這個可能性就很高。」

「那可是關門大吉的研究設施分部，而且死的是一名研究主任喔。」

「那間研究所裡並沒有明顯的階級分別，只有負責人和研究員這種職權範圍上的差異而已。」

「……看來我們落後了整整一大圈呢。」

渡瀨忿忿地說。宮條則是面無表情地回應：

「但您有馬上追上來的自信沒錯吧？」

「看來史登堡背後還有什麼故事呢。」

「目前對於史登堡調查到什麼地步了？」

「根本稱不上什麼地步，我們幾乎什麼也不知道。」

「那正好，讓我來說明一下目前我所知道的部分。」

全員都不吭聲地表示同意後，宮條就像受聘的講師一樣站到講台前。

「事情一開始是源自今年年初，由轄區分署的生活安全課所提交上來的一份報告。最近以澀谷、新宿一帶為中心的年輕人之間出現了一種新毒品，並宣稱『比興奮劑更有效、比大麻更好醒』。雖然現在有在場同仁覺得好笑，但這句廣告詞卻絲毫不假。實際上，這種毒品明明是速效性的，但卻幾乎不會上癮。吸食的方法則和其他毒品一樣，可以透過靜脈注射，也可以經口鼻吸入。這種毒品在分類上屬於使人亢奮的類型，人體一旦吸收後就會產生類似興奮劑、但又不太一樣的效果。一般興奮劑的作用會大幅提升人的活動慾望和集中力，但這種藥物只會單純擴大攻擊的本能。」

「攻擊的本能？」

「恐懼和理性會降低，而鬥爭心態和破壞衝動會上升。換句話說，平常如綿羊一般溫和的人也徹底變成管不住的野獸，進而攻擊他人。甚至對體型大上自己兩倍的人也會毫不猶豫地衝上去，十分魯莽，而且異常執著，不管被打得有多慘都還是會爬起來。澀谷的孩子們替這種藥取了個再適合不過的名字……叫作『HEAT』。想必各位也知道，澀谷附近是各種幫派和年輕人衝突不斷的地方，所以也一直有毒品的需求存在。好巧不巧，這個 HEAT 不會讓人上癮，就算停用，身體也不會產生強烈渴求 HEAT 的戒斷症狀。不僅當事人可以自主決定要使用幾次，而且不管吸再多次都不會產生抗性，所以也不會隨著使用次數增多而提高攝取量。」

「兜售的價格是多少？」

「一公克三千圓。」

「三千圓？可是這個價碼根本……」

才剛開口，渡瀨便悵然若失地閉上嘴。

「這個價碼根本談不上是生意，您思考的層面沒錯。但換作顧客方來看，沒有比這還安全的毒品了。明明立即見效卻沒有後遺症，簡直是對人體無害的理想毒品。他們得到HEAT後，彼此之間的衝突愈演愈烈。老實說當時我們還沒將HEAT的存在與衝突規模擴大連結在一起。轄區的生活安全課也只將那群少年看作可能加入黑道的潛在分子。坦白說，還有一種心態是既然未來有可能加入黑道，那現在讓他們像這樣互相擊潰對方反而是件好事。但今年刑事局捎來的情報打醒了我們的同仁，第一，成城一家五口命案。第二，新宿車站西口隨機殺人案。第三，都立高中生校內槍擊案。」

聽到這幾起事件，會議室裡的氣氛顯然緊張了起來。那些案件是於今年六月到七月這兩個月內在東京都內接續發生，都是引起世人關注的窮凶惡極事件。

第一起。六月二十二日晚間七點，警方接獲成城地區一名婦人報案，表示隔壁人家傳出好幾個人的慘叫聲。轄區員警趕到現場一看，發現某公司社長櫛元昇三自宅的玄關前有名身上沾滿鮮血的少年A（十七歲）恍神地站著不動，於是將其帶回警局。但接著進門的員警卻嚇得動彈不得，因為整個客廳已經是一片血海。在那片朱紅色的血海中，發現了櫛元先生妻子以及長女（十四歲）的屍體。而後又陸續在浴室發現次女（八歲）、在書齋發現櫛元先生、最後則在兒童房裡發現長男（九歲）等人的屍體。五人皆已死亡，屍體上少則七道、多至二十四道刺傷的傷口。凶器就是A被發現當時手上那把沾滿血的瑞士刀。A立刻遭到逮捕，且當天便承認自己殺害了一家五口。A過去曾在櫛元經營的物流公司上過班，前陣子因為嚴重的怠忽職守而遭到解雇。解雇當時曾遭到被害人斥責，因而懷恨在心，才犯下這起案件。

第二起。七月十五日下午兩點，事情發生在新宿西口車站。當時街上充滿了許多購物的人和聽完演唱會的年輕人，少年B（十七歲）開著一輛廂型車出現，且突然高舉日本刀衝入人群，立刻砍向兩名老婦人和一名女童。發現周邊有異狀的人群陷入恐慌，B發出嘶吼，朝著一名男性上班族和兩名女高中生的背後斜劈下去，接著又從上方刺穿一名男性遊民，總共捅了三次。後來八名員警趕到現場將B制伏，但制伏過程也有三名員警受了重傷。嫌犯行兇過程長達四十分鐘，共出現七名死者三名重傷者。B為警察學校劍道師範的長男，犯案時用的日本刀是他父親眾多收藏品中的一把。B因為罹患支氣管炎而自高中休學，父親每天都逼迫他要不復學、要不報考警察，母親則成天擔憂他的未來。兩面煎熬之下，他偷出父親的日本刀，並在開著廂型車到處逛時看見一名單手拿著書冊的年輕人，突然「恨起那些每天都無憂無慮的傢伙」，於是犯下罪行。B的父親在案件發生後，於家中切腹自殺。

第三起。七月二十一日上午十一點，世田谷都立高中二年A班的學生C（十七歲）突然手持改造槍枝闖進自己的教室，對著上課中的都築專任教師（四十五歲）開了第一槍。接著C堵在教室入口開始隨意開槍，沒有退路的其他學生連抵抗都沒辦法，接二連三遭到射殺。六發子彈共造成都築老師以及三名學生死亡、三名學生重傷，而試圖躲避攻擊而自三樓窗戶往下跳的八名學生之中，一名學生因腦挫傷死亡，剩下七名學生不是骨折就是內臟破裂，情況十分嚴重。C將子彈打完後依然赤手空拳攻擊其他學生，但最後被五名教師制伏。C過去在班上受到霸凌，他怨恨霸凌的直接加害者，也怨恨其他視而不見的同學，因此犯下此次罪行。

「三起案件的受害者數量都很多，而且犯人都是住在都內的十七歲少年。都不知道看過多少雜誌的報導標題寫什麼『生病的十七歲』了。但我們還發現了一個沒有告訴媒體的共通點，如果公開的話，恐怕就不是這種程度的騷動可以解決的事情了。逮捕嫌犯後我們有進行尿液檢查，結果三名少年身上都檢驗出HEAT的殘留成分。」

在場的同仁一片譁然，栗栖似乎也是頭一次聽到這件事，完全不掩飾臉上的驚訝。槙畑看向渡瀨，他不悅地皺起眉頭，直盯著宮條。

「所以那個HEAT和史登堡公司之間有什麼關聯？」

「購買HEAT的人是那些小團體成員口中的採購員，根據那些少年經輔導後提供的證詞，可以判斷出藥頭只有一個人。那名藥頭在交易時總是帶著太陽眼鏡，看不清楚長相。但負責採購的少年在藥頭打開包包準備交貨時，看見裡頭放著公司的便條。少年眼睛很利，便清楚記下了便條角落的LOGO，也就是手寫體的S和B重疊的圖案。我們跟少年確認過了，那肯定是史登堡公司內部所使用的便條紙。」

「所以藥頭是史登堡公司的員工。」

「刑事局的看法非常偏向該員工為獨自犯案，也就是認為他只是利用公司內存放的藥劑來賺點外快而已。但由於牽涉到毒品，我們向刑事局確認到史登堡這間公司時，馬上就懷疑這不是單獨犯案，而是整間公司都有問題。對追查毒品犯罪的人來說，史登堡就是那種可疑的公司。順帶一題，在場有沒有哪一位聽說過史登堡的負面傳聞？」

沒有任何人舉手。

「史登堡製藥是由一名稱作馬克思・馮・史登堡的男性所創立，一開始只是在柏林某處賣賣生活用品的零售商，一九一四年開始跨足製藥業，並急速擴張生產與通路規模。四年後，將製藥扶植成本業的史登堡公司挑戰業界史無前例的大規模工廠製藥，並大獲成功。」

「一九一四年的話，記得是……」

「沒錯，第一次世界大戰爆發的那一年。德國於一戰中戰敗，但史登堡一見德國就要戰敗，趕緊自行拆組公司結構，分成約二十間公司，將資產分配到俄羅斯、奧地利、法國等其他國家以避免資產遭到徵收。拆解後分散於各個國家的史登堡，在往後十年間於歐洲各地累積新式藥物的製造技術與利益，最後回到本國，集中回馬克思・馮・史登堡的手上。」

「是因為當時的情勢已經趨緩，景氣也逐漸恢復的關係嗎？」

「不是，當時的情勢更加嚴峻。連年的不景氣成了民族主義和右派勢力竄起的原因，之後也促使納粹掌握了權力。而史登堡公司彷彿配合著納粹的發展腳步一樣，再一次合併成堪稱史登堡帝國的綜合企業集團。」

「我懂了。」渡瀨抬起頭，面色依然不悅。「每次發生戰爭，史登堡公司都會大賺一筆，就像是死亡商人那種買賣就對了。」

「您說的沒錯。只不過他們提供的商品是白色的粉末。史登堡公司不一樣的地方，在於將戰場以及軍事設施直接轉變成新藥物的開發工廠。聽到這裡各位也明白了吧。史登堡派遣他們的研究員到納粹的科學研究小組裡。」

宮條說到這裡暫停下來，似乎是在確認大家的反應。在場的所有人士都豎起了耳朵，毫不吭聲。

「納粹這個集團幹盡了一切不人道的好事，最過分的就是以科學之名所進行的各種人體實驗。人類可以承受多少噪音、對痛覺有什麼感受、出血量的最高極限是幾百公升、各種毒藥的致死量實際上是幾公克、是否會因為性別、年齡、體重而有差異。其中史登堡公司出身的科學家們成功自人體抽取出某些有用的成分，並開發出新藥，有一部分在現今的市場上還買得到，而且清清楚楚標明為史登堡公司的產品，當然德國國內也看得到。」

「真讓人難以置信。那種由戰爭罪化身而成的公司居然到現在還存活著，難道就沒有被告或被問罪嗎？」

「紐倫堡法院裁罰了戰爭指導者，而檢察官一直到最後都沒辦法舉出史登堡公司的罪證，畢竟史登堡裡直接對猶太人下毒手的醫師全都溜得不見人影了。但即使經歷納粹垮台、戰爭結束，這個企業根本上的體質也不見改變。德國分裂後，史登堡公司將納粹時代所精通的人體與藥品知識提供給東德。發展至今天，史登堡公司的藥物幾乎已經遍佈全球。朝鮮半島、越南、巴勒斯坦、阿富汗……東西方代理人戰爭的參戰國家全都接受了史登堡公司的洗禮。」

「等一下。」這次渡瀨舉起手來插嘴。

「你解釋了一堆，但這就代表警察廳，不對，以厚生勞動省為首的政府官員是在知情的狀況下，還放任史登堡公司在日本建立分公司嗎？還無視他們明明白白的戰爭罪，默許這群人渣敗類在日本國內繼續研究長達五十年之久嗎？」

「渡瀨！」

栗栖課長慘叫似地吼了渡瀨，不過宮條看起來並不在意。

「畢竟史登堡公司也不是在日本國內做了什麼，所以也沒有列入觀察名單，只把他們當作總部設於東德的一間外國企業而已。而且我們開始注意史登堡其實也是從一九八八年的首爾奧運開始。不知道各位記不記得，男子短跑一〇〇公尺的金牌得主班・強森（Ben Johnson），後來因為被發現服用禁藥而取消優勝資格，也遭到禁賽處分。」

槙畑馬上就想起那名褐色皮膚、只有眼睛特別白亮的短跑選手。記得一直到獲獎為止，他的眼神都像是一匹兇悍的野獸。但一被發現服用禁藥後，那對眼神看起來就帶有興奮劑上癮者特有的神色了。

「可是當時以蘇聯為首的共產國家，在禁藥方面的使用比西方國家更徹底，而且還是以國家規模去進行的。訓練室旁邊的研究設施就隸屬於史登堡，他們沒日沒夜地調配藥劑，並排定投藥量與時程。他們的研究成果有多好，已經從過去的奧運和各項世界大賽中東德所奪下的獎牌數證明了。國家之間的鬥爭，背後通常都有非法的藥劑師在活動。於是我們開始注意史登堡的動向，只不過已經晚歐美各相關機構五年了。」

「兩德統一之後呢？東德都已經滅亡了，他們應該也沒有餘力把藥物部門繼續設在讓自家潛水艇放到生鏽的俄羅斯了吧？」

「您說的沒錯。東西德統一後，史登堡的本社雖然依然待在柏林，但活動據點已經離開歐洲了。」

「到哪去了？」

「中東，以及東南亞各國。再來還有北韓。」

渡瀨的表情僵住，帶有一絲驚愕與不快。而這副表情似乎也代表了全體搜查員的心情。

「這些因素讓公安似乎也關注起史登堡的動向。史登堡日本分公司在兩個月前毫無預警地關閉，而幾乎同一時期，吸毒的少年犯也開始犯下兇惡的罪行，現在曾經在該研究所任職的研究主任也遭到殺害，而且動機和手段都不明不白。怎麼樣？不可一世的警察廳搜查員之所以慌慌張張地跑來找縣警，這些理由應該夠充分了吧？」

2

銀色的雨滴落著。

明明這場突如其來的雨勢密集得足以遮蔽視線，卻完全聽不見雨點打在地上的聲音。

河川蜿蜒在低矮的山脈間，而國道則和河川並行。路旁有一群身穿雨衣的警官排排站著，看起來就跟行道樹一樣。

槙畑就是其中一個人。

在雨水都滲進了內衣後，槙畑才漸漸發現，只有自己沒有穿雨衣，連傘也沒撐，站在雨勢中任由雨水浸濕全身。

濛濛雨霧之中的這一排隊伍，其實是重要人士的護衛。唯一便衣打扮的槙畑受命負責帶領這些同仁。

經過了數分鐘、數十分鐘、甚至長達數小時的時間，隊伍前有位中年女性從河川那一邊走來。

不知道是不是剛從河裡爬上來，她身上的薄襯衫與裙子緊貼著身體，散亂的瀏海也垂在額前。

女子確認到槙畑的身影後，毫不猶豫地向他走來。每走一步路，她身上的水滴便滴落到柏油路上彈開，而滴落的聲音越來越大。

「救命！」

女子突然大叫起來。

「我的孩子，在旁邊的河岸上被水沖走了。請你們救救她！」

女子死命抓著槙畑，眼裡帶著責難的神色。槙畑避開她的眼神看向山崖下的河川。河水已經變得混濁，宛如好幾條龍扭動纏繞在一起往下游竄去。

「不行，我不能離開這個崗位。」

那位母親目不轉睛地盯著槙畑。

「求求你們，求求你們救救她。」

母親跪下來磕著頭，但槙畑卻覺得她的眼神依然緊緊抓著他不放。

他轉頭看向旁邊的警官隊尋求協助，但從頭聽到尾的警官們卻連看都沒看過來，只是像個雕像一樣佇立，任雨水打在身上。

不久後有人自下方河川大聲呼喊：

「上來了！」

母親聽到這句話整個人猶如彈起來一般，抬起頭來就向河川跑去。槙畑也緊追在後，而其他警官也打散了隊伍跟上他們兩個。

馬路旁有座狹窄的石階可以通往山崖下，槙畑三步併兩步跑下石階，看見因河水漲溢下僅存的一塊河岸上，那位母親抱著某個物體站立不動。

槙畑背脊傳來不祥的預感，但他卻無法停下腳步。即使腦袋抗拒，腳卻不由自主地往前走去。

母親抱著的是一名孩童，一名幼稚園年紀的女童，她穿著裙子、腳上的紅色鞋子只剩下一隻。

母親慢慢抬起頭來，對槙畑投以黯淡的眼神。

「你看看，看看這孩子的臉。這是你的義務。」

他想別過頭去，但脖子卻不聽使喚，眼睛也無法閉上。槙畑強忍著胸口衝上喉頭的嘶吼慾望，看了一眼母親送到他面前的女孩。

「我……我……」

他要感到懊悔嗎？要謝罪嗎？還是要替自己辯解？槙畑自己也不知道後面該接什麼話，只是茫然地呆立。

結果女孩倏地睜開眼睛，用那對徹底睜開，黯淡且空洞的瞳孔盯著槙畑。

「卑鄙小人。」

槙畑大叫一聲，從床上彈了起來。站在一片昏暗之中定神一看，才發現眼前是熟悉的房間景象。

枕邊鬧鐘的綠色電子數字逐漸清晰起來，半夜兩點三十分。

「又來了……」

他嘟囔之後發現，從額頭到脖子一帶全都如往常一樣冒滿了汗。明明現在還感覺得到一股冷意自腳下一路涼到身上。

他轉頭走向廚房，打開水龍頭沖了沖腦袋，冰涼的水刺激著皮膚，冰得彷彿能刺進頭蓋骨。他擦乾頭後打開冰箱，拿出礦泉水一口氣喝光後，總算靜下心來了。

夢境的殘渣頓時掉入內心深處。只存在於夢中的地方，即使出場人物改變，情況也一而再再而三重演。那是令人既懷念卻又不舒服的另一個現實。

槙畑的眼睛已經適應黑暗，他環顧自己的房間，約三坪的大小，兩房加一廚房。這是宿舍裡的其中一間，每間房的大小都一樣，不過他房裡的家具不多，只有一個櫃子和一台電視，所以看起來還是很寬敞。廚房並沒有料理工具，這是因為他不吃早餐，而另外兩餐也都是外食。不再被需要的東西就會一個個消失，再自然不過的理由。他也沒什麼資格可以嘲笑桐生隆的房間。

一直到兩年前為止，這間房還充滿了各種家具雜物，十分有家庭感。他記得當時由於妻子賴子還在的關係，他對於有了家庭便會增加家中物品這件事情感到神奇。這些熱鬧的家具雜物跟著賴子一同消失之後，房間內就一直是這麼空蕩蕩的模樣。離婚時他原本考慮過搬進單身宿舍，但因為討厭繁瑣的手續，結果就沒再管這件事情了。以往槙畑都只把這裡當作一個可以回來睡覺的房間，現在看看才發現對單身的人來說，這間房實在大過頭了。但是兩個人住又變得太小，過去賴子也常常就這件事情發牢騷。

不再被需要的東西就會一個個消失。那麼家具也一樣，或許賴子的情況也相同。

不對，槙畑否定這個念頭。不再被人需要的是我自己，是賴子拋棄了她不再需要的我。

這麼想就對了。這麼一想也是當然的，如今回想起來，自己根本不是一個好丈夫。賴子的父親也是一名警察，所以槙畑擅自認為賴子應該早就清楚警察的妻子該抱持著怎麼樣的心態，於是從新婚時期就埋頭在工作中。他忙於查案，就連半夜才回家已經算是好的了，甚至還曾連續在署裡睡了兩個星期。沒有值班的時候只會睡上一整天，偶爾坐在餐桌上一起吃飯也不怎麼說話，一次都沒好好聽過賴子要說些什麼。雖然曾有過這樣的機會，但妻子聊的都是街坊鄰居的傳聞和電視綜藝節目、流行的服飾或電影，沒有一個話題是和自己有關的，所以完全提不起勁，每次妻子在講話時都擺出一副難看的表情，久而久之她也不願說了。腦中只想著如何解決案子和幫助家屬。但明明最需要他的耳朵、手掌、臂膀的人就在自己身邊。他卻完全沒有察覺，也沒有試圖去了解，在喪失當刑警的資格之前，自己甚至不配當個擁有家庭的人。

關係徹底破裂的契機是因為賴子流產。結婚第二年的夏天，懷孕八個月的賴子在前往超市購物的路上，不慎從車站的樓梯失足跌落，並直接被送到醫院。在賴子的家人趕往醫院時，槙畑則因為當時發生的連續強盜案來回奔波本部和搜查現場，根本沒時間到醫院一趟。雖然母親身體並無大礙，但胎兒卻流掉了。不過失去的並不是只有孩子。當槙畑一踏進病房，看見賴子眼神的那一刻，他就明白了。所以當賴子單方面提出離婚要求的時候，他也沒有辯解什麼。

兩年前最後一次見到她就是在這間房裡。可是最後那一瞬間，賴子的臉上是什麼樣的表情、他們之間又談了些什麼，槙畑卻沒辦法馬上想起來。

過了一陣子後，自記憶中浮現出來的畫面，是賴子在離別之際看著他的那雙眼睛。

她緊閉著雙唇，眼睛眨也不眨地盯著槙畑看，眼神裡是清清楚楚的責難。

你根本就不打算理解我。

你費盡千辛萬苦從自己手上保護自己，卻完全沒有保護我。

卑鄙小人……。

槙畑突然想起了毬村美里。在桐生隆慘遭毒手的現場，那雙銳利且強烈的目光正面揪住槙畑。

那個眼神，和當時賴子責備槙畑有多軟弱的眼神十分類似。

一到縣警本部，槙畑便發現宮條坐在自己的座位上。他趕緊敬禮。

「早安。」不過這名來自警察廳的菁英搜查員平淡地低頭致意。

從這副模樣來看，槙畑已經猜到宮條是在等自己。

正當他才在思索到底是有什麼事時，就發現渡瀨並不在房間內。

「渡瀨警官到其他案子的現場去了。」

「其他案子？可是我們這一班不應該是專門偵辦桐生隆的案子嗎？」

「雖然是其他案子，但案發現場一樣在神島町，所以他認為可能有關連，於是就跑出去了。」

「一樣的所在地？這次是誰被殺了？」

「是綁架。聽說被綁的是一個還在喝奶的小嬰兒。」

「綁架……」

「我也只知道這些而已，反正我們應該會在現場和渡瀨警官會合，詳細情況就到時再釐清吧。另外渡瀨警官要我轉告你一句話。隊伍組成變更，槙畑警官，從今天開始你要和我搭檔了。」

「果然還是要聯合搜查的意思？」

「不是，就只是我跟著槙畑警官跑而已。意思就是請你依照平常的方式行動。」

槙畑心中立刻浮現三個左右的疑問，但宮條馬上自然地低頭說聲「那就有勞了。」於是槙畑也只能順勢回應「了解。」

其實槙畑對宮條這個男人有很多疑問，因為他從沒見過警察廳的搜查員姿態放得如此之低，甚至讓他現在已經產生了一些好感。

刑警的工作，總結來說也就是識人的工作，所以長年累積下來，槙畑只要聽一個人說大概一小時的話就能大致掌握對方的為人。在槙畑眼裡，宮條在那些菁英人種之中算是非常穩健的類型，恐怕伸手可及範圍之內的東西就可以滿足他，他也不會太執著於獲得更多，想必一路走來都是抱著適度的晉升慾望和淡泊的態度吧。

而槙畑之所以會感覺多了一分親近，是因為昨天經過提問環節後，了解到宮條是個打從心底憎恨毒品犯罪的人。經特考成為警察的人，就槙畑所知，大多都是比起犯罪還更怨恨同輩飛黃騰達的人，完全不如對上司、下屬、以及對外聲稱的那麼熱血。只有在眾目睽睽的公開場合、有立功機會的情況下才會裝得一副滿腔熱血的樣子。跟那種人比起來，宮條的憤怒雖然很沉靜，卻具備著貨真價實的熱度。

他們一坐上車，槙畑問宮條是不是要去史登堡公司，宮條點了點頭，彷彿是在說當然是那裡。

「話又說回來，該怎麼稱呼您比較好？」

不管怎麼說，警界這個圈子都還是階級社會。如果不從這個問題先解決，那之後什麼話都談不了，所以槇畑率先開口。

「因為您沒配戴徽章，所以有點不知道該怎麼稱呼。」

「叫我宮條就可以了，坦白講我也沒什麼像樣的頭銜。」

不過槇畑昨天就已經先向渡瀨打聽過了，宮條的階級是警視長。只是警察廳改組後，課長的職缺減少，本該掛課長頭銜的宮條在這個位子被佔滿的體系內，只好停在小一點的課長輔佐上。但這只是對外的說法，有傳聞說宮條其實就經歷和年齡來看，明明可以跨過同事往上爬，但他本人卻沒這個意思。在警察組織內走在精英道路上的官僚，都會在各部門擔任幾年的課長後自動往上晉升，但聽說眼前這個男人卻太執著於毒品查緝，三番兩次拒絕了上級的調動命令。照理說這樣的舉動在階級社會的警察組織中不可能管用，但如果把人事拿來跟他在毒品查緝上的舉發實績、以及長年下來與厚生勞動省所建立的緊密關係相比，上級也只能摸摸鼻子接受他本人的任性了。這些看似合理的推論也加強了他身上的傳聞。

「宮條警官和我們班長之前就認識嗎？」

「渡瀨警官沒提過嗎？」

「沒特別說過。」

「那怎麼會特別問起這件事？」

「因為你昨天走進會議室時先看了渡瀨班長一眼，明明班長當時站在離你最遠的位置。」

這麼說完後，宮條開心地露出微笑。

「找你同行果然是對的。其實是我要求他們讓我跟著最優秀的人才跑的。」

十之八九是渡瀨推薦的吧。

「我當上刑警的時候就被分發到這個署，當了渡瀨警官一整年的下屬。」

聽了這番話，槙畑才明白為何渡瀨看著宮條的眼神還帶有一種複雜的情感。那並不是平時輕視特考組的眼神，而是類似看見孩子青出於藍的父親一樣，帶有一點喜悅卻也有一絲不甘心。

「執行完派出所的勤務後，我就馬上被調到了強行犯係。渡瀨警官現在對菜鳥還是那麼不客氣吧？」

「現在沒那麼嚴重了。」

「說什麼如果要說明到十分才能理解十分的人也當不上什麼好刑警，所以只會告訴你一兩件事情。而且就算有什麼搞錯了或是在煩惱什麼也不會說出口。我好歹也是有自尊心的，所以為了讓他認可我，那一年下來真的是吃了不少苦頭。託他的福，我到了警察廳後也不覺得有什麼好苦的了。」

「最近班長也越來越懶散了，那些教育新人的工作全都塞給了其他人。」

「他昨天也親口跟我說了，說他不擅長教人，目前只教出兩個比較稱職的刑警而已。」

宮條說完後壞心眼地笑了笑，不過楨畑反而感覺有些不自在。宮條大概是打算稱讚他吧，可是渡瀨口中那兩名稱職的刑警之中，有一個人還沒克服一個稱職刑警早就該克服的弱點，所以直到現在還待在警部補的位子上。

「宮條警官已經看過被害人的報告書了嗎？」

「昨天拜讀了。雖然家財萬貫，卻沒有法定繼承人，感覺也不像是會到處樹敵的人，到底為什麼會被那種方式殺害呢……不過渡瀨警官雖然沒明講，但看起來還是有在思考謀財和仇恨這兩條線的可能。」

「這樣不是很矛盾嗎？」

「知道桐生隆富有的人很少，但他又不是什麼真的避世隱居之人，先不論同事和鄰居，和他最親近的人知道他口袋有多深也是合情合理的事。比如說戀人之類的。就算不走法定繼承這條路，還是有一堆方法可以強奪那些財產。」

「是指毬村美里嗎？」

「還有，雖然他是個討人喜歡的好青年，但如果有人遭到那種好青年沉痛的背叛，產生的憎恨應該也會大得不可理喻吧。」

「可是單憑一個女性的力氣有辦法完成這麼大的犯行嗎？」

「如果是非比尋常的殺人案，也有可能是用上了不尋常的工具。無論如何，渡瀨警官是從動機面來一一比對毬村美里的情況。不過你似乎抱持不同的意見？」

「我不認為毬村美里會是兇手。」

「何以見得？」

「是因為宮條警官所說的話。我認為現階段最能接受的可能性是牽扯到企業的謀殺。」

「不過昨晚渡瀨警官也表示史登堡的事情太過曖昧不明，和這起案子之間的關聯，就只有採購HEAT的少年曾目擊藥頭包包內有史登堡商標的便條紙而已。」

「那為什麼他會在研究所附近遭到殺害呢？而且還是在封鎖後才過兩個月的時間點。」

「理由就只有這樣嗎？」

比起這些事情，槙畑的直覺還是告訴他犯人不會是毬村美里。然而這個想法實在太缺乏說服力了。

宮條瞥了一眼不知道該怎麼回答的槙畑後說：

「負責打聽桐生隆情報的人是槙畑警官沒錯吧？假如有什麼沒能完整寫到報告書上的事情，能不能請你照實告訴我呢？」

確實有些細枝末節的事情沒有寫在報告書上。包含他跟神山巡查前往研究所的事、桐生隆房間的書架上有三本無關醫學藥學的書籍、桐生隆贊同巨量維他命理論的事……雖然他起初對於把這三件事情告訴外來的搜查員有些抗拒，但是在持續觀察宮條的反應後，也覺得沒關係了。因為不管是桐生隆住處的情況，還是藤森醫師對巨量維他命理論的意見，再怎麼看似無關的話題，宮條都有著強烈的興趣。

而他特別感興趣的事情，是桐生隆對藤森醫生所說的最後一句話。

「魔女的後裔啊。」

宮條皺起眉頭喃喃自語，陷入了一陣思考。

「槙畑警官，關於這點你怎麼看？他最後說的這句話有什麼意義？」

「這個嘛，現在還不好說……但就整個話題的走向來看，搬出魔女實在有些唐突呢。」

「槙畑警官，你知道魔女在過去是真實存在的嗎？」

「魔女存在過嗎？」

槙畑的腦海中瞬間浮現老婦人騎著掃帚橫過天際的剪影，但他也意識到自己犯了跟古手川一樣的毛病，於是苦笑起來。

「在調和藥草、透過祈禱消災解厄、傳達上天諭示等行為還屬於人類最先進技術的時代，那群被世人稱作魔女的人可是這方面的專家。她們既是土著的醫生、是氣象預報員、也是執政者的顧問、信仰的祭司。換句話說，就是今天好幾種職業的始祖，而藥劑師也是其中之一。」

「原來如此。桐生隆就是製藥公司的研究員。」

「桐生隆有沒有可能是因緣際會之下發現自己的公司在從事死亡商人的生意。例如公司在研發抗癌藥物或抗憂鬱藥物的同時，暗地裡也將能讓人化身為殺人機器的毒品送入黑市。所以他才帶著自嘲的語氣說出那句話，說自己是魔女的後裔。」

「假如桐生隆是直到最近才得知這件事情的話……確實有可能會回去研究所一趟呢。雖然已經封鎖起來了，但裡頭可能還會留下什麼證據。」

「然後在那裡碰到某個人，結果就遇害了。不知道是出自怨恨還是封口，他的遺體不僅不完整，還被大卸八塊。槙畑警官，剛才提到的魔女話題其實還有後續。十五世紀初期，世人曾發起一波狩獵魔女的行動。人們將魔女塞進內部釘滿道釘的等身大棺材，強硬地掰開她們的嘴巴灌入大量的水。還會把她們吊在天花板上，一點一點增加綁在她們腳上的石塊……可是最受人們喜愛、最受歡迎的方法，是那些施行起來夠浮誇的刑罰，包含絞刑、十字架、火刑、然後就是，大卸八塊。」

「大卸八塊……」

「沒錯，十七世紀的英國有一位惡名昭彰的魔女獵人，名叫瑪竇・霍普金斯（Matthew Hopkins）。他將犧牲者的遺骸大卸八塊後，就會有一群人繼續把屍塊撕碎成八十餘塊，放在刑場上曝曬數日，任由野狗和鳥啄食。如果想到這些事情，那麼自詡為魔女後裔的桐生隆也以相同的方式死去，在我看來這實在是太具有象徵意義了。」

進入通往沼澤地的縣道後，就開始看見電視台的ＳＮＧ車和掛著臂章的記者群。如果事情發生在昨天，那今天應該會是騷動到達顛峰的時候，但就算是這樣，媒體出動的車輛和人力看起來也比平常多了兩倍。槙畑心想大概是案件本身過於異常吧。他豎起耳朵，便聽見了拿著麥克風的記者奮力運用五官的每一個部位在強調這起案件有多麼異常。

「在這樣一片恬靜的田園風景中，竟然發生如此膽顫心寒的分屍案，而距離記者現在所在位置後約百公尺處的沼澤地，就是慘劇的案發現場。發現當時，現場狀況之悽慘令人難以啟齒，就連擁有數十年資歷的資深警官也都面無血色。」

「不知道各位記不記得過去曾有一段時期流行強調殺人場面的電影，這起案件就令人聯想到那樣的電影，甚至比電影還更為駭人，而且是血淋淋地發生在我們的生活中。」

「在我採訪危害社會安全的各類案件的十多年記者生涯中，也見過好幾次慘不忍睹的現場狀況，但這一次實在是只有毛骨悚然可以形容。老實說，要和剛用完餐的各位觀眾報導這則新聞實在是有些於心不忍。」

「他們到底有沒有寫劇本啊？雖然這是他們的工作，但那張嘴還真能說。」

宮條不屑地說，不過槙畑並沒有回應什麼。他對媒體從來就沒有好感，但醫生、僧侶、律師，還有刑警、記者，無一不是以啃食他人的不幸來賴以為生的工作。至少在沒有替被害人以及其家屬雪恨之前，警官也和那些人是一丘之貉。而他也不是完全不理解媒體那種沒事勾起閱聽人低劣興趣的報導手法，這種事情從今天早上的早報就能隱隱約約看出。

知名大報的專欄文章雖然描述得很保守，但還是指出這次的案件和十幾年前同樣於當地發生的連續女童撕票案有關。並表示這次案件的殘忍程度酷似過去那起撕票案，因為仇殺的可能性低，所以未來恐怕會再出現受害者……。

抵達現場，鑽進黃色封鎖線之後，就看見幾名搜查員站在水深及腰的沼澤地裡頭。最前面的男子注意到有人到來便回過頭，是古手川。

「槙畑警官——」古手川一臉看起來就像被人叫來掃廁所的孩子一樣，迎接槙畑的到來，而且似乎沒看見站在槙畑背後的宮條。這麼冷的天氣，就算身穿高到胸口的防水衣，泡在沼澤裡打撈也絕非是舒服的差事，而且也不是有辦法在自己人面前抬起頭來的模樣。古手川的苦瓜臉完全說明了這種心情。

「古手川，你不是在調查桐生隆的同儕嗎？」

「那邊人手夠了，所以他們叫我先來幫忙打撈。畢竟有兩件事情要處理。」

「兩件事？」

「第一個當然是要找出之前那起案子的犯案凶器，另一個是昨天發生的另一起案子，我們現在也是在順便搜索這件案子，說什麼可能有孩童屍體沉在水底。」

「可是我聽說是綁架嬰兒？」

古手川用手奮力撐起身子，將下半身從沼澤中拉上來。不知道眼睛到底在看哪裡，他到現在還是沒注意到宮條的存在。不過此時宮條也背對著古手川，正在巡視現場。

「距離這裡大概半公里外的聚落有戶姓田宮的人家，他們家的三男昨天傍晚就下落不明了。」

「田宮家的家境富裕嗎？」

「就是這附近處處可見的兼業農家，年收只和二十幾歲的上班族差不多。資產也就只有自己的房子和不滿一分的田地，如果目標是錢，那該說是這個綁架犯太清心寡慾了嗎？總之這個方向恐怕是錯的。」

「能不能麻煩你」宮條彷彿偷看般地出現在槙畑身後。「將當時的狀況說得更詳細一些？」

終於發現宮條在這裡的古手川小小叫了一聲，接著就像發條玩偶一樣呆立不動，過了一下才手忙腳亂地從懷中掏出記事本。

「不、不好意思。我看看，失蹤的是田宮良三先生的三男田宮貢，是名四個月大的男嬰。根據母親友紀子女士的證詞，昨天下午四點三十分，原本在沿廊看著小貢的友紀子女士，因為要煮飯所以離開了十幾分鐘，但小貢就在這短短的期間內不見了。當時家裡只有他們母子兩人，沿廊位置從馬路上可以看得一清二楚，而且大門也沒上鎖，所以研判被外人綁架的可能性很高。」

「目擊證人呢？」

「沒有。那裡本來就是沒什麼人會經過的聚落郊區，而且嫌犯還看準在友紀子女士走進屋內的時候犯案。鄰居也都沒有人聽到嬰兒的哭聲，再加上玄關走到嬰兒當時躺著的沿廊之間鋪滿了石頭，所以現在還沒發現疑似為嫌犯的腳印。」

「怎麼什麼線索都沒有。現在是誰在指揮？」

「剛才渡瀨班長抵達現場了。」

「媒體的報導管制狀況呢？」

「照本宣科。不過拿著麥克風跑到沼澤地來的人好像大多都是為了前面那起殺人案，而不是嬰兒的綁架案。」

「那位田宮良三先生或他的家人之中，有沒有人和史登堡公司有關係呢？」

「沒有……田宮先生在郊外的超市工作，妻子友紀子女士則是家庭主婦，而祖母絹依女士則全心全意投入田地的農事上。實在很難想像有人會和史登堡公司扯上關係。」

「這樣啊……辛苦了。那我們走吧，槙畑警官。」

宮條語畢，轉身就要離開。古手川急忙叫住他。

「您為什麼會問起這起案子跟史登堡公司的關聯性呢？」

古手川一問，宮條就像接受學生提問的老師一樣露出微笑。

「沒事，就只是覺得或許有這個可能。古手川警官怎麼想？關於這起案子和前面那起殺人案之間的關聯。」

「我認為兩起案子並無連結。」古手川一臉得意地斷言。「異常凶殺和綁架勒索，不僅案件性質不同，兩案也不存在共同的關係人。案發現場這麼接近只是單純的巧合啦。」

「非常合乎常識的判斷。」宮條依舊面帶微笑。「古手川警官，讓你待在刑案現場實在太浪費了呢。未來也希望你多多加油。」

「是。您過獎了！」

古手川眉開眼笑，對宮條敬了個最完美不過的禮，然後又挺起了胸膛。

「好了，槙畑警官。這裡就交給他們去處理吧。」

槙畑和宮條離開沼澤地，留下可能還在他們背後投來熾熱眼光的古手川。

「不看看現場嗎？」

「反正昨天你和渡瀨警官也已經仔細調查過，恐怕也沒留下什麼能讓我找到的線索吧。而且現場的狀況只要看報告書就明白了。我對其他地方比較感興趣。」

「宮條警官，關於你剛才對古手川說的那番話……」

「哦，那個啊。我可是真心的，讓他待在刑案現場確實浪費。」

「可是……」

「他比較適合警察廳的宣傳部門、或是沒有開業醫生的在地村莊駐警，不適合擔任第一線的搜查員。渡瀨警官肯定也是不知道該拿他怎麼辦，所以才推給你的吧。確實這兩起案件的性質不同，看起來也毫無共通點可言，但嬰兒可是在昨天下午四點半消失的。昨天下午四點前後，有一堆便衣和制服員警因為桐生隆的案子在附近繞來繞去。你說一個和這起案件完全無關的其他嫌犯，會特地挑這個最壞的時間點犯案，而且還是為了勒索沒什麼錢的民家幼童嗎？怎麼可能。這兩起案子肯定相關，只是我們還沒發現這兩起案子之間的關聯在哪而已。」

他們走了一段路後就看見聚落，雖然住家屋頂有鋪棧瓦的和鋪平瓦的，但由於每間房子都離得滿遠，所以並不會給人雜亂無章的感覺。不知是不是媒體管制發揮了效果，在這一帶看不到媒體車輛和相關人士。

槙畑胸前口袋中的手機響起。

「我是槙畑。」

「是我。」

是渡瀨的聲音。

「雖然來不及聯絡你，但你應該已經聽說了。你人在哪？」

「我現在剛到聚落入口。班長你人呢？」

「我和鑑識的人在受害者的家裡，就是外面停著白蟻驅除車的那一間。」

槙畑聽了後四處張望，發現五十公尺外有間屋頂鋪著焦褐色平瓦的民家，外頭停著深藍色的廂型車，車門上用白漆寫著「高橋白蟻驅除」。

「昨晚十一點接獲報案，因為接到報案的傢伙對這區人生地不熟，所以今天早上六點報告才送到我這裡。」

「這和先前的殺人案之間有什麼關聯嗎？古手川覺得沒有共通點。」

「就是因為他說了這種蠢話才派他下水去打撈的。你跟我說方圓五百公尺的範圍內連續兩天發生的案子會沒關係？旁邊隨便一個人聽到都肯定會笑掉大牙。」

從小小的手機中傳出渡瀨的大嗓門，宮條聽到後忍不住笑了出來。

「班長你應該暫時走不開吧？人手夠嗎？」

「目前還夠。但如果今天待了一整天還沒有任何動靜的話，就必須把搜查方向從綁架勒索切換成其他情形了。雖然帶走嬰兒這部分毫無疑問是綁架，但這不是一般的綁架案，就跟桐生隆的案子不是單純的異常兇殺案一樣，是具有其他意圖的綁架案。」

「有具體的根據嗎？」

「沒有。如果要說有，就是在本部連一台電腦都操作不好的落伍刑警的直覺。假如用常理來看待這兩起案子的話，感覺會犯下離譜的錯誤。」

槙畑也這麼想。

「先是不怎麼會招人怨恨的男子被殘忍至極的方式殺害，現在又有一名低收入人家的嬰兒被綁架，至今還沒提出贖金和任何要求。這不明不白的共通性，你會怎麼解釋？」

「我現在唯一能夠做出的解釋是，」

楨畑稍微留意著一旁的宮條，繼續說：

「桐生隆是因為怨恨之外的理由慘遭毒手，嬰兒是因為贖金之外的目的遭到綁架。」

「什麼意思？」

「就是班長剛剛說的意思。一般的情況，痛下殺手的原因是出自怨恨、綁架的目的是為了贖金。那我們不把常理套入狀況，不管感覺上矛不矛盾，就先把眼前的事實照單全收。然後以此為出發點去偵辦，相信之後這些矛盾也終究會化解掉的。」

有一剎那，渡瀨悶聲未答。當楨畑剛開始浮現不安時，手機終於傳出聲音。

「這就是世人口中的新型態犯罪了呢。」

「或許以往那種金錢、怨恨、瘋狂的動機都說不通了呢。」

「我說啊，你還記得一課當初引進電腦時，連用都不會用就率先跑去摸的人是誰嗎？」

「……是班長。」

「沒錯。我從小就喜歡新奇的東西，電視和手機只要有新產品出來就會更換，這個傾向嚴重到我連老婆都換了兩任呢。但如果是這次案件的這種新奇，我可一點也不喜歡。總之桐生命案就交給你了，之後再向我匯報。」

「收到。」

電話掛斷後，他們兩人恰好來到田宮家的門口。看了屋外的情況，有不少鑑識課員身穿印著高橋白蟻驅除 LOGO 的工作服，正專心尋找著現場的遺留物品。

「原來如此，如果是驅除白蟻的業者，會在庭園裡走動也不奇怪。」

「這種突發奇想，大概是渡瀨班長的主意。」

「那位大將還是一如往常會考慮到這種小地方呢。明明只看外表的話會覺得他滿腦子只想揍人。」

宮條說完後竊笑幾聲。這個人在和渡瀨搭檔的時候恐怕也會這樣笑吧。槙畑一想到這裡，覺得有些羨慕他們兩個。

「話說回來，你打算到史登堡的研究所做什麼呢？大門已經上鎖，再說我們一直到現在都還沒連絡上設施擁有者，也沒有搜索令。」

「大部分的事情啊，只要到了現場就會有辦法搞定了。」

「你是樂觀主義者嗎？」

「算是經驗談。以前我和渡瀨警官可是署裡人稱的名搭檔喔。不管嫌犯是議員身邊的人，還是舉證困難又拿不到搜索令的情況，我們合作起來也都是一個猛踏油門、一個緊踩煞車。雖然很亂來，但最後都還是船到橋頭自然直。」

槙畑聽他這麼說，腦中想像起過往無視搜查方針、擅自行動的渡瀨，以及冒著冷汗緊追在後的宮條。又是一幅令人有些羨慕的情景。

他們碰到三叉路後左轉，進入通往史登堡公司的小徑。越往深處走，柏油路漸漸被雜草吞噬，藤蔓也開始絆腳。

「我現在重新一想，他們竟然會選在這麼偏僻的地方蓋研究所。史登堡公司表面上在德國也是一間正當的製藥公司沒錯吧？就算是在遠東地區好了，既然要設立日本分公司，選在大型城鎮附近的辦公室明明也不會顯得奇怪。」

「虧心事大多都會選在這種不顯眼的地方做囉。會在霞關這些大型城鎮做的事，只不過是一些小人物為了賺外快而做的行為，根本就算不上壞事……哦，這還真壯觀。」

他們眼前出現了與前幾天相同的一片蓊鬱樹林，道路已經埋沒其中。雖然槙畑早該習慣這副景象，但一想起蔓草拂過臉頰和細枝糾纏的觸感，實在是一點也興奮不起來。可是他的責任就是在這個情況下替宮條帶路。

「雖然已經不是一般人可以通行的狀況了，但還是請跟著我走。」

他伸出雙手，一次又一次地撥開枝葉往前進。宮條什麼也沒說，和槙畑一樣一面撥開枝葉，緊跟在後頭。

不久後他們透過枝條之間看見了鐵柵門，接著就穿出了樹林。

「雖然好像走了很長一段路，但實際算起來恐怕連五十公尺也沒有吧。」

宮條說完後有氣無力地放鬆了肩膀，疑神疑鬼地巡視著眼前的研究所。

「……真是棟不健全的建築物呢。」

「宮條警官也這麼想嗎？」

「是啊。我曾見過史登堡的德國總公司，雖然樣式和規模不一樣，但這裡和總公司一樣都散發出一股濃濃的惡臭。入口就只有這邊的正門而已嗎？」

「對，就在地駐警告訴我的情況來說是這樣沒錯。」

「但那也是六年前的事情了吧。要不要繞個一圈看看？搞不好會發現什麼。」

宮條沒等槙畑回應便逕自走了起來。

「我不只看過德國總公司，也看過設於歐洲各國的分公司，幾乎每一間研究所都有後門。後門在進出一些希望保密的材料和產品時肯定會用到，而且碰上緊急情況時也會需要另一個出口。」

「緊急情況？」

「公權力介入、突發意外造成的細菌汙染、戰爭，如果發生這種事情的話，他們有一套標準流程可循。職員會把所有的研究成果上傳到德國總公司，並且處理掉文件、破壞設備，最後拋棄研究所。而且為了防止第三者入侵，廢棄的研究所大半也都有義務設下陷阱。」

「還會設陷阱嗎？」

「對。當機構內的電源被暫時切斷，如果沒解除安全措施就重新通電的話，室內就會瀰漫毒氣。歐洲有不少搜查員都栽在這一招。」

「日本分公司發生的緊急情況就是你剛剛舉的第一個例子嗎？」

「不是，我們跟搜查一課都不曾代表警察廳直接和公司以及相關人員接觸過。」

「如果是細菌汙染的話，周邊居民應該會馬上報案。戰爭更是不可能了。那史登堡目前表面上怎麼解釋他們關閉的理由？」

「因為業績不振，所以撤離日本市場。明明一直以來在日本都沒什麼販賣實績了，拖到現在才撤離實在不太自然。而且再搭配昨天提及的那三起案子來思考，這種不自然的感覺就越來越強烈了。」

他們沿著外牆走，但圍牆一帶也沒有道路可循，只能撥開及腰的雜草，摸著牆壁前進，途中還踩到幾處泥濘。他們現在才體會到，要繞行一圈並非易事。

正當他們走到差不多相對於正門的地方時，雖然沒發現類似後門的東西，卻有個奇怪的東西出現在兩人眼前。

是一個洞穴。高約兩公尺、寬約一公尺半左右，打通園區後頭山壁岩盤的黑暗洞窟入口。洞穴周邊也被密密麻麻的草木遮蔽，潮濕的空氣從裡頭飄出。稍微靠近一聞，還聞得到泥土或植物那種微微的腐敗氣味。

「唔。洞口的形狀開得很漂亮呢，應該是人工開鑿的。楨畑警官，看來這裡是煤炭的試挖痕跡或是其他用途的入口呢。」

「試挖痕跡？」

「研究所後面居然有這麼大一個洞穴，最適合非法丟棄醫療廢棄物了不是嗎？」

「聽說史登堡公司會在園區內自行焚燒可燃垃圾，至於不可燃垃圾則是丟到研究所後面挖出的一處大洞。」

「是因為這座企業對於環保概念有卓越的先見之明呢？還是因為他們真的不想讓外人看到他們到底丟了什麼呢？」

雖然寒風吹著，但跟這條不成道路的道路奮鬥仍使他們冒了些汗。當他們的額頭和脖子開始變得黏答答時，也終於繞完外牆一圈，但是也沒發現任何類似後門的東西。

「果然只能從這裡進去嗎？」

宮條扯了扯掛鎖。

「你說進去、宮條警官，你該不會……」

「哈哈，這麼大一顆鎖，構造倒是簡易到不行呢。」

宮條從外套口袋中抽出一根和手指差不多長的針。

「如果是用這種方式封鎖，肯定是有某種陷阱。」

宮條將針插入鑰匙孔，左右扭轉了幾次後，伴隨著一聲清脆聲響，掛鎖被打開了。

「以前我曾抓過一名自詡為闖空門專家的毒癮者，我這招就是那個男人親自傳授的。所以後來只要我手上有一根針，構造簡單的鎖大多都能撬開。」

槙畑心想這句話應該有一半是在開玩笑。

「雖然打開了掛鎖，但研究大樓入口和其他設施的鎖就不是這種便宜貨了吧？那還是橫豎都不可能侵入。」

「關於這點不必操心。」

宮條輕鬆地說，接著又從口袋拿出奇妙的道具。那是裝著類似手槍握把和扳機的金屬圓筒。

「這是什麼？」

「這玩意兒叫開鎖槍，是從闖空門專家身上沒收的萬能鑰匙。好像是特別從德國弄來的東西，別看它小小一支，跟警察廳配給的萬能鑰匙比起來它的性能高多了，就算是最先進的防盜門鎖也只需要幾分鐘就能打開。」

聽到這麼自信滿滿的語氣，槙畑意識到宮條是認真的，於是慌張了起來。

「可是這樣不就構成非法入侵了嗎？」

「嗯，應該是那樣沒錯。」

「你還說什麼是那樣沒錯……我們可是警察！」

「所以槙畑警官的言下之意是，別調查這裡、應該要調查的地方嗎？難道你的意思是說，我們要一直等到掌握桐生命案和史登堡公司之間關連的確證才開始調查嗎？是叫我們等到說服害怕大使館和外國企業的上級長官之後再調查嗎？」

宮條雖然語氣平靜，但不由分說的態度令準備要反駁的槙畑也不禁閉上了嘴。

「槙畑警官，我打從心底憎恨毒品犯罪。雖然人們都說恨罪不恨人，但我既憎恨製造毒品的人，也憎恨販毒者。所謂的毒品，就是讓一個人不再是人的道具，所以不管是製造者還是販賣者，本身就已經失去當人的資格了。對那種傢伙還有什麼好猶豫的？還需要什麼規則？按部就班來只會害我們淪為他們的笑柄。」

『一個猛踏油門、一個緊踩煞車。雖然很亂來……』

槙畑突然想起剛才宮條所說的話。

（慘了，原來猛踏油門的不是渡瀨班長，而是宮條警官——）

意識到這件事的同時，他抓住了宮條拿著開鎖槍的手。

「怎麼？你也跟那些嘴上滿滿冠冕堂皇論調的高層是同一類人嗎？」

「我不是，雖然不是……」

「你這種慌慌張張地制止我的行為，簡直跟當年的渡瀨警官一模一樣。」

「突然看到你做這種事，誰都會出手制止吧！」

「我以前雖然常常給渡瀨警官添麻煩，但並不想也帶給你同樣的麻煩。所以能不能請你默默在一旁看著呢？」

「怎麼可能。」

「如果說接下來就是我的搜查範圍了，你還是沒辦法接受嗎？」

又是這種不容反駁的語氣，這令槙畑一瞬間失了氣勢。原以為宮條是個溫和的人，殊不知他的腕力意外地強。槙畑感覺他原先制止宮條的手就要反過來被扭了。

就在這個時候——

「你們在做什麼？」

兩人被身後傳來的聲音嚇了一跳，轉過頭去，看見一名女性站在那裡。

「毬村……美里小姐。」

槙畑一說出名字，宮條的手便放鬆了下來。槙畑沒有錯失這個機會，從宮條手上奪走開鎖槍。

「你問我們在做什麼，當然是辦案囉。槙畑警官，這位女性就是桐生先生的？」

槙畑只是點點頭。他實在無法像這個男人一樣把剛才發生的小爭執當作沒發生過。

「辦案？你們打算調查這間研究所嗎？」

「因為這裡是為數不多的線索之一。不過我們沒有搜索令，所以目前光是越過外牆窺探裡面就花了不少力氣。」

毬村美里疑惑地輪流看看他們兩人。但先不論槙畑如何，宮條絲毫沒有露出慌張的模樣。

「不過你為什麼會回到這個地方來呢？總不會是為了來看看我們辦案的進度如何吧？」

「怎麼可能。我沒事幹嘛做這種事。」

「那麼有何貴幹呢？」

美里驚訝地撐大雙眼。槙畑猜想宮條是為了挑釁她。

「你們好像把我當嫌疑犯一樣對待呢。」

「快別這麼說。假設你是嫌疑犯，那麼現在應該會臉色鐵青、全身發抖吧。警察的偵訊可不會是這種情況。」

「真是粗暴，用字遣詞跟黑道沒兩樣。」

宮條聽了後露出諷刺的笑容，槙畑見狀湧起一股不祥的預感。不過這個預感並沒有應驗，宮條依然只是掛著笑容，默默觀察美里。槙畑把奪來的開鎖槍放進口袋後趕緊跟宮條耳語。

（這東西我先代為保管，但要入侵時我們一起行動。）

宮條勉勉強強地點頭。

「不好意思，毬村小姐。這位是警察廳來的宮條警官。」

「警察廳和埼玉縣警不都一樣是警察嗎？有什麼差別？」

「雖然當著本人的面說不太好，不過差距就像高中棒球跟職棒的差距一樣大。先不管這個，你到底為什麼會來這個地方？」

「到戀人過世的地方看看不是很自然的事情嗎？」

美里語帶挑釁。槙畑腦中又再次閃過那種揮之不去的怯懦，不過他可不能在宮條面前表現出這一面。

「毬村小姐，能不能請教一下你在桐生先生遇害當天，也就是前天傍晚四點到晚間十點的行蹤呢？」

「那天四點到十二點我都在東京都內打工。」

美里的公寓住址已經確認完畢。槙畑在腦中畫出一張粗略的地圖，地圖上標註桐生隆的公寓和美里的公寓、以及屍體發現現場三個地點，並且計算三點間相互移動的時間。美里的公寓幾乎位於繁華地段的正中心，開車前往神島町也要花上一個小時。假如要從公寓直接前往現場，並於下手之後回到都內又更花時間了。根本不可能趕在四點前回到打工處。如果對美里的說詞照單全收，那麼她在桐生隆預估死亡時刻的不在場證明就成立了。

「不介意我們向你打工的地方確認吧？」

「請自便。是位於池袋的『戀之行星』。」

「是做什麼的店？」

「酒店坐檯小姐。」

槙畑一瞬間懷疑自己聽錯了。

「坐檯小姐……」

「我三點四十分進店，一直待到最後。雖然沒有考勤卡，但店長和店裡的職員都可以替我作證。」

看著眼前的美里光明正大的模樣，槙畑腦中對於富有青年以及坐檯小姐這對組合產生了混亂。

「你看起來似乎覺得很意外，但選擇什麼職業是個人的自由吧？」

「你……知道他財產方面的事情嗎？有沒有聽他提過？」

「財產？哦，你是說他家人的保險金嗎？我知道啊。剛交往不久時他就告訴我了。可是他的錢包又不是我的。」

即使美里不明說，她的視線也傳達了對槙畑的輕視。

槙畑心想糟了，再這樣下去主導權就要跑到美里手上了。

「不好意思，毬村小姐。在這麼冷的地方站著說話也不方便，我們先移動到有暖氣的地方如何？」

雖然槙畑只是突然覺得，在自己熟悉的巡邏車上會比較能掌控話題主導權，不過看到美里在暖氣下放鬆的神情，槙畑也莫名地感到平靜。

「你和桐生先生是什麼時候認識的？」

「一年前。那間公司開放ＯＢ拜訪之後，研究小組的教授強烈推薦我們一定要去看一看。說那位學長是同屆裡最早出頭的人。」

「研究主任，而且是同屆裡最早出頭的人嗎？」

「先不論一般企業，對製藥領域的人來說，史登堡公司的知名度就相當於電腦業界的微軟。」

「ＯＢ拜訪是進到這間研究所裡面談嗎？」

「不是，是附近一間對方指定的咖啡廳。雖然當場得知史登堡並沒有招收新人，但我也因此認識了他，所以也算是扯平了。道別時，我硬是跟他約了下次見面的時間，這就是我們結識的開始。」

「然後經過了一年多，沒錯吧？那個……有沒有談到結婚之類的事情？」

「那方面的事情連一個字也沒提過。」

「連一個字都沒提過？」

「畢竟我們的關係也是由我自己強硬牽成的，所以如果我沒有主動提出，我想那種事情也不會成真。」

「你自己完全沒想過跟他結婚的可能嗎？」

「我才二十一歲而已耶？還是因為他是個有錢人，所以我不是以找個金龜婿為目標就顯得很不自然？」

「對偵辦凶殺案的警察來說，這件事情的確不能忽視。」

「也對。但我說的是實話。而且如果我和他之間有約定什麼的話，隱瞞的話才更不自然吧？」

「但不管有沒有那些約定，你有自信可以說自己是最了解桐生隆的人嗎？」

「你們這兩天下來應該向很多人打聽了對他的看法吧。大家都是怎麼說他的？」

「很沉穩，而且總是靜靜笑著的好青年。」

「你們不滿意嗎？」

「微笑只不過是一種表情。」

「你們覺得他不是個表裡如一的人？」

「在八歲時便喪失了兄弟姊妹，同時獲得兩億四千萬圓的男人，我實在不覺得他有辦法總是打從心底笑出來。無牽無掛、連個會到他家拜訪的朋友都沒有的人，唯一擺在房裡的照片是與你的合照。所以如果是你，難道會不知道桐生隆隱藏在那副笑容背後的真面目嗎？」

美里原先直視著槙畑的視線，這時突然移開了。

「你們想知道他哪些事情？」

「興趣，或是說閱讀傾向。」

「那什麼意思？」

「前幾天我們到桐生先生的公寓打擾，但發現了三本特別奇妙的書籍。分別是《滅絕物種與瀕臨絕種生物》、《野生動物之保護與回歸》、《掠食者　本能與學習》。或許不值一提，但是在大量的專業書籍之中有這三本例外，很可能對於擁有者來說具有重要的意義。他到底想追求什麼呢？」

「我不知道。」美里依然沒有正眼看槙畑。「我看過好幾次那些書架，但沒有把所有的書名記下來。而且自己讀了什麼書、有什麼感受，只有那種自我表現慾望很強烈的人才會掛在嘴上吧？」

「這些書已經翻到書口部分被拇指給弄髒了，我實在不認為這等熱情只代表著單純的求知欲。還是推測他對這三本書異常地抱有興趣，這種解釋比較合理。」

「如果你說興趣，那他的確是有。只不過他是對動物感興趣，對人類並不感興趣。」

「對人類不感興趣？」
「你們有和他的任何一位同事或是同學見過面了嗎？」
「目前還沒。」
「你們可以自己去跟他們確認一下。品行端正、溫柔、沉穩的好青年。問十個人，應該十個人都會這麼形容。一般如果是有深交、或是相處很久的人肯定會知道一個人身上的一兩處缺點和生氣的表情，但在他身上卻完全看不到。」
「代表他戴著老好人面具，但其實討厭人嗎？」
「並不是討厭人，只是沒有興趣而已。」
美里微微皺起眉頭。可能是因為她覺得自己在出賣往生者的秘密。
「一開始見到他的那天，他在說明公司概要和沒有招收員工的計畫時也都面帶微笑，簡直就像春天的陽光一樣溫暖又柔和。可是過了一陣子後，我就感覺背脊發涼。」
「為什麼？」
「我活到今天，從來沒見過有人可以笑得如此空洞。即使眉毛、臉頰、嘴唇都在笑，眼神裡卻沒有笑意。瞳孔裡頭空無一物，即使正面面對他，也感受不到任何光芒。那簡直……簡直就像盯著一具人偶看一樣。」
美里宛如吹到冷風一樣，抱起了自己的身子。

「正當我開始心想：『夠了，趕快結束面談回家吧。』話題就轉到研究所裡飼養的實驗動物身上了。那時他的眼神產生了變化，原本空洞的雙眼突然炯炯有神。有幾隻白老鼠、幾隻狗、取了什麼名字、研究所裡面有哪幾隻動物只會親近自己之類的。他談到這些事情時真的一臉天真無邪，就像小孩子炫耀自己的寶物一樣。看到他這一面，我莫名地鬆了一口氣。同時也發現，他平時的笑容是一副盔甲。」

「但他既然這麼喜歡動物，為什麼不在自己住的地方養寵物呢？以他的收入來看，為了養一隻狗買下一兩棟公寓也不是什麼難事。」

「他說因為有些不好的回憶。在他年紀還小的時候曾養過一隻狗，因為一直都很疼愛，所以最後狗死掉的時候也讓他難過得要命，所以決定再也不養寵物。而且他大概也不會買那種浪費的東西。」

「你說公寓是浪費的東西嗎？」

「沒有必要的東西全都是浪費。這是他的口頭禪。你們也看過他的房間了不是嗎？電視、車子、音響、冰箱和餐廚用品，對他來說都沒有必要，所以他既沒有興趣、也沒有打算購買。公寓就是最好的例子了吧。」

「他在存錢嗎？」

「他沒有刻意存錢，是錢自己越積越多。」

在槙畑準備要問下一個問題時，

「桐生先生究竟是在研究什麼東西呢？」

副駕駛座上的宮條轉過頭去詢問。

「只知道是研究新藥……詳細的情況沒聽他說過。」

「嗯，我想他本人也不清楚詳細的情形吧。就算不知道整體在做什麼也沒關係，你知不知道什麼使用的成分、試劑是什麼之類的零碎資訊？畢竟你和他都一樣是專業的。」

「不知道。」美里充滿敵意地回答。

「就算對象是我，他也不是那種會隨便把研究內容說出口的……」

「那麼，關於『魔女的後裔』這句話呢？」

槙畑沒有錯過這個瞬間，他在對方鬆懈下來的瞬間出擊。美里遭到趁虛而入，臉上的表情明顯產生了動搖。

「在桐生先生遇害的三天前，他對常去就診的牙醫師說出了這句話。說他是魔女的後裔……。從談話內容前後來看，他是在比喻自己的工作。毬村小姐有沒有想到什麼？」

「我、不、知、道。」她的聲音聽起來已經完全找回當初的頑強。「研究所的事情請你們去問研究所的同事，我跟他在一起的時間就只有他脫下白袍的時候。」

「我們並不知道他的同事住在哪裡、是什麼樣的人。應該是有住址或聯絡方式名簿的複本，但在他的房間卻找不到，有可能是輸入到電腦裡了。毬村小姐，你有沒有聽他說過電腦的密碼是什麼呢？」

「沒聽說過。應該沒事了吧？我看你們問我的都是我回答不出來的問題。」

美里打開巡邏車的車門，逕自離去。看著她彷彿拒絕任何人叫住她的背影，槙畑這次也只能目送她離開。

「這個看起來很懂人情世故的小姑娘還真是不會說謊呢。那副模樣簡直就跟坦承她知情沒什麼兩樣。」

「宮條警官也這麼認為嗎？」

「她的表情透露出太多腦中思索的事情了。她的本性應該很單純，不過看那樣子恐怕陪酒的工作也做不久吧。是說槙畑警官啊，」

「是。」

「你該不會是有女性恐慌症還是什麼問題吧？」

躲不掉了。槙畑預想到他會繼續追問，將整個身體稍微繃緊。

就在這時，手機響起。

『槙畑嗎？是我。』

渡瀨沙啞的聲音傳進耳朵。

『我剛才看到毬村美里走過窗戶外面，她有沒有去你們那裡？』

「來過了。說是要到戀人過世的地方看看。」

『有問出什麼有料的東西嗎？』

「不知道這算不算有料……除了知道被害人個性內向之外，其他證詞都沒什麼值得在意的。對於比較關鍵的事情，她始終堅稱自己什麼也不知道。」

槙畑把美里的不在場證明和打工的事情告訴渡瀨後，渡瀨似乎也備感驚訝。

『沒想到居然是坐檯小姐。你想桐生隆知道這件事情嗎？』

「事到如今也沒辦法確認就是了。」

電話另一頭突然沉默了一陣。

『你有看過《麻雀變鳳凰》這部電影嗎？』

「是茱莉亞・羅勃茲演的那一部吧？我有看過，不過已經是很久以前看的。」

『那部就是所謂的愛情喜劇片呢。』

「是啊。」

『你覺得那種劇情架構為什麼算得上愛情喜劇？』

「是因為……茱莉亞・羅勃茲飾演的應召女郎是一個善良的人嗎？」

『沒錯。只要那個應召女郎對男人的資產表現出一絲慾望，那部電影就會瞬間變成犯罪電影。這次的案子就跟電影一模一樣。先不論毬村美里的不在場證明如何，現在已經浮現出一個金錢方面的動機了。我們有必要馬上調查她為什麼非得從事坐檯小姐的工作不可。』

槙畑半帶無奈地了解，這百分之百是要丟給他去處理的差事。

「話說回來，班長那邊有什麼新的動靜嗎。」

『沒有。別說要求贖金了，連通電話都沒打過來。不過我們從鄰居那裡打聽到一件弔詭的事情。』

「弔詭的事情？」

『在這次田宮家的案件發生前，附近也發生過綁架事件，而且還不是一兩件而已。』

「你說什麼！那這不就是連續綁架案……」

『別緊張，不見的是貓。』

「貓？」

『對。從九月開始，接二連三有家貓不見了。』

「可是用綁架來形容太誇張了，家貓不回家又不是什麼稀奇的事情。」

『是沒錯。但如果數量高達九隻就另當別論了。』

「九隻。」

『又不是發情期到了，不覺得這個數量很反常嗎？雖然駐警擺了我一張奇怪的表情，但我還是請他幫我確認了一下有備案的九件尋貓請求。古手川那小毛頭聽到的話，大概會笑著說這些事情跟這次的案件完全沒關聯吧。』

也就是說渡瀨認為這之間並非毫無關聯。

『這邊作業結束後我會留下兩個人，讓鑑識人員回到本部。你們兩個呢？』

「還會待在這裡一陣子。」

『這樣啊。那我等你們帶回好料的消息喔。』

通話結束後，槙畑向宮條說明剛才的通話內容。

「九隻貓失蹤啊。」

宮條聽了說明後，不悅地緊皺眉頭。那表情簡直就像是在路旁發現了被車輾斃的小動物一樣。

「真是令人討厭的消息呢。不見的全都是有人飼養的家貓沒錯吧？」

「對。」

「假設綁架嬰兒跟綁架貓的是同一個犯人，那這樣的話，你覺得綁架犯是不是已經拉出人類嬰兒與貓之間的界線了呢？」

「界線？」

「我舉個過度樂觀的假設，他不選擇突然綁架嬰兒，而是先拿貓來練習，那就算是這樣，練習對象有九隻也太多了。而且明明綁架了嬰兒，卻連勒索也不勒索。我想犯人在綁架那九隻貓時也沒提出要求吧。對犯人來說，人類嬰兒的價值和貓是一樣的。」

「宮條警官，你該不會……」

他察覺到宮條想說的話，感到不寒而慄。

「這種鄉下地方養的家貓，九隻恐怕都沒有血統證明。我不認為犯人是那種會特地蒐集九隻雜種貓，關在自己家裡好好疼愛牠們的瘋子，一定早就處理掉了。再者，犯人綁走的嬰兒也不是有錢人家的小孩。如果犯人認為嬰兒和貓的價值相等，那麼小嬰兒就很有可能被以相同方式處理掉了。」

槙畑試圖反駁這個令人絕望的推論，但是卻做不到。因為他的想法和宮條所想的一樣。

「不過換個角度來說，只要從綁架貓的案子下手，就可以鎖定犯人的形象。要綁走九隻貓，可不是一天兩天就能搞定的事情，少說也需要留在這附近幾個禮拜才行。如果是外來的人所為，那當地的人應該會察覺到才對，可是卻沒有任何人目擊到可疑人士。」

「也就是說，犯人是當地的人……」

「還有一點，至今尚未發現那些遭綁貓的屍體。犯人似乎不是綁架後馬上殺害，這就代表他有一個綁回來後可以暫時安置的地方。」

「集合住宅的人太多，風險比較高，如果是獨棟的話就比較方便處理。」

「就是這樣。而且比起有家人同住，獨居的情況也比較有利於犯案。這麼一來應該就能大幅縮小搜索範圍。」

可是宮條的神情卻和他說出來的話相反，帶有一絲不快。即使他在仔細剖析之下做出了這番推論，但顯然他自己也不相信這些推論。

那你真正的想法到底是什麼呢——

正當槙畑準備提問時，突然聽見陌生的手機鈴聲。是艾爾加的《威風凜凜進行曲》。

宮條從胸前口袋拿出手機。

「我是宮條。啊，課長。」

宮條稍微壓低了音量，雖然槙畑顧慮到他而將身子轉過去，但他馬上就聽出通話內容是和案件有直接相關的重要資訊。

「……的確是蠻突然的。那就延長期限吧。」

結束通話後，宮條還是愁眉不展。

「局裡的聯絡，是跟都內那三起案件的少年犯有關的報告。」

「跟那三個人有關。他們怎麼了嗎？」

「剛才拿了照片給他們三個人看，結果三個人都說出了相同的證詞。他們說把 HEAT 賣給自己的人就是桐生隆。」

二——魔女獵人——

1

返回縣警本部的車上，宮條一句話也沒說。他一副不想與任何人交談的樣子，就連槙畑也受到了影響，不知道該不該開口。

槙畑知道是警察廳傳來的消息讓宮條悶不吭聲，但也因為這樣，他對宮條滯悶的態度更不能服氣。

他們在尷尬的沉默之中呆坐了好長一段時間，灰濛濛的天空也終於落下了淚。看似冷冽的雨滴打在擋風玻璃上，令車內的玻璃開始起霧。宮條就是在這個時候打破沉默。

「支配人心的魔法、把人變成野獸的魔法。」

「咦？」

「童話故事中出現的魔女會調配一些稀奇古怪的藥草，並施展魔法。那麼調配出 HEAT 還賣給年輕人的桐生隆，還真的是名符其實的魔女後裔呢。而且還很有祖先的樣子，最後一樣被人處以五馬分屍的刑罰。」

「你說那是處刑嗎？」

「如果看成史登堡公司的一種封口手段呢？這個動機遠比錢財和恩怨來得有說服力吧？先不論他販賣 HEAT 是出自公司命令還是他個人的意思，嗑藥的三名少年都犯下了轟動社會的案子，而史登堡害怕走漏風聲，於是選擇殺人滅口……不過，這種劇本實在夠老套就是了。」

槙畑試圖反駁宮條的推理，但他現在連個豆丁大的線索都還沒掌握。

「槙畑警官，看來你很想反駁我說的話呢。」

心思被摸透令槙畑有一瞬間停止了呼吸。他瞄了旁邊一眼，宮條泰然自若地望著打在車窗上的雨滴。

「桐生隆不是個好人，對你來說打擊這麼大嗎？可是你自己也說了，他的笑容有時候假惺惺的。那你又為什麼想要替他講話呢？」

聽他這麼一說，槙畑才注意到，自己不知不覺間站到了辯護的那一方。可是他明白自己並不是想要替桐生隆說話，而是為了替試圖保護桐生的美里辯白。

「我沒有要替桐生隆辯護的意思。大概只是因為宮條警官對他的觀感轉變太大，造成我心裡有些反彈而已。」

「你這話就不對了。打從一開始，我就不在乎桐生隆是不是孤零零的人還是對小動物很溫柔的人，我只當他是史登堡的一名研究主任罷了。改變的不是我對桐生隆的觀感，而是你對我的觀感。」

「……什麼意思？」

「你曉得我痛恨毒品犯罪，因此在查明桐生隆是毒販的同時，判定他也成了我所痛恨的對象，於是你試圖和我拉開距離。」

「我沒事怎麼會跟宮條警官拉開距離呢？」

「因為你是恨罪不恨人的那種警察。和我不是同一路人。」

我既憎恨製造毒品的人，也憎恨販毒者——槙畑心中浮現剛才宮條和他爭執時所說的話，以及那副神情。

「所以宮條先生只因為桐生隆是史登堡員工，就對他產生懷疑了嗎？」

「不是懷疑，是憎惡。你不必拐彎抹角，我之前也說過了，我根本不把那些傢伙當人看。我甚至覺得如果法律允許，把牽涉製造、販賣的所有人都宰了也無所謂。」

撂完話的宮條臉上沒有一絲動搖，十分堅定。但那並不是一介公僕燃燒使命感所展現的堅毅。而是受到更黑暗、更深沉的意念所支撐的堅決。

「可以問個私人的問題嗎？」

「請說。」

「聽說你對偵辦毒品案件特別執著，這是真的嗎？」

「……渡瀨警官沒告訴你詳細的情況嗎？」

「我聽到的只有你在警察廳的位階還有相關的傳聞而已。」

槙畑這麼一說，宮條的表情突然放鬆了下來。

「反正這是廳裡上上下下都知道的事情，幹嘛不一起告訴你就好了。這個大叔在這種小地方就特別機靈，我看局裡的工作他幹起來肯定會比我適合得多。」

「如果是他有所顧慮的事情，那就……」

「沒事，如果自己的夥伴是個陰沉的傢伙，我看你也不太好受吧。如果你願意的話，要聽我說嗎？」

我很樂意——當然是不能這麼說，所以槙畑默默地點了頭。

「我們家啊，原本是有我跟我妹妹兩個孩子的。」

宮條按下暖氣的開關，儀表上顯示的溫度高了三度，擋風玻璃的霧氣漸漸消失了。

「我分發到警察廳的那一年，我妹妹也考上了東京的升學重點高中。她也覺得時機正好，於是離開父母，跑來和我一起生活。雖然她說這樣可以節省伙食費跟租金，但全家人都知道，她從小就是哥哥的跟屁蟲，老是黏著我。我覺得回到家時有熱騰騰的飯菜等著自己也還不賴，所以就隨便她了。但根本也沒幾天能在飯菜還是熱的時候回到家就是了。當我回家時差不多都半夜了，看到的只有保鮮膜包著的食物和便條。仔細聽的話，還會聽到微微的鼾聲。所以我都盡量不發出任何聲響，安安靜靜地吃著微波過的食物。雖然幾乎每天都是這樣，但我妹妹看起來倒是挺快活的，還對鄰居擺出一副自己是家庭主婦的樣子呢。對此我也沒什麼不滿，暗自覺得這種生活大概會持續到我們其中一個人結婚為止吧。直到那天——」

宮條說到一半停了下來。槙畑猜想他是要抽根菸，瞥了一眼，但宮條連根菸也沒拿出來，只是躺在稍微倒下的椅背上。

「平成三年，我和刑事課合力掃蕩了黑道的資金來源。當時，那些廣域指定暴力團雖然對外都宣稱組織內禁止任何毒品買賣，但私底下當然又是另一回事。泡沫經濟繁盛的那段日子，很多黑道都透過底下的人頭公司猛炒地皮，至於來不及跟上時代的一派人馬，對興奮劑這條財源的依賴程度不減反增。另外一個原因是，再前一年的時候，年輕人口染上毒癮的人數急遽增加，已經發展成社會問題。當年我身為掃毒先鋒，每天都過著指揮下屬埋伏跟破門搜查的生活。連下套誘導嫌犯犯罪再加以逮捕這種有爭議的搜查方法也見怪不怪。而且不管再低階的販子也都會帶回來喝茶，所以我們對販子來說就有如蛇蠍一樣令人厭惡。我扣押的興奮劑多達一百五十公斤、逮捕的毒販足足有四十人之多，所以黑道也對我發出了警告，說什麼『你這傢伙要這樣玩是不是？』可能警察跟黑道之間既是敵對關係，但也有些地方會相互利用吧。我猜他的意思是：『你難道想破壞這個平衡，跟我們宣戰嗎？』收到警告後，我又抓了八個販子來回答他們這個問題，告訴他們：『我是認真的喔。』但就在幾天之後，妹妹就從我家消失了。聽鄰居說有個男人自稱是警察，跑到家裡告訴我妹妹我受傷的消息，然後就把妹妹帶走了。這肯定是他們的報復行動。面對我宣戰的舉動，對方也卯足了勁來應對。照理說事情發生當天就應該跟上司報告，但我害怕這麼做有損搜查人員的氣勢，所以遲遲開不了口。我把想得到的地方全部搜了一遍——我也知道這只是白費工夫——當我無計可施之後，才終於告訴上司妹妹失蹤的事情，但那已經是五天後的事了。上司聽了我的報告，連罵都忘了罵，震驚得目瞪口呆。他大概沒想到報復行動會波及搜查人員的家人吧。後來我們馬上組織特別搜查小組，搜索妹妹的蹤跡。雖然也有部分搜查人員認為我們太早認定我妹妹是被黑幫綁架的了，可是這個意見卻被一件包裹徹底粉碎。那是一件寄給警察廳搜查四課的包裹，裡面有一卷錄影帶。會議室裡所有人圍在螢幕前，我一把錄影帶放出來就嚇得倒抽一口氣。出現在畫面上的，是一絲不掛、四肢跪地的妹妹。」

雨勢變得更強了，槙畑本該把雨刷調慢的，手指卻如中邪般動彈不得。

「我之所以倒抽一口氣，不是因為看到妹妹全裸的樣子，而是她的眼神散發出邪佞的光芒。這個場面我平常看多了，所以馬上就看出那是毒蟲產生戒斷症候群時的眼神。才一個禮拜……他們在短時間內一次又一次對我妹妹施打高純度的興奮劑，讓她迅速上癮。我妹妹就這樣爬向一群男人排排站好的地方，簡直跟馴養的狗沒兩樣。鏡頭固定在我妹妹的視線高度，畫面並沒有照到那些男人胸口以上的部分。我妹妹爬到其中一個男人前面，著急地拉下他的褲子，毫無反感地含住了他的下體。那幅畫面，簡直就跟乾渴至極的人看到水龍頭後緊緊含住不放的感覺一樣。男人的下體勃起之後，我妹妹哀求那傢伙快給她。她顫抖著身子，流著眼淚說了一次又一次。接著男人粗暴地把我妹妹的身體轉過去，從後面直接強暴了四肢跪地的她。男人進入的瞬間，我妹妹的表情因喜悅而扭曲，甚至還安心地吐出一口氣。看到這裡我就得出了一個結論。興奮劑這種東西，一開始是怎麼用的，未來那種用法就很容易成為習慣。那傢伙一開始就把興奮劑溶液塗在下體上，並且玷汙了我妹妹。如果是從陰道內的黏膜去吸收的話，效果會比從鼻子吸入或口服更強。一直用這種方式強暴，我妹妹也被訓練成如果不是被塗了興奮劑的下體進入就會痛苦不堪的人了。當然那些人是將毒品塗在保險套上的。第一個傢伙結束之後，下一個傢伙就在一旁等著。我妹妹臉上沾滿眼淚和口水，馬上又拉下另一個男人的褲子，接著又重複了一樣的事。接著換下一個人、再下一個人……就這樣一直到第五個男人射精完畢後，我妹妹宛如失去意識一般趴倒在地。錄影帶就到這裡結束了。看了一眼時鐘，已經過了兩個小時，一開始和我待在一起的上司和同事不知道什麼時候已經不見了。不久後，我感覺到自己的下巴像打了麻醉一樣僵硬。錄影帶播放的過程中，我應該是一直緊咬著臼齒吧。那卷錄影帶馬上就被送到鑑識課——雖然鑑識同仁顧慮我甚至到了可憐的地步——進行徹底的分析。結果他們從環境音分析出該地點位於民營鐵路沿線的工業區，也確認其中一名男子身上具有非常罕見的刺青，並研判出可以鎖定該人物的住址，於是拍攝地點就這麼逐漸水落石出。最後掌握了具體的證據，進入那間廢棄工廠時，發現我妹妹被遺棄在工廠內的辦公室裡。雖然還活著，但已經被毒品和那群男人的性欲摧殘得體無完膚了。而那群傢伙就像把玩膩的玩具丟掉一樣，把我妹妹丟在一片穢物與狗飼料之中。我們趕緊將她送到警察醫院，所幸發現得早，留下了一條小命。但她恢復意識之後所產生的戒斷症候群也很嚴重。她在床上發狂，手腳亂揮，就算打到床架也不覺得痛，只是一直叫喊著：給我藥、我好難受、幫幫我，並且不停地想破壞醫療器材。就算施打鎮靜劑也總有個限度，最後都用上皮帶將她固定住了，她還是扭著身子抵抗。明明眼前是我的妹妹，行為卻像一頭野獸一樣。發狂完後睡覺，睡醒了繼續發狂，然後再睡覺。漸漸地連發狂的體力都沒了後，她哭著對陪在她身邊的我哀求：『哥哥工作時應該沒收了很多藥吧？我只要一公克就好了，拜託你給我。幫我打一劑我就幫你口交。還是你要強暴我也可以。』那聲音已經不再是我熟悉的妹妹了，而是附身在我妹妹身上的惡魔。我摀住耳朵，逃出了病房。如果再繼續待在病房裡，我怕自己可能會掐死妹妹。從那之後我就暫時不再跑醫院，重新開始追查那群男人。我不得不讓自己潛心於搜查之中。當我們終於揪出那群男人的據點時，我妹妹的狀況也趨於穩定，從單人病房轉移到多人病房，也不需要再吊點滴，可以正常進食、體力也有所恢復，甚至有時還笑得出來。聽到我妹妹說：『我做了一場惡夢呢……』我才終於安心，心想這麼一來就沒事了。接下來只要將那群傢伙繩之以法就好。可是……我安心得太早了。當時由於我妹妹病情稍微好轉，護衛也跟著減少了一點。結果有天晚上，她在接到某個人的電話後便趁隙逃出了醫院。護衛雖然一直都嚴加注意外部的入侵，但卻沒想過相反的可能性。對我妹妹下達指令的那群男人應該是看穿了這一點，也清楚我妹妹還沒完全脫離毒品的控制。真的是一敗塗地，他們讓我們吃了兩次癟。警方重新組織特搜班，追查我妹妹的行蹤，但這一次卻完全找不到。不對，搞不好一開始讓我們發現那座據點，也是為了讓我們再嚐到一次屈辱所演的戲。追查進度就是毫無進展到足以讓人產生這種想法。結果當我再次見到妹妹時，已經是半年後……我記得就是下著冰雨的那天。福岡機場國際線有名女性旅客在通關時突然身體不適，當場暴斃。那個人就是我的妹妹。經過司法解剖，發現她的陰道裡塞了一百克的袋裝興奮劑。死因是包裝袋破裂，身體頓時吸收大量安非他命引起休克致死。居然把東西藏在體內出入境……很好笑對不對？現在就連三流的刑偵電視劇都不會模仿這種手法了。從境外攜入貨品，入境後直接找上顧客，之後再把包含給送貨女子的費用一起送回組織。簡單來說，就是把興奮劑跟賣春綁在一起的交易。當然對客戶來說，女人只是附帶的。不管是以女人的角度來看、還是以藥頭的角度來看，客戶都把她們當最低賤的人種對待吧。到頭來，我妹妹一直到死之前都被他們當玩具，還被當作販毒的附屬品，不管什麼時候被抓、什麼時候死掉都無所謂。闊別多時再見到自己的妹妹，竟然是在太平間裡。她的眼睛下方和臉頰都好消瘦，皮膚和嘴唇也都乾巴巴的，簡直就像平時不怎麼化妝的中年女性一樣。可是……可是我跟你講，我妹妹那年才剛滿十七歲而已。她才只有十七歲而已啊。從那天一直到現在的十五年之間，我和毒品犯罪結下了剪不斷理還亂的孽緣。東京都內的那三起案子也一樣，每次只要看到毒品犯罪的被害人和他們的家人，我就會把他們跟我妹妹的遺容重疊在一起……呼，外頭看起來也是夠冷的，恐怕沒辦法馬上暖起來吧。」

然而說實話，槙畑根本感覺不到車內的溫度如何。他的手指在發抖，但不是因為寒冷。而腋下冒出的汗也不是因為悶熱的緣故。

「警察的使命是保護國民的生命與財產。然而這只是我們所有人信念的最大公約數，每一個警官心裡其實都抱持著屬於自己的正義，就像我的正義是殲滅毒品犯罪者。槙畑警官，我不曉得你的正義為何，但假如你的正義和我的正義是相反的，請你馬上說出來。因為我必須根據你的答案來調整我的態度。」

「一個有錢人為什麼非得當什麼鬼藥頭？」渡瀨一見到槙畑和宮條就衝著他們吼了起來。

「一個可以用現金買下一棟大樓的男人，幹嘛這麼勤奮地打工去賺這點蠅頭小利？」

「當然問題不在金錢上。恐怕是純粹的求知欲、再不然就是公司命令了。」

宮條毫不在意地說。

「求知欲？」

「意思就是，他要蒐集HEAT對人體作用的數據。HEAT並不是厚生勞動省核可的新藥，沒辦法招募打工的學生來進行臨床試驗。那麼自然就只能私下販賣，並且暗地裡觀察受試者的行動。所以才會無視利益層面的問題，設定成年輕人也有能力購買的價格。」

「也就是說怎樣？史登堡公司，或是桐生隆只是為了進行開發中毒品的人體實驗，就讓新宿和澀谷的小夥子承擔這些風險嗎？」

「是的。」

「可是啊，宮條。如果是這樣，那都內發生的那三起案子就會變成偶發事件，只不過是因為參與人體實驗的小夥子失控的關係。」

「這倒是。」

「什麼這倒是，你……」

「不過就是為了開發一項新藥，何必如此大費周章？我明白您的心情，不過在東德時代，史登堡總公司的藥理研究大樓可是和惡名昭彰的秘密警察存在於同一個區域內喔。在那個國家，一條人命比一瓶酒還要便宜。人道主義是不通用的。」

「……哼，真令人作嘔。」

「無論桐生隆的行動是公司命令、還是他個人的想法，殺害他的動機肯定都跟史登堡下令謀殺脫不了關係，而且這比怨恨和財產上的動機還更有可能。」

「確實這麼一來就說得通了。可是你還沒回答我剛才的問題，假設桐生隆有從事販賣行為，那他應該多少知道HEAT是怎麼樣的一種藥物才對，也知道這種藥會讓受試者發狂、提高鬥爭的本能。桐生隆明明很清楚這一點，為什麼還把藥賣給那群小夥子？如果說是出自於他自己的求知欲，就代表他真的是一個視人命如糞土的瘋狂科學家嗎？」

「我並沒有想到這裡。」

「但如果不是這樣，那就沒辦法解釋桐生隆的行動了。」

「我對桐生隆的內心完全不感興趣。只要簡化成販毒的藥頭被殺這個事實就夠了。」

槙畑沒有看走眼，那一瞬間，渡瀨和宮條之間產生了一絲絲的敵意。雖然這兩個人過去搭檔的時候應該也時不時會這樣，但槙畑還是站在和事佬的立場打岔。

「班長。嬰兒綁架案的現場蒐證有發現什麼嗎？」

渡瀨正要回答時，門被打開了。

「辛苦啦。」

進門的是垂著頭、看起來精疲力盡的古手川。這個年輕的刑警似乎也不看看現在是什麼場合，感覺就只想跟周邊的人抱怨自己的工作是多麼得不到回報。不過現在他唯一傳達給周遭眾人的東西，就只有渾身散發出的那股爛泥臭氣而已。

「辛苦你了。結果怎麼樣？」

「完全不行。花了十個小時只打撈出小動物的屍體和非法丟棄的家電產品，完全沒發現疑似屬於被害者的物品，也沒發現可能是凶器的東西。然後呢？你們那邊到底怎麼樣？」

他語帶煩躁，像是在說渡瀨那邊如果也沒有進展的話他可沒辦法接受。渡瀨的眉毛抽動了一下。

「起碼算是有個結果。想聽嗎？」

「那還用說。」

「案發現場位於田宮家沿廊，三男小貢不過被單獨放在那裡十幾分鐘就被人綁走。雖然沿廊到玄關之間鋪滿了小石頭，但鑑識人員還是採集到了不少東西。只不過沒辦法跟我們一課的明日之星從沼澤撈出來的東西相提並論就是了。我們發現了松果、枯草、乾香菇碎片、麥稈、毛髮、狗毛、烏鴉羽毛、飛蟲的屍體、鴿子糞、纖維、腐葉土、除草劑……還有跟桐生隆命案現場相同的泥土、以及米粒大的肉末。」

「肉末？」

「經DNA鑑定過後，確定是桐生隆身上的一部分。」

「咦？」

「也就是說桐生隆遇害時在場、且進行肢解的人，隔天有出現在田宮家綁架案的現場。懂了嗎？這個物證讓兩起案子完美掛勾在一起了。可是你在最早的階段就做出錯誤的判斷，而且還在深信自己的誤判下進行調查，所以本來可以發現的東西你也看不見。」

古手川嗚咽了一聲後就不再說話，他的臉馬上紅了起來。

「殺人和綁架，確實是性質不同的案件，但除非兩案之間隔了一段距離和時間，否則我們都必須先思考兩起案子之間可能的關聯，這是搜查的基本。雖然把事件單純化也是一種方法，但你在沒有充足物證的情況下妄自斷定兩案無關，太過急躁而且輕率了。」

嘴巴緊閉成一條線的古手川低下頭來。因為自己腦袋不夠靈光、經驗不足，才會陷入這樣的窘境。槙畑察覺他內心的感受後，也想起了自己在一開始所犯下的錯誤，於是一顆心也沉了下去。

這種時候，斥責的話還是短一點得好，太逼人的責難反而會化藥為毒。
不過渡瀨還是懂得拿捏分寸的。
「下次別再誤判了。槙畑從毬村美里口中問出她現在在酒店上班。雖然她交往的人很有錢，但她肯定正為了金錢所困。去調查毬村美里的經濟狀況，有沒有債務、帳戶的提領狀況、打工的薪水、每個月的花費，全都給我徹底查出來。」
「……我知道了。」
「明天一大早去辦。但你先給我去沖個澡。」
「……好的。」
房間裡除了槙畑和宮條，還有幾名搜查員，但古手川沒和任何人的眼神有所交會便離開了。他離開之後，房間裡留下了一股毒氣被抽光後的空虛感。
「我應該沒有說過頭吧？宮條大人？」
「過頭囉。」
「有嗎？」
「我是指你說出來的話太多了。我那個時候你明明只會吼一句：『你這傢伙別幹了！』」
「你又不是被說了這種話就會辭職的傢伙！現在的年輕人啊，只要聽到這種話就馬上辭職給你看。一課一直以來都人手不足，哪能隨隨便便減少人數。」

「不過那種程度的人才，在派出所值勤的警員裡要找多少有多少不是嗎？」

「如果用本部長的話來說，管理階層的職責，就是善用手上的人才，發揮他們最大的效果。你自己也是名聲響亮的警察廳管理階層吧？」

「就是因為我從沒把這種事情放在心上，才會被上層晾在一旁的。」

「好歹也稍微裝裝樣子嘛……回歸正題，剛才的話還沒說完。假設是史登堡公司謀殺了桐生隆，那麼田宮家嬰兒綁架案也和史登堡有牽連了。只是綁架嬰兒的動機是什麼？田宮家和史登堡公司之間應該沒有關聯才對。」

「那附近的乳兒，就是出生還不到一年的嬰兒就只有小貢對吧？」

「對。」

「對某個領域的研究者來說，沒有哪種素材比乳兒的利用價值還高了。乳兒的脂肪可以生成優質的膠原蛋白，各種內臟在器官移植的黑市裡也價值不菲。事到如今，就算跟我說史登堡公司為了開發 HEAT 而拿乳兒來做人體實驗，我也沒什麼好驚訝的了。」

「……越來越令人作嘔了。總之史登堡公司這條線就先調查看看有沒有桐生隆以外的餘黨好了。」

「這方面由我來調查。局裡應該多少還有一些資料。」

「交給你了。然後槙畑，我原本打算讓你去調查毬村美里，現在計畫變更，你去跟桐生隆的同學打聽情報。」

「我記得他老家是在富山縣沒錯吧？要出差嗎？」

「不，留在鄉下的同學基本上都打聽過了。翻遍小學、國中、高中的畢業紀念冊，看到一個連絡一個，我記得有聯絡到四十五個人吧。可是他們的回答全都差不多，沒有來往、不起眼、不太清楚，所有人的回答似乎都有所顧忌。」

「你是說他們隱瞞了甚麼事情嗎？」

「對。不過也從同一屆的同儕那裡問到了一件事，就是有一個跟桐生從國小一路同班到高中的人。他的名字叫做加悅秀彥，現在在市公所的稅務課工作。我們還沒問過這個人，但既然十幾年都在同一間教室裡，最好別跟我說什麼沒有往來還是不清楚之類的。」

「所以要去見一見那個叫加悅的人。他在哪邊的市公所？」

「埼玉市公所。」渡瀨揚起嘴角。「從縣警本部開車過去五分鐘。讓一群年輕小夥子大老遠跑到富山，結果最有力的證人就在身邊。你看，這種事情就叫作真正的偶然。」

天上下起銀色的雨。

一場比雪更寒冷，連骨髓都要結凍的雨。

「撈到了！」

遠處傳來男人尖聲大吼的聲音。這個聲音很熟悉，是神山巡查的聲音。

簾幕般的雨形成厚重的窗簾，奪走四周的顏色與聲音。

有個沒撐傘的長髮女子背對著槙畑，佇立在雨中。

啊，又來了。槙畑想。

又是這種畫面。

他隱隱約約猜到這個女子是誰了，但不願承認的心情令他遲遲下不了結論。

明知是夢，明知是同樣的內容，但卻毫無抵抗的方法。對槙畑來說，這就像是一場舞台劇。

腳不由自主地促使槙畑的身體向女子靠近。

快停下來。

我不想和她四目相交。

然而他想的事情無法化作說出口的話語，女人的身影逐步靠近眼前。頭髮已經濕成一片、襯衫也緊貼著在身上，就算只看到這弱不禁風的背影，槙畑也馬上能看出是誰。

腳停不下來。

臉也無法轉開。

「你在畏懼。」

背後傳來渡瀨的聲音。

「你害怕被害人的遺族。」

接著，女人轉過頭來。

毬村美里懷裡抱著一個嬰兒，而她的視線貫穿槙畑，令他無法退後，宛如一隻被蛇盯著的青蛙。

槙畑有一句為了這種狀況而準備的台詞。不管是在夢中、還是從夢中醒來時，他都一直在思索這句幾乎快變成個人座右銘、充滿決心的台詞。然而心裡所想的話依然無法說出口，不知道是寒冷還是畏懼，令他顫抖的嘴唇無法隨心所欲地動作。

毬村美里緩緩將全身都轉過來，嬰兒的模樣也越來越清楚。

槙畑背脊一陣涼意。他已經猜到嬰兒長什麼樣子了，要不是田宮貢，就是桐生隆的頭裝在嬰兒的身體上。

美里的視線毫無動搖，直穿槙畑。美里的悲嘆與憎惡，從被她視線貫穿的部位逐漸流入槙畑體內，並且蔓延、膨脹起來。

他的喉嚨感到乾渴。

胸悶難耐。

然後，美里張開了雙唇——

槙畑在這裡醒了過來。

他轉頭看時鐘，凌晨兩點四十分。仔細一聽，聽得到雨聲混雜著冷氣運作的聲響。他似乎忘記定時了。槙畑心想，難怪空氣會這麼乾燥，他的喉嚨就跟在夢裡的時候一樣乾。

近乎習慣性地拿出寶特瓶一口氣灌完，接著吐了一口氣。

他帶著自嘲的心情想：這次傷得不輕呢。至今雖然已經夢過好幾次同樣的夢，但還是第一次出現跟手上案子有關的人物。如果告訴那些被佛洛伊德影響的精神科醫師，他們大概會拍手稱好吧。

再加上現在又下著雨。

雨從昨天中午就開始下，雨勢絲毫未減，現在仍打響著窗戶。天氣預報表示雨勢應該在今天半夜就會停歇，看來氣象預報員失準了。

氣象播報說這場雨的降雨量是一小時三十毫米，如果一直持續下到現在，累積降雨量應該也不少了。雨停之後，附著在大樓和柏油路上的煤煙和粉塵、甚至空氣中的塵埃，應該也都被洗刷得一乾二淨，整個世界想必會清新許多吧。

然而，無論雨下得有多激烈，都無法下進心裡，而且雨還會讓他回憶起那起事件。

槙畑的腦海中閃過心靈創傷這個詞。自己在被害者家屬面前所體會到那種令人窒息的感受，也是源自於心靈創傷的關係嗎？原來如此，站在一個心理治療外行人的角度來自我診斷，這項理由是最能讓人接受的。

但如果論肇因於過往經驗的心痛，宮條應該比槙畑強烈得多了。畢竟宮條面對的可是自己的親妹妹在那麼悲慘的狀況下死去的遭遇。就算槙畑說出自己的過去，恐怕也只會被人恥笑是在撒嬌而已。宮條在敘述他妹妹的事情時，表情也完全沒有動搖。而槙畑將這件事情告訴渡瀨之後，渡瀨無精打采地垂下眼來。

「那對他來說，就像是排氣孔一樣。」

「排氣孔？」

「這種痛心疾首的事情，只要對別人說出口，毒素就會降低。雖然這種事情也不是聽的人可以承受的東西就是了。而毒素降低的同時，憤怒也會倍增。因為把這些事情轉換成語言後，他的憤怒就具體了起來，也有發怒的對象了。每當他面對一個人生的坎時，那傢伙就會把這些事情說給搭檔聽。這已經像是儀式一樣的東西了，那傢伙靠著這種方式，驅使自己前往現場。」

這麼說起來，當時宮條說了一些令人在意的話。

正義……警察的正義、以及個人的正義。

令人印象異常深刻的話。古今中外，大大小小的戰爭都會以此作為正當理由。這種話如果從國家和掌權者口中說出來簡直可疑到不行。槙畑開始偵辦案件後也聽管理階層說過，或是在警察廳公文上看過幾次。不光這樣，有時也會聽到獵奇殺人案的兇手和邪教團體的信徒說出這個詞。

因此對槙畑來說，這個詞原本的意思被無限相對化，如今雖然已經生鏽，但依然是足以拿來傷人的利器。所以知恥為何物的人，早就將這個詞從自己的字典裡淘汰掉了。

而宮條卻毫不羞愧地高談闊論。從那個男人口中聽到這個詞，讓槙畑感到莫名地新鮮。

宮條間接詢問了槙畑的正義是什麼，雖然槙畑避而不答，但他其實連自己能不能迅速回答出來都不清楚。

Do the right thing.——做正確的事。歸根究柢，現代人口中的正義只不過為貫徹自己信念而呼的口號。那麼對自己來說，正義是什麼？信念又是什麼？

伴隨著掀開傷疤的自虐感，無法抹滅的過往如潰堤般甦醒。雖然因為他持續夢見過於逼真的夢，淡化了幾分這件事情的真實感受，但這還是鐵錚錚的事實。

那個時候，槙畑被發配到岐阜縣警中濃署。那是他剛升上巡查部長，使命感與求取功名的心態都十分強烈的時期。

中濃署有個數年一次、堪稱大節日的特別任務，就是擔任皇太子妃出巡時的護衛。皇太子妃每隔幾年會前往高山市見見住在市內的同學。從東京到名古屋時會搭乘新幹線，至於名古屋到高山則使用特急列車的特別車輛接送。而高山本線一旦進入中濃地區後，就會和岐阜縣內呈南北向的飛驒川並行，穿過飛驒市。沿途各站都位於河川旁，護衛的排場都以車站為中心形成長達一百公尺的縱列。每隔兩公尺站一個人，每一站都需要五十個人，光靠警備課的人員當然是不夠的，所以不光是交通課，甚至連槙畑這些刑事課的人都會被叫去支援。可以說中濃署內上達副署長、下至駐點勤務員警都出動了，護衛陣仗十分龐大。雖然掌管皇室事務的宮內廳認為動員的人數過多，然而警察廳警備局警備課不僅沒有因此稍微收手，反而還詢問鄰近的轄區是否可以調派人手支援。不過警方的這項舉動背後也有原因，自一九八一年三月爆發美國雷根總統暗殺未遂事件後，世界各地接連出現以重要人士為目標的恐怖攻擊，日本警察廳也因此被迫重新審視重要人士護衛的需要。只是嘴上說是一回事，實際上警方刻板地認為恐怖攻擊這種事情只會發生在國外，所以他們能想到的方案也頂多就是這種人海戰術。

七月十五日，絕對忘不了的那天，自事件發生的兩小時前就開始下起的雨，緊緊地黏在身上，一點也不寒冷。只有槙畑一個人低估了這場雨，以為馬上就會停。他也沒辦法跟其他制服員警借用雨衣來穿，結果就只好任由雨水打在自己身上。署長嚴令無論發生什麼事都不能離開自己的崗位，而這也是警察廳所下達的嚴命。槙畑將頭髮淋濕下塌、雨水浸濕內衣的感覺拋到九霄雲外，和其他同仁一起努力讓自己不要變成路旁的雕像。

他瞥了一眼手錶，離列車到站還有五分鐘。就在這時，有人抓住了他的手腕。他以為是其中一名員警，抬起頭來卻看見眼前出現一張陌生男子的臉。

男子連確認槙畑的反應都沒有就急切地向他求救。

「有、有小孩子被困在沙洲小島上了！」

男子氣喘吁吁，槙畑從他說的話裡聽出了一些關西腔，接著馬上就理解發生什麼事了。不知道是家裡人調職、旅行、還是回鄉，總之就是從外地來的小孩可能覺得河道中央的沙洲很新奇，爬到上面玩，結果玩到一半河水上漲，就被滾滾泥水困在河中央了。飛驒川的河道本來就不寬，再加上高低落差大，所以山上下的雨一轉眼就會流到下游。再加上近年有人瘋狂開墾山坡地建造高爾夫球場，剝奪了山坡原本的保水機能，加快了河水暴漲的速度。如果雨勢夠大，不用一個小時就可以讓平穩的河面變成混濁的激流。看習慣這種變化的當地人也就算了，如果是外來的孩童看到河川完全變了個樣子，肯定會讓人驚慌失措。

「就在車站正下方，現在還來得及，請你救救他！」不知道是因為寒冷還是恐懼，男子的慘叫中帶著顫抖。他脖子以下全都濕透了，看來一直到剛剛都還泡在水裡。年約四十，臉看起來應該原本是個溫和的人，但當下的表情完全是被逼到絕境的人所表露出的恐懼與焦急。槙畑想甩開被抓住的手，但對方的手指緊緊掐著手腕，甩都甩不開。

「求求你！求求你！」

「我說你啊，」旁邊的警官介入制止。「我們現在正在進行皇太子妃殿下的護衛任務，走不開啊。」

「那你的意思是要對我兒子見死不救嗎！」

槙畑內心反覆冒出救人一命和重要人士護衛兩個抉擇。他心想警備陣仗五十人，少掉幾個人也沒差，不過同時又認為光是這幾個人的空缺就足以造成護衛的死角。距離當時一個月前，義大利的外交部長就是在警備人員被街上爆炸事件調虎離山的瞬間遭到暗殺的。無時無刻都不能離開崗位的命令也是根據現實條件所發出的，而且也沒有任何人能保證眼前這名父親不是恐怖組織的成員……。

（少騙人了，那只是藉口。）

有另一個聲音在心中響起。

（其實你只是在害怕吧？）

槙畑出生的故鄉也和這裡一樣是河邊的小鎮，河川是生活的一部份，游泳就和呼吸一樣。高中時他甚至還獲選為高中聯賽的游泳選手，所以當時才二十幾歲的他對於游泳還是很有自信的。而且看了看警備陣裡的人，應該也只有他有辦法游過激流吧。

但有一些恐怖，只有深諳水性的人才會知道。豪雨過後暴漲的水流真的會如同文字形容那樣，狂暴到足以用削岸貫石的勢頭向人襲來。即使河面看起來流速緩慢，但底部的水流速度卻不一樣。而除了水流之外，混濁的水裡也帶有各式各樣的東西，包含流木、岩石、泥沙。這些東西會被你划水的手彈開，直擊水面上的頭部。有不少自認擅長游泳的當地人，就殞命在這個陷阱底下。

槙畑站在山崖上方，一直聽到河邊傳來吼叫聲。

回過神來，他發現自己的腳僵住了。這時有三名警官跑過來，壓制住了拚命向槙畑求援的男子。

「你冷靜一點！我們剛才已經通報消防團了……」

「為什麼你們不去救他？警察的工作不就是保護別人的性命嗎！」

原本那雙哀求的雙眼現在滿是敵意。其他的員警彷彿瞬間被男人說出來的話給射穿一樣，停下動作看著槙畑。

如果這時他直接將湧上喉頭的那句話說出口，事情就不一樣了。即使救不了小孩子，應該也救得了槙畑自己。

然而下一個瞬間，遠方傳來的警笛聲決定了一切。他看向軌道遠處，特別車輛正急駛而來。時間到了。他產生一種被拋棄、同時又像得到一張免死金牌的解放感，這讓他說出口的話彷彿不是出自他的嘴巴。

「我們沒辦法擅離崗位。」

男子的表情錯愕地僵住。三名警官既像無奈又像安心似地嘆了口氣。

「抱歉……」

原本抓著槙畑手腕的手，現在移到領口上了。錯愕轉變為憤怒，發顫的雙唇似乎就要說些什麼。這時——

「不好了！」

有名站務員驚惶失色地從車站跑了出來。

「有小孩被水沖走了！」

男子彈了起來，列車也幾乎於同時滑行入站。即使沒有喊口令，全體警官依然整齊劃一地挺胸整隊。男子看了一眼彷彿變成雕像的警備陣，便朝著下游拔腿狂奔。

那一瞬間，男子嘀咕了一句話。而槇畑沒有漏聽。

「卑鄙小人。」

這句話深深刺進心裡，但那時槇畑也沒想到，這份痛楚會跟著他一輩子。

列車停下，皇太子妃在窗戶後頭微微欠身，回應民眾的歡呼聲和揮舞的小國旗。接著三分鐘後，列車靜靜地啟動，不久後便離開月台消失了。

那真是一場完美的典禮，他得到了三分鐘的秩序與王妃一瞬間的致意。可是為了換得這些事情，他失去的東西實在太多、也太沉重了。即使現在前去救援，也不可能會有人跑得比激流還快。

列車一離開，馬上就有地方消防團的一隊人馬經過警備陣面前，他們的臉上都露出了對槇畑等人的蔑視。

「比起小孩的性命，你們更想討好皇室嗎！」

「你們以為自己是拿誰的稅金在做事的？」

所有警官都只能沉默不語。

五個小時後，木曾川下游水流較為平緩的流域發現了一名少年的遺體。不僅吃進大量河水，皮膚也被流木和岩石削得遍體麟傷，因此連確認身分都十分困難。

槙畑不顧上司消極的制止前往喪禮會場，但是在櫃檯就遭到嚴厲拒絕，甚至還被人拿奠儀砸臉，於是他只能狼狽地離開。少年的父母連見都不肯見他一面。

有一份週刊報導了這件事情的始末。一名心想皇太子妃出巡寫不成什麼報導的記者，碰巧將那位緊抓著槙畑不放的父親拍了下來。看著週刊上跨頁的下屬身影，讓署長以下的幹部臉都綠了。但或許因為這件事情也和皇室有關，所以之後也沒有其他媒體追蹤報導，連刊出這篇報導的週刊也就只報了這一期便打住。另外，不知道是從哪裡來的消息，聽說少年的父母還沒到年尾就搬到其他地方去了。

這次的事件就這樣草草結束了，沒有人在意失去了一條人命。沒有任何人被過問責任、也沒有人承擔責任，然而只有槙畑他深信一件事情。

殺了那個少年的人，是我。

從那一天開始，槙畑就喪失了自己的正義。

他彷彿能聽見責難自己的聲音，於是越來越沒辦法待在岐阜縣警，最後提出調往外縣市的請求。當時由於單位編組人數增加，全國的警察組織也都在重新編列員警數量，恰好也有埼玉縣的同仁想調到岐阜縣，所以上頭便以人員交換的形式受理了他提出的調職。

只是，失去的東西不會再回來，烙印在心頭的事情也不會消失。

2

槙畑醒來後，一直到天亮都沒闔眼，洗了把臉便出門上班。他到常去的早點咖啡廳快速扒光早晨套餐，然後直接前往署裡。只要經過訓練，精神和肉體是可以分開的。就算精神疲勞，只要吃了東西，就不至於倒在半路上——這是長期的刑警生活教會他的生活智慧之一，但今天早上的狀況卻不一樣。腦袋昏昏沉沉的，雙腿也很沉重。難道這是身體在警告自己不再年輕了嗎？還是夢的重量像宿醉一樣延續到隔天了呢？

他突然想起了賴子。

那是他無法拯救的其中一個人。如果她還在自己身邊的話，或許就不會害怕一切為時已晚，作了那種夢後醒來時的感覺或許也會不一樣。但那也只是癡心妄想罷了。雖然他也不是第一次在放手之後才明白一件事物的價值有多珍貴了，不過這雙沉甸甸的腳更是毫不留情地提醒自己有多愚蠢。

宮條今天依然比自己還早一步就在署裡等候，這令槙畑有些慌張。

「早。」宮條的表情和昨天說完他妹妹的事情後一樣。槙畑看出這個男人不是將精神與肉體切割，而是將感情與表情切割開來了。他仔細一看，桌上堆了一些設計圖，宮條剛好在看其中一張。

「那是？」

「史登堡日本分公司的平面圖。」

「是喔。不過那不是戰前就蓋好的建築物嗎？沒想到居然還留著這種東西。」

「昭和二十五年的時候有改建過。就算是那個時代，不提出申請也是沒辦法動手改建的吧。不過說到昭和二十五年，你有沒有想到什麼事情？」

「一九五〇年……哦，韓戰嗎？」

「對。那間公司的法則就是每逢戰爭必擴大公司規模，也就是說即便在這個遠東地區，這項法則也依然健在。而值得留意的區塊在這裡。」

宮條所指的地方標註著地下室。

「樓地板面積約一百二十坪，比一樓的坪數還大。雖然說是改建，不過嚴格來說應該是增建了這個部分才對。明明這麼寬敞，外框以外的部分居然是一片空白，這一點很令人好奇。他們到底在這個空間裡幹了什麼壞事呢。」

「沒辦法向施工業者詢問詳細的情形嗎?雖然是五十年前的事情了，但就算不找實際動工的人，至少會留下一些紀錄吧？」

「負責施工的當地小型業者在研究所改建的隔年就破產了，應該說是社長鬧失蹤，所有紀錄也一併遺失了。」

「恐怕是有什麼必須藏起來的東西吧。」

「當然。研究園區內明明還有那麼大的腹地，卻還特地建造了一個地下室，我看就是因為有一些不可告人的目的。無論如何，我們越來越需要進入研究所一趟了。寄放在你那邊的東西什麼時候還我？」

「搜索令還沒下來嗎？」

「這次檢方異常地謹慎呢。該園區是德國企業所有應該也是原因之一，可是連桐生隆是藥頭的消息都已經出來了，他們還是不予以許可。」

你哪有什麼還不還的問題，槙畑在心裡抱怨。就算宮條手上沒有這項工具，如果真的有必要，他一定也能從認識的可疑人士手上拿到，寄放在槙畑手上的東西根本就沒差。宮條雖然暗含邀請槙畑和他一起行動的意思，不過槙畑對於這項不知是麻煩還是榮譽的邀約還難以做出決定。

「意思就是說，申請搜索令需要的理由，必須是桐生隆本身無販毒動機，因此該行為乃史登堡公司之命令囉？」

「為了寫出這種理由，我們就必須把那名青年塑造成一個潔身自愛的人。」

「接下來就要去確認看看，我們有沒有必要靠塑造來達到目的了。」

槙畑在對方指定的咖啡廳裡等候，加悅秀彥一過中午便現身了。他四處張望，但那副警戒的樣子明顯不是為了找槙畑坐哪，而是確認店內有沒有他認識的人。

槙畑舉起手，加悅馬上就注意到了，不過他在抵達座位前依舊沒有放鬆戒心。這間在市公所兩百公尺外的咖啡廳，每一張桌子都像半個小包廂一樣隔了起來，這對保護加悅的隱私來說應該是再適合不過的地方了。而且槙畑當初約他時，他遲遲不肯答應，還叫槙畑不准到他家、更不能到公所直接找他。在苦心說服之下他才終於選了這間店，只是他似乎還是放心不下來。這個樣子讓槙畑聯想到一隻在屋頂上徘徊的膽小老鼠。

「讓你久等了。」加悅草草打了個招呼後便趕快坐下。槙畑觀察他的樣子，想起渡瀨說過的話。如果換作觀察他人資歷達三十年的渡瀨來說，一個人只要長年下來都從事同一份工作——其中也有一些例外，比方說宛如律師的牙醫、宛如學者的警官——整個人似乎便會隨著資歷沾染上那份工作特有的氣息。他原本認為這個說法有點過猶不及，不過當他正面盯著加悅看，又覺得這話說得也沒錯。幾乎無異於膽小的謹慎、對初次見面的人毫無情感，這種人就是一旦他介紹自己是在市公所上班，聽到的人就會豁然開朗的那種人。

「能不能盡快結束？是說我這種人明明也沒什麼事情可以說的。」
「您和桐生先生一直到高中畢業前都一直是同班同學對吧？」
「從小學到高中都讀三級僻地的鄉下學校，一個學年也沒幾個班級。雖然我們從小學三年級就開始同班，但就機率上來看也不是什麼稀奇的事。」
「您的意思是你們不是特別熟？」
「和他熟的人根本一個都沒有。」
「但既然都當了十年同班同學，應該會知道他是個怎麼樣的人吧？看您好像挺急的，我就不繞圈子了，我正在懷疑加悅先生您。」
「懷疑我？我做了什麼嗎？」
「並不是沒什麼事情可說，是不想說吧？我們從他身邊的人打聽到，他從小就是一個開朗的人，就連過去的同學對他的印象也都只有這一點是共通的。但聽桐生先生的女朋友說，他的笑容似乎是內心的盔甲。」
「內心的……盔甲？」
「就是為了避免他人踏入自己的領域所築起的防禦。還有一點，你說他沒有朋友，但他失去他的雙親、兄弟姊妹、祖父母、還有出生的故鄉，全都是在他只有八歲的時候，甚至還不得不和童年玩伴分開，像這樣一個孤苦伶仃的少年難道會主動拒絕交朋友嗎？我怎麼樣都沒辦法接受這個說法。考慮到這兩點，答案只會有一個……就是他被人霸凌了。而所有拒絕提供詳細證詞的同學，全都是加害者。我說的沒錯吧？」

而你也是其中一個人——槙畑故意不把最後這一句加上去。這是他替對方留下的一條生路。人在被迫做出選擇時，大多會選擇有逃生機會的那條路，若事情牽扯到某個集團時更是如此。站在第三者的立場去批判同伴所犯下的罪過，不僅是一種自我洗白的行為，也等同於獲得免死金牌，所以更容易把話說出口。

接下來，你會怎麼做呢？

雖然是基於推測所使出的招式，但效果出奇地好。加悅一低下頭來，肩膀便開始發抖，如果把被逼到絕境的老鼠擬人化之後，大概就是這個樣子了。

「阿隆已經被人殺了不是嗎？」

「沒錯。」

「公開往生者過去的事情到底有什麼意義？這不是應該拿來對嫌犯做的事情嗎？」

「案情似乎沒那麼單純。」槙畑以更加冷血的語氣告訴他。「詳情我不能說，但他自己也有可能參與了某項犯罪行為。我們最關心的問題，是桐生隆到底是怎麼樣的一名青年。而且不是外在的模樣，說得誇張一點，我們想知道他這個人擁有什麼樣的靈魂。而一個人的面貌大多都是在長大之前形成。我們為什麼會對桐生先生的過去感興趣，現在您清楚了嗎？」

「你的意思是，如果阿隆真的是罪犯，我們這些同學也要負一些責任？」

「我不會這麼說。不過有一句比較陳腔濫調的話是這麼說的，比起被人調查後暴露，還是自己講出來，之後也比較不會太難受。」

加悅面露猶豫的神情，過了一會兒膽戰心驚地開口。

「我的名字會被公開給媒體和相關人士知道嗎？」

果然這才是他的真心話。

「您不必擔心，我們擁有比律師更嚴格的守密義務。只要您不說出去，我們絕對不會讓消息提供者的名字外流。」

槙畑如此保證後，加悅便娓娓道來。

第二學期剛開始不久，那名少年轉入了附和小學三年級的這一班。他又矮又瘦、一開始連頭也不抬，看起來簡直就像拚了命地縮起身子、想把自己給藏起來一樣。老師催著少年自我介紹，少年以小到快聽不見的聲音說自己叫作桐生隆。如果不是老師，他恐怕會一直默默站在台上吧。老師對那名少年的關懷，看在八歲兒童的眼裡也十分露骨，彷彿就當桐生隆是身心障礙者一樣。可是這種待遇只能出現在跟孩子一個人相處時，在全班面前表現出這種態度不見得是件好事。老師將一個孩子視為特別的存在，而該孩子在同儕中也會成為一個特別的存在，這種情況只會出現兩種結果：孩子不是備受崇拜，就是飽受欺凌。

轉入班級幾週後，桐生隆這名少年的形象也越來越清晰。如果就課業上來看，他絕對是個模範生，不管老師問什麼問題他都答得出來，預習複習也都做得很紮實，課堂上的集中力甚至讓執教鞭的人都感到訝異。運動方面雖然沒有課業這麼優秀，但也只是一般人的程度，並不會差到哪裡去。如果真的要舉個缺點出來，就是他不太說話、個性內向。不過這在吵吵鬧鬧的兒童中也算是一個難得的例子，也很難一口咬定這就是缺點。所以只要一直維持這種狀態的話，他就算沒能成為班上的明星，應該也會成為一個值得讓人信賴的同學，保有一定的地位吧。

然而，事與願違。事情一開始是有名男生帶了一本週刊雜誌到班上。在這本男童父母購買的週刊上，詳細記載著吉野村土石流災害的倖存少年——隆的報導，班上同學一直到這時才知道桐生隆的狀況，包含少年阿隆孤苦無依，以及他成了兩億四千萬圓壽險受益人的消息。而週刊也很周到，還把少年的照片放了上去。

一知道阿隆是當今全日本最多人同情和關心的少年，同學對他反而開始產生厭惡的情感。這是因為附和町本身也有一些狀況。災難發生後一個月，越來越多人認為該起奪走十五個人生命的土石流並非天災，而是毫無節制的濫砍濫伐，加上村落又剛好位於土石崩落邊緣的山崖前所形成的人禍。收到來自全國各地批判的富山縣議會，決定重新審核預算，將原本已經規劃為公共事業費的大部分資金撥出來，補償因豪雨受害的農業相關人士。而受到這一波衝擊影響的，就是附和町在地的林業相關人士，尤其是建材買賣的業者。原本群巒環繞的附和町，就是以林業作為基礎產業，居民有七成都是靠木材相關行業吃飯，所以建材業不景氣的話很可能會影響到整個町的興衰。桐生隆的背景就是在這種情況下曝光的。

如果是幼兒時期就算了，到了八歲的年紀也已經能理解維持生計的不容易。又常聽父母提起經濟困頓的情況就是那個阿隆造成的，他居然還可以獨吞兩億四千萬圓的保險金，受到教師與世人的同情保護……這一刻起，孩子們便將阿隆視為應該欺凌的對象。優秀的成績和安靜的個性，加上無親無故的孤獨背景，全都轉而發揮負面的作用。

一開始是言語暴力，矮冬瓜、孤兒、書呆子……從呢喃開始說出口的壞話，沒過多久就演變成不顧旁人的謾罵。其中還有一些女童罵他該死的，不知道是不是從父母身上學來的。但阿隆不管被罵成什麼樣子也只會發抖，絕對不還口，也沒有向老師告狀。這更是火上加油，刺激了孩童們的暴虐之心。

不久後言語虐待發展成實際的暴力。先是藏匿文具用品、在抽屜裡塞小動物的屍體、吐口水在營養午餐裡，最後阿隆的身上也開始出現指甲抓傷的痕跡。被指甲抓和被推擠衝撞已經是家常便飯，甚至還有人會用自動筆的筆尖戳他。

其中最早開始霸凌阿隆的人是班上的頭頭，叫作勝美良弘。這名少年的父親是建材行的經營者，由於這一次突然碰到客戶訂單延期而被迫倒閉，基於這個原因，也使得他對於霸凌阿隆異常執著。不僅會毫無緣由地打他踹他，還會拿菸頭燙他、拿皮帶鞭打他的背，盡是做些連不良國中生都望之卻步的手段。良弘等人還很狡猾，施暴時會刻意避開皮膚會露出來的部分，所以表面上看起來阿隆的身上沒有任何一處傷痕，只是一旦脫下衣服，就會看到他身上大小無數的傷痕與瘀青。那些痕跡都記錄著他所受到的凌虐。

在霸凌情形逐漸見怪不怪的期間，教師都在做什麼？實際上他們什麼也沒做，還決定裝作沒看見。就連一開始表明自己會保護阿隆的班導師，也在知道所有學童和他們的家長、甚至整個町都視阿隆為敵之後，態度便出現了一百八十度的轉變。當時開始有越來越多教師只想拿薪水、不想管事，現在想想，這個人也是其中的一員吧。

那麼他真正的監護者、唯一有血緣關係的伯母佐義山多津又做了什麼？她有保護阿隆免於周遭敵意的傷害嗎？還是作出了什麼抗議行動？根據加悅的記憶，她也什麼都沒做。既沒有到勝美家發飆，也沒有向學校提出申訴，只是在一旁看著阿隆身上的傷一點一點增加。雖然那些少年也覺得這樣很奇怪，不過在聽到父母閒聊時說出的話後，問題也就煙消雲散了。他們說多津之所以領養阿隆也不是因為他可愛，而是看上了保險金。但是現在阿隆受到世人關注，她連個家電用品也沒辦法隨便購買。如果買的話就會面臨世人的批判，罵她偽善。而就算她沒碰保險金，民眾對於把整個町搞得民不聊生的阿隆的敵意，也逐漸擴展到多津身上了。但即便是如此，她現在也不可能把孤身一人的外甥趕出去。所以阿隆在家裡也是個礙眼的存在。

雖然孤立無援，每天都充滿屈辱和痛苦，阿隆還是忍了下來。即使受人詆毀會流下不甘心的淚，被人毆打會喊痛，但他還是從來沒跟學校請過一天假。

為什麼那傢伙有辦法忍受呢？勝美良弘等人實在是無法理解，於是在某一天決定跟蹤阿隆。那一天阿隆同樣飽受欺負，在回家的路上不停擦著眼淚，可是一回到家裡，阿隆的表情便破涕為笑。

衝出門來迎接他的不是多津——而是一隻小狗。

接住往自己胸口撞上來的小狗後，少年便直接倒進草叢，像兄弟之間玩耍一樣打滾。他那副幸福洋溢的表情，在學校裡絕對看不到。

跟狗玩耍了好一陣子後，阿隆像是擺脫了附身在他身上的東西一樣，帶著爽朗的表情進屋。躲在暗處看到一切的良弘等人面面相覷，沒想到會看到這樣的畫面。那隻狗到底是怎麼一回事？

從父母的話和雜誌上的資訊，他們馬上就查出小狗怎麼來的了。小狗名叫卡爾，應該是混有德國牧羊犬血統的雜種犬，本來就是桐生家養的狗。雖然報紙報導上說吉野村災難倖存者只有阿隆一個人，但其實卡爾也因為綁在房子外頭而逃過一劫。雖然卡爾只是一隻狗，但對失去所有血親的阿隆來說，牠可是堪稱命運共同體的夥伴，絕對是這個世上唯一能夠敞開心房的對象。

而且對小孩子來說，狗絕對不只是寵物，特別是和自己同生共死過的狗肯定更是如此。同樣是男孩子的良弘等人也能輕易想像這種事情，當然也想像得到，失去這麼重要的狗時會有多難過。

有一天，良弘和他的黨羽趁著多津不在家，將阿隆困在學校，並對卡爾下手。卡爾當然有抵抗，可是一旦被塞進水泥袋裡也束手無策，轉眼間就被綁走了。

那群孩子的目的地位於町邊境的山谷，這座山谷兩側為坐南朝北的高聳山壁，中間夾著水流湍急的河水，谷地下半部分則呈現缽狀。所以一旦失足滑落，就算是當地人也很難爬得上來，是大家口中的險峻之地。良弘他們直接將裝著卡爾的水泥袋扔下山谷。落下途中，聽見了好幾次袋子重擊岩盤的沉悶聲響，但是落到谷底的袋子還看得到裡面在動來動去的，所以良弘他們似乎不覺得小狗已經身負足以致死的重傷。「只是稍微捉弄他而已……」聽說良弘在那之後，對著其中一名黨羽說出這句話。

聽說阿隆得知自己的愛犬被人帶走後，整個人近乎發狂。之所以會講「聽說」，是因為看到他那個樣子的人就只有多津而已。狗屋裡看不到卡爾的身影，問了多津也不知道卡爾跑去哪裡後，阿隆臉色驟變，慘叫著奪門而出。不管是在親人的葬禮還是遭受了各種欺凌時所隱忍的情緒，此刻終於爆發了。阿隆出乎意料之外的行動，多津根本擋都擋不住，但她心想畢竟阿隆還是小孩子，最多過個兩小時左右就會哭喪著臉回家了。可是太陽都下山了，阿隆還是沒有回家。多津放著門沒鎖便先行就寢，但隔天早上起來之後還是沒看到他的身影。

多津終於意識到事態嚴重，於是聯絡了學校，但他既然都露宿野外了，自然也不會到學校上課。青年團和兩名教師緊急組織搜索隊，在住家周邊和阿隆上學的路途上尋找著，最後甚至還找到山上去了。可是總計超過二十名男子的搜索隊用盡辦法，依然杳無音信。

然而到了第二天晚上，當他們意識到不得不報警處理時，阿隆就失神地回來了。他身上沾滿了泥巴，裸露在外的皮膚部分處處是擦傷，但令搜救隊人員啞然失色的理由不是這個，而是阿隆胸前抱著一個如破抹布般的東西——卡爾的屍體。眼前這個少年居然在山上漫無目的地遊走，憑一己之力找到了卡爾的屍體，而且還把屍體從那個壯丁也難以攀爬的山谷底下帶上來了。

卡爾的前腳斷了，但那不是牠直接的死因，這從屍體的狀況來看大概就能猜到。被削掉的肉、像被啄食般掀開的表皮，在那個無法逃脫的谷底，斷了腳的狗連捕食小動物都辦不到。卡爾肯定是在飢寒交迫之下漸漸衰弱，最後淪為野鳥等其他動物攻擊的目標。

屍體已經發出惡臭，但阿隆卻疼惜地緊緊抱著，完全不放開。最後大人終於強行把屍體從他手上拿開，並為了斬斷他的執念，在他面前焚化了屍體，只是阿隆的眼神空洞無比，什麼也沒看進去。

事情就發生在那之後的第三天。阿隆再次回到學校，平穩的日常生活看似就要回歸，但良弘卻在吃營養午餐時突然露出痛苦的神色。一開始同學們還以為他在開玩笑，在一旁嬉鬧著，但看到良弘的臉慢慢變成紫色，甚至吐出大量嘔吐物後，整間教室一片譁然。趕到的校醫反應很快，馬上替他洗胃。良弘被送到了最近的醫院，但檢查出來的結果卻讓校方十分震懾。嘔吐物中含有農藥。

警察比衛生所的人先抵達學校，馬上將還沒有人碰過的營養午餐送去檢驗，但奇怪的是每道菜都沒有檢驗出農藥。摻入農藥的就只有發給良弘的那個裝著豬肉味噌湯的碗而已。警方早早就在這個階段踢到了鐵板。通常湯類都是裝在大鍋，再分裝到每個人手上拿的鋁合金碗裡。因為只在良弘的碗裡面檢驗出農藥，所以摻入的時機應該就是湯已經裝進他碗裡之後。可是良弘和其他同學都說，那時沒有任何人接近出問題的碗。難道農藥事先就塗抹在碗上了嗎？可是餐具都是每個人在打飯菜前才自行拿取，根本不可能事先知道誰會拿到有問題的碗。這麼一來就是隨機犯案了，但如果是隨機犯案，那只要把農藥摻入裝湯的大鍋就行了。再說，如果要在碗裡塗抹農藥，任誰都會馬上注意到的。那麼在打菜時摻入的可能性呢？雖然懷疑的方向在這時轉移到負責打菜的女孩子身上，不過這個可能也因為良弘本身的證詞而遭到否定。女孩的手連一瞬間都沒有接近那個碗，而打湯專用的湯勺柄長達五十公分，她也不可能像變魔術一樣騙過良弘的眼睛把農藥摻入碗中。

警察接著調查農藥的來源，但這方面也無所斬獲。因為附和町幾乎都是半林半農的家庭，家家都有農藥，而且農藥管理隨便到了極點，誰都有辦法從隨意放在戶外的農藥罐中偷出一點，所以想從農藥鎖定犯人的希望實在太過渺茫。

結果偵辦進度就卡在這裡，加上唯一的被害者良弘也無大礙，所以這次的事情也沒查出個所以然，就這麼平息了。然而在場的同學都知道犯人是誰。當所有人都因為良弘的意外而人仰馬翻時，只有一名少年靜靜地瞧著他那副模樣——那就是阿隆。當然，沒有一個人有證據，至於農藥是怎麼放到良弘碗裡的也無從得知，但毫無疑問是阿隆做的。

事情結束後，良弘沒有回到學校。雖然身體上沒什麼後遺症，但他本人似乎非常畏懼到校。後來新年過去，第三學期開始後，良弘就轉學了。班導師雖然跟大家說是因為良弘父親工作上的關係，但班上沒有任何一個孩子完全相信。

剛好從這時開始，阿隆變得會笑了。他的笑容就像春天的陽光一樣溫和。班導師認為是因為霸凌者離開了，阿隆安心之下才露出笑容，可是在周遭的孩子眼裡卻是完全不同的感覺。那是他們打出生以來第一次見到拒絕的笑容。

不准靠近我。

不准碰我。

孩子們默默地遵從他們所接收到的無言訊息，因為那是能保護自己的唯一手段。不知不覺間，那股平靜的恐懼籠罩著整間教室。從那之後，每逢有人轉學、升學，班上出現新面孔時，那股氣氛也會產生些微的變化，但本來就認識阿隆的人依然脫離不了恐怖的束縛，結果一直到高中畢業之前，這種感覺都未見消退。

話說完後，加悅嘆了一口長長的氣。

「還真可怕。」槙畑自言自語。

「真的。」加悅聽了表示同意。

（你以為我是在說誰可怕啊？）

假設桐生隆成了犯罪者，那麼那些同學也要負一些責任嗎……如果現在有人問了這個他才剛否定的問題，他大概會給出不同的答案。

「有一件事情我不明白，為什麼桐生先生會知道是勝美良弘把狗帶走的呢？」

「因為水泥袋。」

「水泥袋？哦，用來裝狗的袋子。那個袋子怎麼了嗎？」

「水泥袋是他父親公司的東西，所以每個袋子上都印著勝美建材的章。」

「原來如此。明明周詳地鎖定了對方家人不在的時候，還跑到那麼遠的山谷去，卻犯了小孩子會犯的錯誤呢。」

「不是那樣的！當時良弘也沒注意到那個章，因為磨損嚴重加上髒汙的關係，整個袋子變得黑漆漆的，根本就看不出上面印著什麼。」

「那桐生先生是怎麼發現的？」

「我親眼看見的。阿隆回到家以後，良弘要我過去看看情況，所以我就跑過去搜查了。畢竟身為班級幹部，不管搬出什麼理由都通用。然而到了多津阿姨家裡後卻不見阿隆人影。多津阿姨讓我到阿隆房間等他回來，我在房間裡看到了水泥袋的碎片。有好多片，每一片都切割成十公分見方，其中也有蓋到勝美建財印章的部分。那些水泥袋碎片乾乾淨淨的，不管再小的泥汙都仔仔細細地清掉了。肯定洗過了好幾次吧，碎片被搓到都快破了，但還是回復到可以辨識字樣的狀態。阿隆對每一張碎片都進行了那種走火入魔的處理，花了幾個小時、甚至幾十個小時。你有辦法想像，當時我看到那些碎片的時候心裡有多毛嗎？」

「你有對其他人提過這件事嗎？」

加悅緩緩地搖頭。

「我在房間裡恍神的時候，拉門突然打開……而阿隆就站在那裡。我到現在都沒辦法忘記他那時低著頭看我的眼神。他雖然什麼話也沒說，但我猜如果我把這件事情說出去的話，肯定吃不完兜著走。」

「也沒跟良弘或警察說嗎？」

「我很害怕……尤其是在良弘碰到那種事情後我就更怕了，認為下一個遭殃的會是我。」

「對一個八歲孩子來說也是理所當然的呢。但如果你當初將這件事情告訴警察，事情或許就能當場解決了。」

加悅抬起頭來，露出一副難以置信的表情。

「你說當場，就能解決？」

「就我聽你所說的，當初警察在偵辦上遭遇的難題在於無法判斷犯案是針對良弘還是隨機。當時只要知道良弘和桐生先生有所嫌隙，警察肯定會毫不猶豫地查明桐生先生所有的行動，那麼我相信他們馬上就能識破犯案的手法了。」

「馬上就能……那你的意思是你光聽了剛才的話，就能夠解釋阿隆動了什麼手腳嗎？」

「加悅先生，你現在還想得起來案發當天，良弘和桐生先生的相對位置嗎？」

「我想一下，我記得阿隆是坐在良弘右後方第二排。」

「真佩服你還記得那麼小的事情呢。」

「因為把良弘放在桐生旁邊和後面的話，十之八九會搞事，所以班導師才固定替他們排這種座位。」

「所以他們兩人的距離差不多是一公尺。那麼他非常有可能辦得到。」

「辦得到什麼？請告訴我。」

「完全就是騙小孩的伎倆。只是……」

「只是？」

「就算我現在揭穿了他當初的手法，還是有種馬後炮的感覺。畢竟都已經是超過二十年前的事情了，再加上手邊沒有任何具體證據，所以只是單純的臆測，也就是我自以為是的結論。你聽了這種話能有什麼好處？」

「至少我的心裡會平靜下來。因為這麼一來我就能說服自己阿隆不是魔女了。」

「魔女？」

槙畑聽到這個詞愣了一下，不過加悅似乎並沒有察覺。

「對。那一陣子很流行電影《坐立不安》那種靈異類型的作品不是嗎？不知道是不是受到風潮影響，我從那之後還覺得阿隆搞不好不是人類。他低頭看著我的眼神、警察也沒辦法破案的農藥摻入事件，這些事情讓我深信他不是人類，而是類似魔女之類的存在。但當然我到了高中後就覺得這種想法很蠢，可是那種莫名其妙的感覺還是一直揮之不去。雖然這樣講很丟臉，但一直到今天我還是……」

後面的話消失得無影無蹤。

擺在眼前的咖啡，加悅至今動都沒動過。

「加悅先生，你國小的時候有沒有喜歡的女生？」

「啊？」

「沒有嗎？好比說喜歡的類型，或是有些在意但卻遲遲不敢主動找人家搭話的女孩子。」

「是有一個人啦……」

「有吧？那麼假設上課的時候那個女生坐在你前面，老師正在黑板上振筆疾書，完全沒有要回頭的意思。你想要稍微看一下那個女生的臉，可是對方也很專心地在寫筆記，感覺也不可能轉頭過來。這個時候，你腦中產生一股惡作劇的念頭。你把橡皮擦屑、筆記紙、或是其他任何東西搓成跟小鋼珠差不多大的球，瞄準好目標之後屏住呼吸，用指尖一彈。小球漂亮打中女生的頭，然後女生嚇了一跳轉過頭來四處張望，但也不知道是從哪裡飛來的，而你則裝成沒事那樣。那個年紀的男孩子肯定都有過這種經驗吧。」

加悅小小地叫了一聲。

「桐生先生就是做了同樣的事。他在後面一直等待時機到來，等對方一個不注意看向一旁的瞬間，用手指彈出小鋼珠大的農藥球。一公尺多的距離，如果事先有不斷練習的話，簡單就能得手。農藥球精準掉入豬肉味噌湯，雖然發出了小小的聲音，但一般幾乎不可能察覺從死角飛過來後消失不見的東西。而飛到碗裡的農藥球浸泡在溫熱的湯中，一轉眼就溶解了。」

「怎麼可能！這根本……根本就是騙小孩的伎倆啊。」

「所以我一開始就這麼說了不是嗎？這種事情，只要辦案的警察知道桐生先生有動機的話應該也想得到，因為前提是小孩子下的手。」

「就算真是這樣好了！那假如沒瞄準好的話怎麼辦？」

「他應該也沒多想失敗的話要怎麼辦吧。」

「你說什麼？」

「小孩子不就是這樣嗎？而且我想桐生先生也沒有打算隱瞞犯人就是自己的事實吧。以他的角度來看，只要能幫卡爾報仇就好了……好了，謝謝你今天告訴我這些事情，非常具有參考價值。」

槙畑抓起帳單起身，加悅則悻悻然地坐在原地。

（稍微潑他一點冷水好了。）

「不過加悅先生，桐生先生他對生前最後一個碰到的人說了這樣的話：『我是魔女的後裔』。」

「魔女的後裔……」

「你猜得正中紅心，他確實自認為是魔女的子孫。只不過啊，如果你當初有把在房間看到的情況告訴警察的話，一定就能成功告發他，也能在那個時候摘掉一株罪惡的嫩芽了。所以就某方面來說，讓桐生隆變成魔女的人，或許就是加悅先生你也說不定呢。」

槙畑不是在恭維，加悅的證詞真的很有幫助。因為這幫助他們找出了好青年和毒品犯罪者這兩種相反因素掛勾在一起的關鍵。不光是這樣，現在他們手上掌握的拼圖碎片終於有地方可以拼上去了。

《滅絕物種與瀕臨絕種生物》、《野生動物之保護與回歸》、《掠食者　本能與學習》，書架上的這三本書因為桐生隆和愛犬的故事而有了不同的意義。卡爾的直接死因，是飢餓所導致的衰弱與外敵的攻擊。被遺棄在野外的寵物因為無法順應自然環境而死亡並不是件稀奇的事，但如果卡爾擁有不輸給獵犬的捕食能力，那麼在自己發現牠的時候是不是還會活著？就算年幼的桐生隆會這麼思考也不奇怪。然而假設這個念頭、這股悔恨一直到他長大成人的現在都還存在的話……。

甚至少年時期的桐生隆為了替愛犬報仇而使用農藥的推測，加強了槙畑對他是藥頭這個事實的看法。而即使他知道史登堡製藥會將毒品流往黑市，恐怕也不會產生什麼反感吧。畢竟對於人體投藥這種事情，在他八歲就免疫了。

那麼，桐生隆為什麼還要特地跑去已經封鎖的研究所呢？知道史登堡公司另一個面貌、而且還是打先鋒的一個人，跑到形同廢墟的研究所去到底有什麼目的？

他一路上尋思著，回到了縣警本部，在一樓碰到古手川。古手川的身上看不見任何昨天的疲態，整個人神采煥發。唉，這傢伙也還有年輕這個優勢呢。槙畑帶著一絲羨慕地想著。

「槙畑警官，剛回來嗎？」

「是啊。你看起來好像也是。」

「對，剛回來不久。啊，要報告的話先別找渡瀨班長喔，他現在抽不出空。」

「為什麼？」

「警察廳派了幾個人過來，他現在正忙著招呼他們。聽同仁說，他們幾乎像被軟禁一樣待在會議室裡三個小時了。」

因為他們知道桐生隆和都內三起案子有關係了——槙畑當下做出這個判斷。這麼一來，他們就沒辦法悠悠哉哉、非正式地派遣一名搜查員加入辦案，而是打算展開聯合搜查，並且應該會將主導權掌握在自己手上。今天過來肯定就是為了談這件事情，而現在正對著署長和課長滔滔不絕。

「所以宮條警官現在也跑不掉就對了。先不管這個，毬村美里調查得如何？」

「這個嘛，她的確是有金錢上的困難沒錯啦……」

槙畑感到好奇，停下腳步。如果是平常的古手川不會是這種語氣。

「告訴我。」

「我去了她打工的地方。她的不在場證明無懈可擊，案發當天下午四點到店裡打烊的十二點，毬村美里都在工作。她是從三點四十分開始上班，其他店裡的員工也都替她作證了。下班的打卡時刻是十二點三十分，當時瞄著深夜新聞的店長也證實了這一點。換句話說，預估死亡時間的下午四點到十點她都一直待在店裡。而她平常排班的情況是一週四天，都是從下午四點到十二點。而我們關心的收入部分……雖然指名她的客人很多，但即使加上點檯費的分紅，她也就拿三萬多塊，所以一週可以賺十二萬的話，一個月差不多五十萬。雖然她在店裡算是比較基層的員工，可是賺的錢比我多得多了。」

聽著聽著，槙畑感到一股莫名的不快。

「根據打聽到的消息，她就只有這一個收入來源。可是她每隔半年，就會從這筆收入中一口氣提領兩百萬出來。」

「是要揮霍一下嗎？還是要還債？」

「如果是這樣事情就簡單了。那兩百萬是她半年份的學費。」

「你說學費？」

「半年兩百萬，一年四百萬。藥科大學還真是燒錢。我原本以為她的學費和生活費都是父母支付，沒想到全都是靠自己賺的。她住的公寓租金一個月七萬圓，扣掉餐費和有的沒的雜費，幾乎沒剩下多少錢。以一個坐檯小姐來說，她過著非常勤儉的生活呢。」

「她父母是做什麼的？」

「在島根經營餐廳，但兩年前債臺高築，現在已經倒閉了。大概是因為從那個時候開始家裡就不能再提供資助了，她才開始打現在這份工的。時間上也符合。現在她父親是受雇的廚師，母親則是擔任服務生，但她底下還各有一個讀高中和國中的弟弟，據說光是供應他們四口的生活費就很吃緊了，實在沒辦法支付她一年四百萬的學費。」

「她真的沒有接受過桐生隆的資助嗎？」

「看起來沒有。她在食衣住行各方面都沒有變得比較奢侈，打工也沒停掉。雖然只要她有那個意思，應該也能輕易要到公寓的一、兩戶，而且她男朋友感覺又是那種坐在一堆鈔票上卻啃著小魚乾的人。我實在是沒辦法理解這一對情侶呢。」

「但正因為這樣，我們更可以合理懷疑她是看上桐生隆的財產不是嗎？」

「一般來說是那樣沒錯，不過毬村美里曾對店長和其他店裡的小姐表明過一件事。她說無論如何，後年三月都會辭掉那份工作。後年三月，意思也就是她會一直努力工作直到大學畢業吧。為了賺取自己的學費而到酒店上班的女生，會為了錢財殺了愛人嗎？」

槙畑十分驚訝。昨天之前古手川那形同單細胞生物的言行舉止好像是假的一樣。這時彷彿有人替槙畑的驚訝出聲，背後傳來一聲「唉唷？」轉頭一看，宮條站在樓梯上看著他們。

「這麼一來就只剩渡瀨警官支持毬村美里是凶手的說法了。不過古手川警官，你對毬村小姐還真是有好感呢。」

被他這麼一說，古手川故作糊塗地移開視線。

「宮條警官，會議結束了嗎？」

「還沒呢。」

宮條說完後拿出手機，接著馬上傳出《威風凜凜進行曲》的旋律。

「我就是這樣讓手機響鈴，然後溜了出來。」

宮條不顧傻楞楞的古手川，慢悠悠地走下樓梯。

「溜了出來……做這種事不會出問題嗎？」

「雖然說是開會，但其實跟個典禮沒兩樣，少我一個人也不會死。而且我討厭開會，那不是思考的場合，而是確認整體意思的場合。」

這幾天就近與這個人相處的楨畑，聽到這一番符合宮條風格的言論，不禁面露苦笑。

「那些不重要。楨畑警官，桐生隆的兒時玩伴怎麼樣？有打聽到什麼令人眼睛為之一亮的消息嗎？」

雖然有些猶豫到底該不該跟宮條說，但楨畑心想反正最後還是會被他知道，於是便告訴他們打聽到的消息。

失去親人的轉學生、整座小鎮的霸凌、孤立、與愛犬之間的情誼、還有報仇……。

他們雖然盡力保持平靜的心態聽楨畑敘述，但一聽到摻入農藥的事情後還是難掩驚訝。

「八歲的小鬼居然會在營養午餐裡下毒。」

「渡瀨警官算對了呢。桐生隆自那之後十年，不對，一直到現在都還作為一尊瘟神站在全班的頂點。所以沒有任何人接近他，也沒有人願意跟他說話。」

所以……所以桐生隆才不談論人，只談論動物。只有既不會鄙視也不會怕他的動物才能讓他卸下心防。楨畑想起美里提起過桐生隆在談論動物時眼裡所散發出的光芒。

「不過這樣子的話，和桐生隆交往的毬村美里有沒有察覺身旁愛人的本性呢？」

對於古手川提出的問題，他們兩個人都沒有回答。不過楨畑確信，美里肯定知道桐生隆不為人知的另外一面。不，就是因為知道才不打算離開他的。

「總之，先不管警察廳在想什麼，我現在已經正式加入搜查的行列了。今後還請兩位多多指教。那我先走一步了。」

宮條語畢，穿過兩人之間走向玄關。

「你要去哪裡？」

「到霞關那邊辦點事情。厚生勞動省有一位毒品偵察官對於史登堡公司有鉅細靡遺的了解。」

做出最低限度的解釋後，他的背影完全浮現出狂奔這兩個字。楨畑趕緊叫住他。

「宮條警官，請等一下！」

「如果你是想跟我去，那這次容我拒絕。雖然工作性質很像，但你畢竟是個外人，如果旁邊出現不認識的人，對方也會不好開口的。」

「那麻煩告訴我你的手機號碼，萬一發生什麼事的話我會趕過去的。」

宮條回過頭來，臉上帶著不滿的苦笑。楨畑這時才體會到渡瀨往年有多辛苦，嘆了一口氣。

「我就知道你總有一天會說出這種話。」

他們倉促地交換完電話號碼，接著宮條又奪門而出。

槙畑心想：宮條有沒有察覺到呢？孤苦無依、被人奪走唯一心靈相通的對象，執著於復仇的桐生隆，其實和他自己的狀況是一樣的。

「總覺得他跟一開始給人的感覺很不一樣呢。不過槙畑警官，關於毬村美里，還有件事情要跟你說。」

「她怎麼了嗎？」

「失去聯繫了。」

「你說什麼？」

「從昨天開始她就沒出現在學校跟打工的地方，好像也一直沒有回公寓的樣子，手機也一直都是關機狀態。」

「你聯絡她是打算問什麼事情嗎？」

「就是想打聽一下各種事情……」

「唔。反正這種程度還沒什麼問題，不必太擔心。」

毬村美里的去處，槙畑自有個底。

明明才剛過四點，陽光就已經變得朦朧。神山巡查說的沒錯，這裡一到下午風向就會改變，即使經過沼澤地帶附近也聞不到爛泥的臭味，只有冷冽的空氣刺進鼻孔。

槙畑逆風前進，並在農業道路的外圍找到了他要找的人。

接著，他不小心被迷住了。

毬村美里佇立於一片風吹草舞之中，簡直視颼颼寒風為無物。冷得令槙畑縮起身子的冷風，在她身上彷彿連要吹起那頭長髮都費盡了全力。身姿纖柔卻顯得屹立不搖，猶如一頭優雅的肉食動物，威風凜凜。

真美……槙畑純粹地這麼認為。

美里似乎聽到有人跨入草叢的聲音，還沒等槙畑出聲她便轉過身來。不知道她是不是已經猜到是誰，所以看起來並不驚訝。

「你果然在這裡。」

「果然是什麼意思？」

「因為每次碰到你都是在這個地方。」

「不行嗎?我之所以會來這裡可是有充分的理由。」

「為了悼念死去的戀人……關於這個理由，我已經聽過了。但恕我失禮，你現在看起來似乎並沒有因為悲傷而失魂落魄，簡直就像……」

「就像什麼？」

「就像是在對抗著什麼一樣。」

美里盯著他的眼神，仍然銳利得穿透力十足。她默默地把肩上的包包背好，轉過身跨出腳步。

「昨天、還有最一開始見面的時候，你都不是漫無目的地在案發現場遊蕩。你是為了找尋什麼，或是為了調查什麼才會出現在這裡。你到底在找什麼？」

槙畑對著背影發問，但美里似乎沒有要回答的意思，腳步完全沒有停下來。槙畑下定決心把那件事情說出口。

「你應該知道桐生隆是販賣HEAT的藥頭吧？」

離去的背影終於停下，她回過頭來，眼神似乎失去了原先的銳利。

「我知道。」

「為什麼不告訴我們？」

「反正你們一定馬上就會知道了。而且你們也的確在第二天就知道了不是嗎？」

「那你現在在找的東西呢？我們也馬上就會知道嗎？」

「……反正說了你們也不會信。」

「你怎麼知道我們會不會信？」

「因為這種話不適合對警察說。」

美里再次轉身。

「他是主動告訴你自己和 HEAT 有關聯的嗎？」

「不是。報紙上刊出那起案子時，他的臉色就變了。我是在那個時候問出來的。他雖然沒有全部坦白，但承認案子跟自己有關係。」

「你沒有問他當時的研究內容嗎？」

「昨天那個叫宮條的人也問了我一樣的事情，但那份工作和軍事產業一樣最重視保密，連親兄弟也不會透露的。」

「你也覺得他是被滅口的嗎？被史登堡公司給謀殺的。」

「你說『我也』？所以警察的看法是這樣啊。」

「是我在問你問題。」

「我認為不是。他很優秀，而且很早就知道公司的秘密了。你說他們到底有什麼理由要除掉這種人？」

「那動機是什麼？」

「你居然問一個有嫌疑的人這種問題？反正我的話也沒信用可言。」

話題又繞回原點了。槙畑決定試著從其他地方下手。

「謀財害命的可能還沒有完全消失，畢竟他的身家可是多達四億。作為殺害一個人的理由來說非常充分。」

「所以才遲遲沒辦法把我從嫌犯候補名單中剔除吧。而且我又是一個窮學生。你們不是早就調查過我身上有多少錢，也調查過我老家的情況了嗎？」

「的確。話說，他知道你在那裡打工嗎？」

「不知道——吧，我覺得。因為我騙他說自己在上便利商店的大夜班。我說靠著打工的薪水和家裡的資助，還算支撐得了生活，他看起來也能接受的樣子。真奇怪，明明告訴警察就覺得無所謂，但一直到最後卻都對他說不出口。」

「你沒想過要請他資助你嗎？不覺得繼續這種工作是對他的一種背叛嗎？」

「如果他只是個不食人間煙火的人，可能就會覺得被背叛了吧。不過實際上他活到現在還沒有被任何壞女人騙過。」

「他不是個不食人間煙火的人嗎？」

「他並非不明白錢的價值在哪，也不是沒有想要的東西。可是他好像討厭去動用那四億。我曾問過他一次原因，他表示那是用父母、祖父母、還有所有兄弟姐妹的性命換來的錢，每次用都覺得好像削下家人的肉一樣。所以他不想用。不過他也沒打算把這筆錢捐出去。」

「這種人難道不算不食人間煙火嗎？」

「這叫作多愁善感。算了。起碼我認同這個理由，所以下定決心在金錢上絕對不要依賴他。

怎麼樣？這樣講你可以接受嗎？」

「其實我今天碰巧有個機會跟桐生先生的同學聊了些過去的事情，是他搬到附和町時的往事，包含狗和霸凌、還有復仇的話題。如果沒聽過這些事情，我可能會對你剛才所說的話一笑置之。你知道多少？」

「……全部。」

「我想也是。溫和的表情背後是一個令人絕望的男人、為了保護野生動物而反覆進行動物實驗的男人。到底哪一個才是真正的桐生隆呢？」

「全都是真正的他。他以前常說，人類怎麼可以這麼殘忍呢？他因為天災而成了孤兒，結果大家對他的情感只有嫉妒和厭惡。從那時開始他就怨恨著人類的殘忍。你知道嗎？被人類逼到絕種的動植物總共超過了兩萬種。人類的渺小與動物的弱小，這兩件事情是他長年思索的課題。而他為了解決這些問題，選擇走上藥物研究者的道路，進入了史登堡公司。你聽過巨量維他命理論嗎？」

「我記得是萊納斯……鮑林的理論吧？」

他把這個隱約記得的名字說出口後，美里瞪大了眼睛。

「你為什麼會知道這個名字？」

「只要和被害者有關，我們連矯正內衣的廠牌名稱都必須記起來。刑警就是這樣的一份工作。」

「這樣啊……真是令人感興趣的職業呢。」

「然後呢？巨量維他命理論怎麼了？」

「他在學生時期讀了科學雜誌上刊載的論文後，受到了很大的衝擊。他說這個理論可以解決他長年思索的問題，人類可以透過藥物來改造肉體與精神，動物也一樣。既然如此，他要把自己的人生都奉獻給這份研究。他選擇進入史登堡，也是因為當時就只有他們贊同萊納斯・鮑林的理論，也願意出資補助研究。」

「等一下，為了改造肉體和精神所做出來的東西就是HEAT嗎？難道提升人類的攻擊本能、讓人變成殘暴殺人犯就是桐生隆所得到的結論嗎？」

幾經旁敲側擊、終於要正面質問美里時，槙畑看到她從包包拿出來的東西，不禁倒抽了一口氣。那帶著冷硬光澤、和女人小小的手掌一點也不搭調的物體……。

比起思考她怎麼會有這種東西，槙畑的身體已經先做出了行動。為了使她已經舉到胸前的槍口偏移，槙畑衝上前去抓住她的手腕。

「好痛！」

「你要幹嘛！」

「我才要問你吧！你難道看不出來嗎？這是玩具、是模型槍啦！」

「咦……？」

她才說完，槙畑就察覺到那把槍的槍口異常地小。那個大小是ＢＢ槍的口徑。看了槍把，的確刻著玩具廠商商標。不過仔細一想，就算是非法持有槍械，一個女人家會選擇攜帶沙漠之鷹本身就是件不自然的事情。槙畑自覺慚愧，放鬆了手的力道。

「我誤會了，抱歉。可是你為什麼會把這種東西帶在身上？」

「因為那個。」

看著她忿忿拿槍指去的地方，約十公尺外有棵杉樹。樹枝上停著一隻黑色的鳥。

「烏鴉？」

「我要射那傢伙。」

「……該不會，你在這附近徘徊就是為了那東西吧？」

「是啊。」

「但你幹嘛要找什麼烏鴉？」

美里沒有回答，單手舉槍瞄準目標。可是以一個狙擊手的角度來看，這個架式實在太不可靠了。

「你有實彈射擊過嗎？」

「怎麼可能會有。」

「也是。那你射不到的。」

「你是覺得瓦斯槍就連空罐都打不穿吧?我有拜託認識的槍械迷稍微改造過,裡頭填裝的瓦斯比市售的還高壓,子彈的材質也不是塑膠而是鐵。所以那個人說要收拾掉一隻鳥綽綽有餘。」

「我是說你這樣會射不到。我敢跟你打賭。單手持槍,加上手肘彎曲,下巴上提、腳步也沒站穩,就連有在玩生存遊戲的小學生擺出的架式都比你好。」

不知道是不是槙畑微微的訕笑激怒了她,美里忿忿地放下槍。

「我都忘了警察先生可是射擊專家呢。」

「雖然沒有自衛官那麼厲害,但起碼每個月還是會有幾次射擊訓練。」

「那你來代替我射牠。」

「我嗎?」

話才剛說完,美里就把槍塞到槙畑手中。

「喂!你等一下好不好。」

「那不然怎麼辦嘛。又沒有人願意替我做這件事。」

「你沒有認識獵友會的人嘛?」

「獵人才不想打烏鴉,他們有個迷信,認為射了烏鴉就會害打獵時的彈道偏離。」

「但我也沒有非開槍不可的理由。」

「你都對外行人比手畫腳了，那就做個示範啊。」

槙畑講不過她的蠻橫，看了看手上那把沙漠之鷹。雖然他沒握過真的沙漠之鷹，但重量應該差不多。最近的瓦斯槍根本就不用改造，光是原先設定的壓力就很高了，即使是ＢＢ彈也都具備能貫穿鐵鋁罐的殺傷力。另外，槙畑的射擊技巧也不是隨便說說。他曾多次在定期訓練時受到指導教官的稱讚，而實際上，他的射擊能力應該可以排入縣警前五名。這個距離的話，應該不會射偏。

在他要接著確認目標時，突然發現一件事情。

槙畑看見烏鴉頭頂如雞冠般翹起的羽毛。這肯定是發現屍體當天，停在研究所外牆上的那隻烏鴉。

嘎。

烏鴉叫了一聲後看了過來。那面無表情、空洞的雙眼緊盯著槙畑不放。

不詳的戰慄再次爬上背脊。如果是平時的槙畑，他會把模型槍還回去，也知道在案發現場對烏鴉開槍是件沒有常識的行為。但此刻他的自制力與判斷力蕩然無存。

「就算現在沒辦法，你未來也會跟我坦白做這種事情的理由吧？」

「我答應你。」

槙畑右掌緊握槍把，左手抵住槍托支撐。放在扳機上的手指放鬆，只是輕輕貼著。雙臂打直，瞬間瞄準。他吸了一口氣，停止呼吸，讓槍身靜止不動，隨即快速扣下扳機——

二十二口徑的後座力伴隨著清脆的射擊聲，接著便聽見確實命中的聲音。

獵物嘎地叫了一聲，瞬間展開翅膀，望向了朝自己開槍的兇手。

（成功了。）

雖然槙畑不曾射過動物，但就在射擊後的手感傳導到全身時，發生了出乎意料之外的事。

烏鴉並沒有摔落，雖然姿勢看起來已經有些不穩，幾乎就要跌坐下來，但牠依然停在樹枝上，毫不眨眼地盯著槙畑看。不對，是槙畑覺得牠在盯著自己。

烏鴉的右眼已經被射爛。他打到的不是要害而是眼睛。槙畑匆匆準備進行第二次射擊，可是為時已晚，烏鴉拍了一次翅膀後便飛向天空逃走了。

槙畑看著那轉眼間便消失在夕色中的黑點，美里以不知道是譏諷還是同情的語氣對他說：

「那傢伙肯定會記得你的。」

美里說自己是從市內搭市區公車過來的，槙畑邀她上偽裝警車，她乾脆地坐進副駕駛座。

「司機先生，你不用問目的地嗎？」

「到你住的公寓就可以了吧？」

「可是你卻沒問我公寓的地址。你們一定在我不在家的時候就來找過好幾次了吧，難怪不需要導航也會走。」

「我們沒有搜索票，沒辦法進門。公寓的地址也是在你把學生證給我的時候就記起來的。」

「還真是貼心。但不好意思，我有其他地方要去。麻煩載我到師脇町。」

「師脇町？你該不會……」

「我要去他家。現在已經可以自由進出了吧？」

「這個……確實是已經撤掉封鎖線了沒錯。」

「別擔心，我有備用鑰匙。」

「問題不在這裡，跟案子有關的人不太適合隨便進入那個地方。」

槙畑說話的同時，也注意到自己對美里的防禦心態沒之前那麼重了。但槙畑無法確定這是因為他自己的症狀有所減輕了，還是美里的個性使然。無論如何，他內心認定美里是清白的。

「你到他的房間有什麼事嗎？」

「我要幫警察先生的忙。」

「你有這份心我很感激，可是鑑識人員已經徹底調查過那個房間了，也沒檢測出魯米諾反應。研判那間房間應該不太可能是命案發生的地點。」

「親朋好友也可能發現專家遺漏的線索不是嗎？如果你擔心我銷毀證據的話，更應該和我一起去吧？」

美里這番話可能是想挖苦他，但現在槙畑聽起來卻意外地舒心。

槙畑摸黑找到開關後打開，幾秒後電燈亮起。螢光燈白晃晃的光照亮整座房間，看起來比第一次上門時更加淒涼。

美里在被三面書櫃包圍的房間正中央坐下，靜靜地一動也不動。

過了一陣子後，

「這裡有那個人的味道。」她輕輕地說。

但槙畑再怎麼聞，灌入鼻腔內的都只有陳舊紙張和灰塵的氣味，完全聞不出任何殘留的體味或是香氣之類的味道。

「坦白說，我還沒有什麼真實感。對於他死掉的這件事。」

「畢竟……是那種狀態嘛。」

這句話他常常對那些臥軌自殺、或是已經化為白骨等遺體已經看不出原貌的受害者遺族說。

「不是因為這樣。」

美里略帶氣憤地否定。

「跟有沒有看到他死掉的樣子一點關係都沒有。他死後，我完全沒辦法接受日子還是這樣一天一天過去。即使發生了那種事，隔天太陽還是會升起，報紙還是會繼續配送。學校和公司也如常地準時開始活動，電視節目還是照著節目表上排好的順序喧鬧著。我也一樣，肚子會餓、也會想上廁所。即使心情上怎麼也不想睡，終究還是會闔上眼皮。日子過著過著，我漸漸覺得他是不是其實還活著？他死去的這件事會不會是什麼玩笑？可是……進到這個房間後我就能確實體會到了。留在房間裡的只是他的影子，他本人再也不會回來了。而這……就是現實。」

她的話在這裡就停下了。

眼前的背影蜷縮了起來，槙畑只要伸出手就能碰到美里，但這個距離卻令他覺得自己怎麼也碰不到。

雖然槙畑猜想美里可能隨時會哭出來，但一直到最後，她連聲啜泣都沒有發出。美里緩緩起身，看了一眼他們的合照後，轉過身來正對槙畑。

「我們找看看吧。他留下的訊息肯定就在這個房間裡的某處。」

「你有什麼根據？」

「戀人的……直覺。」

她眼裡那股令對視者望而卻步的鬥志已經重新點燃。之前槙畑雖然會避開那副眼神，不過他現在卻感到安心。

「那先從電腦開始下手怎麼樣？因為房間裡完全沒有留下筆記之類的東西，所以如果他有留下什麼的話，應該就是在電腦裡了。恐怕史登堡公司和研究的內容也在其中。」

「很遺憾，那台電腦只是打字機的替代品，根本就沒存進什麼了不起的東西。」

「你怎麼能這麼斷定？」

「我不是說製藥公司的保密程度就和軍需產業一樣嚴嗎？每離開任何一間房間，都要檢查有沒有擅自把磁片帶出去，配給員工的電腦也都是阻絕所有對外的聯絡、僅開放和公司本身連線的設計。至於私生活方面的保密措施也做得滴水不漏，不僅必須獲得公司許可才能出國，個人電腦也必須移除掉電子信箱的功能。你還記得不久之前發生過一起嚴重的電腦病毒事件嗎？就是只要你一打開 Winny 的程式，Anteanny 病毒就會偷走所有資料的那起事件。所以應對的措施就只能全面禁止任何商業機密帶出公司，而且他也不是喜歡敲鍵盤的人。起碼他突然想到什麼想法的時候會直接寫下來，不會等電腦開機了才記錄。連他都說自己落伍得完全不像是那個年紀的人。」

「那他到底會記在哪裡……」

美里指向房間的某一處來代替回答。槙畑順著手指的方向看過去——

「書裡面嗎？」

「你說你們已經徹底調查過了，那麼每一本書的每一頁都翻過了嗎？」

槙畑環顧一圈，答不上話來。這裡保守估計有一千本書，到底有多少搜查人員會想到該把這些書全部翻過一遍呢？至少就現在這人力有限的情況下，幾乎不可能辦得到。

「鬧你的。其實需要翻的書是有特定範圍的。他會在想到事情的時候趕快寫下來，而通常這種情況都發生在他正在讀最常看的書時。」

最常看的書——槙畑想到這裡，看向書櫃上那三本和野生動物生命力相關的書籍。

「答對了。」

他才剛要把手伸向那三本書，美里的手指就已經先碰到書背了。

「不行，我才是負責調查的人。」

「可是——」

「那麼，你有辦法理解他的筆記在寫什麼嗎？」

槙畑隨意翻開書頁，留白的部分充滿了鉛筆的字跡，也畫了滿滿的重點線。不過槙畑的理解最多就到這裡，筆記大多是類似化學式和專業術語的東西，總之有一堆外行人不懂的字詞羅列在上頭，光是看了四頁，槙畑就感到微微的暈眩。

「你看得懂？」

「我們可是住在擁有共通語言的世界裡呢。」

槙畑得到一個驕傲而不至於傲慢的回答。

「我不是指字面上的意思，我的意思是你有沒有辦法判斷出哪些東西是他在案發前寫下的？」

「那種事情不看看怎麼會知道？再說了，要判斷這件事情也得先看得懂字詞的意思不是嗎？」

這次的回應雖然是帶有一點挖苦的驕傲，不過槙畑毫無反抗的餘地，於是默默地把書讓給美里。

美里接過書後沒多說什麼，也沒自言自語，旁若無人般地專心閱讀留白處。夜晚的冷空氣滲入木造水泥砂漿牆隔成的房裡，兩人呼出的氣息都成了白煙，不過美里的手指依舊規律地翻動書頁。槙畑怕美里會冷，於是打開了空調的暖氣機能，機器啟動的聲音和建築物一樣疲弱，接著吵雜的送風聲響徹整間房。不過美里還是文風不動，默默埋頭解讀筆記。

槙畑覺得，這景象簡直就像是把專注力這件事情畫成一幅畫那樣。

這麼一想，空調的聲音好像反而會影響她做事。槙畑巡視四周，發現餐廚房角落有台煤油暖爐。他關掉空調，把暖爐搬過來點了火。

「謝謝。」目不離書的美里毫無情緒起伏地說。

桐生隆這種全面節儉生活的習性也表現在暖氣設備的挑選上，那台暖爐也是超市就能買到的便宜貨，雖然沒有冷氣那麼誇張，但暖爐點火後也同樣大聲嚷嚷著自己有在工作。運轉的噪音和美里的沉默相比之下令人煩躁，不過卻也讓槙畑感到莫名地安詳。在寂寥的螢光燈下默默做事的女人，以及在一旁看著女人做事的自己，這個景象稍微喚起了他和賴子一開始還不熟悉彼此時便共同生活的記憶。

（我真傻。）

槙畑甩了甩頭，想甩開夢魘。就算只是空想，在被害人的房間裡和被害人親友對峙的刑警也不該產生這樣的想法。

平常會和案件關係人保持一定距離的自己跑哪去了？正當槙畑開始感覺自己十四年的經歷和自身的品格有所動搖時，美里的自言自語讓他回過神來。

「這裡……很奇怪。」

「你發現什麼了嗎？」

槙畑越過美里背後一看，發現書頁上面有個標題。〈草原的瀕臨絕種動物〉……美里的手指著一旁留白處的圖形，那是自從高中化學課之後很長一段時間都沒看到的化學結構式。那個圖形看起來就像龜殼。

「這怎麼了嗎？」

「這個絕對有問題。這個地方竟然會畫這個式子。你仔細看。」

槙畑仔細凝視圖形，三個六角形橫著連在一起，兩端六角形的頂點分出了四個白點和四個黑點，黑點上面標著Cl的記號。這對美里來說可能是母語，可是對槙畑這個外國人來說，連Cl代表什麼都不知道。

美里不顧槙畑的困惑，用手指反覆摸著圖形，確認附著在書頁上的碳粉後點了點頭。

「你看，摸一摸還會留下這種痕跡，這是最近才寫上去的。」

「我同意你這個意見……但我想先確認一件事情。」

「什麼？」

「這個圖形代表了什麼意思？」

美里訝異的表情，不久後轉變成另外一種和槙畑不同的困惑表情。

「抱歉，我想說你既然知道萊納斯・鮑林，應該也看得懂……」

「沒關係，你也一樣，雖然拿著模型槍但不知道怎麼射擊。所以這到底是什麼東西的構造？」

「2、3、7、8—TCDD。」

「啊？」

「四氯雙苯環戴奧辛。即使加入酸或鹼也難以分解，只有加熱到七百度才有辦法分解。旁邊長出來的Cl是氯原子，一旦和特定蛋白質結合，就會對DNA產生影響，合成出有毒物質。這個東西，就是戴奧辛的核心物質。」

雖然聽了美里這麼解釋，但槙畑還是不清楚為什麼她這麼在意戴奧辛的構造式。即使是一個化學門外漢，好歹也知道戴奧辛是一種有毒物質，但不管戴奧辛具有什麼性質，從事藥物相關行業的人寫下那個構造式到底有什麼好奇怪的？就連那是不是桐生隆留下的最後一條訊息也有待商榷。

最後也沒什麼像樣的收穫，他們便離開了公寓。送完美里再回到縣警本部時已經十一點了，不過如槙畑所料，強行犯係的房間裡有個人正在等他。

「嗨，辛苦了。」

雖然聲音和表情一如往常的死板，不過對一個剛從刺骨寒風中歸來的人來說還是挺溫暖的。

「你特地等我回來嗎？」

「我只是單純負責轉達事情而已。」

渡瀨說完後遞出幾張文件。

「那什麼東西？」

「宮條從警察廳發來的東西，是史登堡公司的最新情報。他要我在你回來後馬上交給你。那個混帳，既然完全沒替送到自己信箱裡的資料加工，就直接列印下來。明明其中還有一部分厚生勞動省的非公開資料。」

「是宮條警官說的那位對史登堡熟到不行的搜查員嗎？」

「對。報告的提供者叫七尾究一郎。聽說他們是在警察廳和厚生省還有人事交流時認識的，而且那個人似乎非常能幹。有人說宮條外部的同伴比警察內部還多，看來是真的。」

「不知道是誰教過我說，越優秀的刑警就擁有越多外部的情報來源。」
「我可不記得我有教你們在警察內部樹敵啊。我很感激有人提供情報，但如果這是那傢伙個人的行為，事情就大條了。」
「因為會妨礙到縣警嗎？」
「這是一部分，但這就會牽涉到宮條的升降問題了。他過去也好幾次都在被降職的邊緣，再加上我也聽說不少幹部對他很感冒。情資外洩可是最好用的藉口。」
「情資外洩……這裡面居然有這麼重大的內容嗎？」
「只要有那個意思，就算內容不重要也可以小題大作。要命，既然身處官僚體系，好歹要像個官僚一樣謹慎行事啊。」
「……是和都內那三起案子有關嗎？」
「猜對了。他們已經確定，澀谷的小夥子在案發前到處販賣的 HEAT，和都內三起事件的少年所吸食的毒品是具有相同成分的不同物質。」
「相同成分的不同物質？」
「與其說不同……報告書上表示兩者吸食後排出體外的分量不同。你也知道毒品會經由循環跟消化系統混入血液，跟著在身體裡面循環後透過汗水以及尿液排出體外。假設以前的東西是 HEAT A，而都內三起案子出現的是 HEAT B，也就是說這兩者成分雖然相同，但排出量卻截然不同。據說A比B所排出的量多了許多。」

「我記得HEAT的其中一個賣點是比大麻還容易醒沒錯吧？排出體外的量多，指的就是這件事情嗎？」

「沒錯，可是HEAT B的排出量只有A的百分之十二，你明白這代表什麼意思嗎？」

「HEAT B不會排出體外……原來，是累積在體內了。」

「為什麼不會排出體外呢？醫生雖然也有研究過原因，但排出體外的東西終究只是身體的老廢物，光靠那些東西的成分弄不清楚HEAT B的成分。如果可以解剖肝臟的話事情就簡單了，但也不能這麼做。聽說警察醫院那邊也很頭痛，不知道該拿那三個人怎麼辦才好。」

「警察醫院？」

「第一次聽到吧？他們被逮捕後好像就一直待在那裡。離最後一次的世田谷事件都已經過了四個月，到現在居然還沒完全擺脫風險。據說他們一天只有幾個小時神智清楚，剩下的時間不是在發狂、就是累倒，必須一直穿著拘束衣，還必須拿帶子綁住他們。可是他們還是不斷有自殘行為，全身上下都是傷，精神上也產生問題，離變成廢人只有一步之遙。可是醫生現在還沒找到任何有效的治療方式。其中一位主治醫師說，他們已經接受超越死刑的刑罰了。HEAT A確實是對身體較親切的興奮劑，然而HEAT B可是一種終極毒品，簡直是惡魔所調配出來的毒藥。」

這時，槙畑腦裡閃過了某個東西。那是剛才從美里那裡聽來的話……將乍看之下毫無關聯的多項事件連結在一塊的關鍵字。可是渡瀨接下來說的一句話卻完全打斷了他的思考。

「說到兩者的不同，HEAT A 和 B 的藥頭好像是不同的人。」

「藥頭是……不同人？」

「對。都內三起案子確實有人證實和桐生隆有關聯，但在那之前，也就是販賣 HEAT 給新宿和澀谷那些小夥子的人不是他，接受輔導的小夥子異口同聲。請他們畫了肖像後，我們得到了這樣的一名男子。」

渡瀨遞給槙畑一張圖，上面畫著一張細長的臉、戴著太陽眼鏡、擁有堅挺的鼻子和細薄的嘴唇，看起來十分冷峭的男子，和桐生隆一點也不像。

「雖然沒有確認 HEAT A 的藥頭是誰的話也說不準，不過這麼一來，HEAT A 和 B 的案子之間在連續性上就出問題了。即使 A 和 B 因為成分相同而有所關聯，卻沒有足夠的證據去判斷這兩種東西都牽涉到同一件事。這兩起案子背後都有史登堡公司，就跟同一對父母生出來的兄弟一樣。這點不會錯。」

「那最關鍵的史登堡公司調查得怎麼樣了？」

「你看看報告的第四頁。」

槙畑翻到第四頁，出現了一張五官端正的外國男性照片。

「岡特・利布曼、德國人、五十五歲。那傢伙就是史登堡日本分公司的最高負責人。傲視全球的日本警察三天前就和對方公司照會，得到的回答聽說就只有這個。」
「那麼只要能見到這個岡特・利布曼……」
「一開始報告過了，岡特・利布曼在九月份公司關閉後直接離境前往奧地利，之後就一直下落不明了。」
「那研究所的狀況呢？就算是外國人的財產，好歹也是蓋在日本國土上，搜索權應該在我們手上才對。」
「一如預期，外務省介入了。」
「什麼？」
「嚴格來說，是史登堡總公司透過大使館來對外務省施壓。只要沒辦法舉出這一連串毒品案件和日本分公司有關的證據，那麼他們就無法容許我們踏入他們擁有的園區以及研究大樓。還說如果我們強行進入搜索，必定影響今後日德之間的關係。你可能覺得不過是賣藥的，有什麼了不起的對吧？實際上這種威脅好像也不是說說而已，因為支持他們總理的團體名單之中就有史登堡的名字。我想也不用多加說明我們軟弱的外務省會怎麼應對了吧？」
雖然渡瀨語帶調侃，但他應該是最火大的那個人。看到他眼神裡帶有一絲激動的光芒，槙畑心想，渡瀨原本應該很期待宮條揹來的消息。他確實鑽過警察廳，把手伸到厚生勞動省裡獲得了最新的資訊，然而卻無助於偵辦進度的推進，反而讓事情變得更複雜了。

隨著現代非法入境者和違法就業者人數增加，犯罪事件牽涉到外國人的比例也大幅提升。可是目前為止，他們從來沒有在案子偵辦途中就碰到外國的力量介入。而這一次，加上案子本身的性質，所有的情況都不一樣了。對渡瀨這種仰賴傳統辦案方式、而且也透過傳統方式累積實績的人來說，會感到煩躁也是理所當然。

想突破這個寸步難行的局面，絕對不能使用普通的方法。那麼槙畑他們到底有什麼能做的？他思考了一下，能想到的方法還是宮條當初盤算的非法入侵。正當他感嘆自己竟然想不出什麼好點子時，手機響了。

時間已經過了午夜。

他一按下通話鈕——

喀滋。

不知道是雜音還是撞擊的聲音刺痛了他的耳朵。

接著突然就掛斷了。

電話的另一頭安靜下來了。

「怎麼了，那什麼聲音？」

看來渡瀨也聽到了剛才的聲音。槙畑趕緊確認通話紀錄，然後倒抽了一口氣。

「喂，到底是誰打來的？」

「……是宮條警官。」

「回撥看看。」

他馬上打了宮條的手機，可是不管打幾次，都是在響了幾聲後聽到「您撥打的號碼已關機或位於收訊不良的地方……」的語音，宮條本人完全沒接。

「那傢伙還真是粗心，竟然講話講到一半就進到收訊不良的地方了。」

渡瀨嘴上說得輕鬆，但皺起的眉間卻表明了和話語相反的思緒。

而狀況就如同他們兩人所擔心的，宮條在那之後就此失聯了。

3

「就說了，他明明是你們那邊的人！不對，不是哪一邊的問題，我們不都一樣是警察嗎！」

從渡瀨的語氣和表情，就能清楚得知通話對象的態度怎麼樣了。

時針指向九點。在那通手機掛斷後，兩人也沒好好睡覺，就這麼一路熬到天亮。渡瀨再也等不下去，看準警察廳上班的時間，撥了電話到警察廳生活安全局，結果得到了現在這種回覆。

「我知道了，那我們這邊會在偵辦案件的同時獨自進行調查。先掛——」

掛斷電話的似乎是對方，渡瀨看著話筒，嘖了一聲用力掛回電話上。

「根本講不聽！」

「你剛才打給誰？」

「生活安全課的課長。說什麼宮條從以前就不常準時聯絡，所以別擔心，目前沒有必要做什麼行動。那種說話方式，肯定是對宮條那傢伙有敵意。呿，如果真的是這樣就好了。那傢伙的確在追查的時候根本就沒在管定期聯絡的，但也不會講話講到一半就斷了。警察廳難道不知道這件事嗎？氣死我了。」

槙畑只能點頭。只因為聯絡斷過一次就跟警察廳確認人員安全，要說操之過急也沒錯，但現在好歹是一名警視長階級的人突然行蹤不明了。然而警察廳這種乍看之下冷漠無情的應對，還是讓熟悉警察這種極端階級社會風氣的槙畑感覺不太對勁。

不過也因為警察是階級社會，所以無視上面命令、只依循自己的規範而行動的人才更容易遭到排擠。回想至今宮條的言行舉止，或許對方表現出那樣的態度也無可厚非。

「現在很多手機都可以透過衛星掌握所在位置了吧？宮條的手機有這項功能嗎？」

「GPS嗎？應該沒有，古手川說宮條警官的手機看起來是舊型的。」

「那就調查一下你的通話紀錄。只要知道昨天晚上的電話是從哪個基地台發出訊號的，應該就能找出宮條的位置。」

還真難得看到渡瀨這麼慌張——槙畑覺得意外。但渡瀨完全忘了一般情況下可以馬上想到的辦法。

「班長，雖然那也是一種實際的方法，不過還有更快的方式。就是我們直接前往當地找人。」

「當地？你說在哪裡啊？如果不知道在哪裡的話怎麼……哦。」

看樣子渡瀨終於發現了。

「那傢伙去了案發現場對吧？」

「應該說是研究大樓。如果有什麼可以掌握其他線索的情況還不好說，但如果是處於無視定期聯絡的狀態的話，那個人會獨自前往的地方就只有那裡了。若是要在那個時刻前往現場，就只能開車。但我剛剛看了縣警車輛使用許可申請，上頭沒發現宮條警官的名字，所以他應該是開自己的車。無論如何，他的車子應該都會停在附近，再不然也應該能打聽到計程車司機的目擊證詞。」

「但他也有可能是在追查別的線索。」

「當然有可能，所以麻煩班長負責調查手機發訊的基地台，我去跑現場。」

「你自己一個人可以嗎？」

「因為只有一個人，所以我不會亂來。有什麼情況我會馬上連絡你的。」

槙畑直直開在國道上。他想到宮條察覺某些事情而前往現場時，自己正在桐生隆的房間和美里度過一段安穩的時光。絕非杞人憂天的不祥預感、漆黑的不安令他感到焦急。他那顆被焦躁燻黑的心裡，浮現出宮條的話。

我的正義是殲滅毒品犯罪者……。

要嘲笑一個人如此剛直很容易，但要貫徹自己的剛直是很困難的。自己和渡瀨之所以會被宮條所吸引，就在於那個男人會持續地和那種困難正面對決。

絕對不能失去那個男人。

必須盡快抵達他的身邊。

槙畑緊握著方向盤，直盯著前方，沒過多久就抵達現場了。聚落旁的沼澤地帶入口、公車站附近的路肩都沒看見宮條的車，那麼他是開進現場了嗎？他確認過口袋中的手機之後，連外套也沒穿就直接衝下車。

無視灌入鼻腔的爛泥臭味和濃密的草木，槙畑專心使用五感來尋找宮條的行蹤。

到達沼澤地時，也沒看見人和車子。從鏡面般平穩的水面只看見底下交纏在一起的水草，這些根本不可能會告訴槙畑什麼訊息。槙畑的腦海中一瞬間浮現宮條的背浮上水面的畫面，但他趕緊甩開這種妄想。

他前往屍體被發現的現場。雖然這裡有辦法開車進來，但他不僅沒看到車、也沒看到輪胎的痕跡。看來也不是這裡。即使封鎖線圍起來的現場已經沒留下任何犯案相關的事物，但只要閉上眼睛，那慘絕人寰的現場狀況還是歷歷在目。不過這一帶就算了，宮條關心的地方應該就只有那裡而已。

槙畑接著抵達三叉路，往樹林的方向前進。路寬只和農業道路差不多寬，就算有鋪柏油，車輛也難以通行。而且樹林裡大大小小的樹木枝條也都阻擋在入侵者的前方。草木看起來沒有被輾倒，所以應該沒有人開車強行通過。那麼他果然還是搭計程車到沼澤地帶，再徒步走過來的了。槙畑有一瞬間懊惱自己應該帶著警犬來的，不過身體還是撥開了枝葉一路往裡頭走去。朝露沾濕了臉和衣服，不過他還是發現自己身上並沒有黏到任何蜘蛛網。這表示昨天晚上有人經過這裡。

穿過樹木構成的走廊後，視野終於開闊起來。

大門前躺著宮條的屍體、足以擋住屍體的大量烏鴉……這些景象再次浮現在腦海裡，不過實際上映入眼簾的，是毫無異狀的荒涼景色。粗略封鎖的柵門、隨意生長的雜草，和昨天過來時完全沒兩樣。

但宮條不可能沒來這裡。槙畑靠近鐵柵門觀察。

掛鎖還是打開的。鎖鍊和前幾天一樣都綑在門上，從鎖鍊環之間接觸的地方來看，並沒有被人打開過的痕跡。槙畑抬起頭來，鐵柵門高達三公尺，上頭還有尖刺。雖然不是不可能爬過大門進去，但卸除鎖鍊還是快上許多。

不是這裡。

他突然想到一個點子，於是拿出手機撥了宮條的號碼。即使宮條本身處於無法回應的狀態，他的手機鈴聲，也就是《威風凜凜進行曲》應該也會響起。如果在附近的話，槙畑或許能聽見鈴響。

他側耳傾聽，風聲、枝葉被風吹動的摩擦聲，但不管怎麼等都沒聽到那首曲子的旋律。

正當他一籌莫展時，手上的電話響了。槙畑嚇了一跳，手臂反射性地伸直。

「宮條警官？」

『很遺憾，是我。』

是再熟悉不過的低沉嗓音。

「班長……」

『聽你的聲音，看來是猜錯了呢。』

「對，就目前來說。你那邊有查到什麼嗎？」

『昨天的電話是從一座叫垂井的基地台發出訊號的。』

「垂井在哪裡？」

『就在隔壁。』

「什麼？」

「垂井是神島町的鄰町，基地台和案發現場的直線距離差不多二十公里。二十公里簡直近在咫尺，所以代表你的直覺也沒有錯得太離譜。」

鄰町的基地台半徑二十公里……最有可能的研究大樓和案發現場都沒看到宮條的身影，可是他也想不到除了這些場所之外，宮條還可能會去什麼地方。

不在這裡，但也距離不遠。

人會在哪裡呢？

「總之，我會繼續追查。」

『交給你了。』

通話結束後，槙畑開始沿著研究所的外牆走。這麼一來，只能先從可能性較高的地點慢慢找了。環狀圍起整個園區的白色外牆旁，槙畑漫無目的地前進，但不管怎麼走都沒發現宮條。回過神來，褲管的部分已經因為吸收露水而變得沉重。

原本緊張的心情突然鬆懈下來，同時，從前天晚上開始就沒好好睡覺還一直動腦動身體的代價也在這時出現。身體和褲管一樣沉重，接著一陣風吹來，體溫在一瞬間透過不知不覺間流下的汗水一口氣散失。

好冷。

又冷、又重、又睏。

太陽依舊被低垂的雲朵遮掩在後。

槙畑雙手抱肩，宛如拖行著身體一般前進。當他好不容易繞完外牆一圈後，終於蹲踞下來。越來越昏沉的大腦角落，出現了嘲諷自己的聲音。

真是難看，槙畑啟介。還沒四十歲就這副模樣。

這次打算用體力衰退作為藉口逃避嗎？

「衰退？別開玩笑了。」

只不過是睡眠不足的疲勞作祟罷了。不過一點小事，馬上就能恢復。重點在於啟動氣勢這項能量。暖機一下，沒錯，首先讓身體動起來──

「還真巧呢。」

突如其來的聲音令槙畑抬起頭來。是她，她穿著全白羽絨衣，以同情的眼神看著蹲在地上的槙畑。

「早安啊，警察先生。」

「毬村……小姐。」

「今天早上好像是這個冬天最冷的一天，要不要喝點咖啡呢？」

美里沒有等他回應就從包包裡取出小水壺。她打開蓋子，將咖啡倒進去，一股蒸氣馬上竄起。槙畑接過她遞來的咖啡，熱度慢慢傳到了手心上，被凍結的感覺突然甦醒。他慢慢喝下咖啡，就像水漸漸浸濕長褲一樣，暖氣從食道逐漸擴展到全身上下。接著牛奶和砂糖的芳香充滿口腔，槙畑突然想起來自己喜歡喝的其實是黑咖啡。

「謝謝你，我活過來了。話說回來，你還在找那隻烏鴉嗎？」

「已經算是有點成果了。」

「那這次來這裡有什麼事？」

「這就敬請期待了。那你又為什麼跑到這裡來？」

「你還沒回答我的問題。今天來這裡調查什麼？你抓烏鴉有什麼理由嗎？你到底在懷疑什麼？該不會你其實知道兇手是誰吧？」

美里往後退了一步，槙畑的右手反射性抓住她纖細的手臂，不讓她逃走。

「你現在猜想的事情、覺得我們警察不會相信的事情是什麼？桐生隆又為什麼要當 HEAT 的藥頭？」

「放手。」

美里的臉上閃過恐懼的神情。但即使看到她的表情，槙畑的手也完全沒鬆開。突然間，槙畑有種自己成了獵犬的錯覺。他對於犯罪被害者遺族的關心、對美里產生的些微情感以及思考都消散在遠方，取而代之的是一股足以將心裡燃燒殆盡的焦躁，驅使著他的肉體行動。

「我叫你放手！」

被美里甩開的手直接往自己臉上飛來。槙畑在手快碰到自己時，再次伸出去抓住美里纖細的手臂。

「到底發生什麼事了啦！」

「我嗎？」

「對啊！你跟昨天之前的你不一樣，完全不聽對方的理由和情況，覺得只要靠威脅就好。太奇怪了。昨天晚上……昨天晚上發生了什麼事嗎？」

「有一名警官，失聯了。」

這句話一說出口，他抓著美里的手便放鬆下來。當他將手拿開，看見美里的手臂已經被抓出印子來了。他原本衝上腦袋的血氣急速褪去。

「你也有見過，就是從警察廳來的宮條搜查官。昨天晚上他打了一通電話給我，之後就失蹤了。無法確定打電話的位置，但我想不到除了這裡還能有哪裡。」

「所以你才會來這裡，來找那個叫宮條的人。」

「對。」

「你和那個人認識很久了嗎？」

「不久……才三天而已。」

「……哦，是喔。」

美里揉了揉被抓出印子的地方，不過看起來並不是特別痛。

「不過一個認識三天的人失聯，就快把柔弱女子的手臂給握斷了。槙畑警官，你該不會是同性戀吧？」

「才不是。只是因為那個人是一名值得尊敬的警察。」

「唔，這麼說起來，警察彼此之間的情誼可是比什麼都來得強呢。大家都說如果有警官被殺了，大家的眼神就會變得不一樣，也說在所有的公務員裡面，最會包庇彼此過錯的就是警察了。」

「並不是這樣！那個人，骨子裡就是個警察。他憎恨犯罪以及犯罪所帶來的不幸，而且明明可以坐在警察廳的辦公桌前雙手抱胸、把雙腳翹得老高，他卻不惜踏破自己的鞋子，也要親自跑現場搜查。在追求升遷與官僚主義大行其道的警察組織裡，他為了貫徹自己的正義，被人孤立也在所不惜，是一名真正的刑警。那樣的人現在身處危險之中，我怎麼可能見死不救。」

「什麼嘛。結果還不是一見鍾情嗎？」美里以一副大人拆穿小孩謊言的語氣說著。「這就是心理上的同性戀，只是你自己沒察覺而已。」

「對你說明警察的正義也沒什麼意義吧。」

「噢，警察的正義啊。」美里露出不懷好意的笑容，甩了甩自己的手臂給槙畑看。「起碼我不認為這種話會出自一個把女人的手腕抓出印子來的刑警口中。」

「那是……抱歉。對不起。」

槙畑少見地低下頭來。

「算了。所以呢？那位宮條先生應該沒有跑到研究所裡面去吧？」

「是啊，沒有進入的跡象。但他就在這附近，我能確定。」

美里並沒有過問原因，反而像肯定他的推論一樣慢慢仰頭看著研究所的大門。

「這裡面還沒調查過吧？」

「還沒。」

「牆壁很厚呢。」

美里所說的牆壁是眼前那座物理上的牆壁呢？還是指看不見的障礙呢？無論是指什麼，現在這棟研究大樓即使已經沒有任何使用者，封鎖措施也只有一顆掛鎖，但仍然拒絕外部的人入侵。簡直就像一座小要塞一樣。

「沒辦法強行搜索嗎？」

「檢方如果沒有許可就沒辦法。」

「我不是說這個。我是說，你沒辦法依自己的判斷跨越這道牆壁嗎？」

「這麼一來就構成非法入侵了。」

「哦？那不然前天你們兩個人在爭什麼？不就是打算要撬開掛鎖嗎？」

「我阻止他了。」

「是喔。所以宮條先生是打算依照自己的判斷行事。那你為什麼要阻止他？」

「因為警察不能犯罪。」
「即使對方是罪犯也一樣嗎？即使這份迷惘會衍生出下一個被害者也一樣嗎？」
「這就是日本的警察。」
「……真是無聊。」
這種說話方式，就跟在同一個地方、同一棟建築物前嘲笑這種冠冕堂皇論調的宮條一模一樣，槙畑不禁看了看她的側臉。
接著他想到一件事情，如果是平常的話他應該能馬上察覺的事情。
「毬村小姐。你該不會是打算替桐生隆洗刷汙名吧？」
「很奇怪嗎？」
她將臉轉向槙畑，還是帶著那譏諷的笑容。
「坐檯小姐想洗刷被殺害戀人的名聲，確實是很可笑沒錯。但……就是這樣。」
「可是，他是 HEAT 藥頭這件事情可是無可動搖的事實。」
「事實和真實不是同一件事情。我問你，一個帳戶存款高達九位數、而且連一般物慾都沒有的人，為什麼非得當什麼低劣的藥頭呢？」
「這件事情你昨天不是已經作證過了嗎？說贊成萊納斯・鮑林理論的桐生隆是為了解決心中長年下來的課題。」

「所以開發HEAT，並於這個過程中到街上選了一些少年來做人體實驗，將毒品賣給素昧平生的孩子？」

「新藥的開發過程不是經常會招募受試者嗎？」

「那不是單純的毒品，是殺人衝動刺激劑。你的意思是他在知悉服用後果的情況下，還開開心心地把東西賣給他們嗎？」

「他過去的某些歷史，讓我認為他會這麼做並不讓人意外。」

「你果然不懂。你只是用下毒這個共同事項把過去的事情和這次的HEAT綁在一起，但這兩件事情的性質完全不一樣。」

「你告訴我哪裡不一樣？」

「以前那是個人的復仇，而HEAT則和隨機的恐攻行為沒兩樣。」

「如果他對人類絕望的話，那行為轉變成隨機犯案也只是時間上的問題。」

「他才沒有絕望。就是因為沒有絕望，才會懷著用藥物來幫助人類變革的夢想。」

「那他為什麼要販賣HEAT？難道你打算聲稱人體實驗是在變革過程的必要之惡嗎？」

「不對。他說的變革並不是指肉體改造……我想想，有一種觀點認為，藥劑是人體內分泌物質的替代品。換句話說，人體本身就有治癒能力，藥劑只不過是輔助這項能力的人工內分泌物質。而他說的變革，原本是透過提高人工內分泌物質的精純度和效果，來最大限度激發人體的潛力。」

「原本？你的意思是說那已經是過去的事情了嗎？」

「提高藥劑效果來激發人體潛能的想法聽起來很偏激對吧？但其實也有人持相反意見，也就是人工藥劑絕對無法超越自然物質。這兩種理論都很偏激。」

「你是哪一派的？」

「我認為，盲目相信藥劑的效果，就像只透過化學式來看待人體一樣傲慢。不過也可能是因為我現在連個初學者都算不上，才會有這種想法。如果我像他一樣累積了許多經驗，或許也會說出相同的話。」

「為什麼會這麼想？」

「人只能在自己的知識範圍內談論人類。談論人類，到頭來不就是在談論自己嗎？」

槙畑答不上話，美里從手上的紙袋拿出一個裝滿了某種東西的塑膠袋。

「這個給你，就當作是提早一點送的聖誕禮物。」

「禮物？」

他接過袋子後打開，裡面包了三層塑膠袋，可是仔細一看裡面裝的東西，槙畑差一點就要把袋子給丟了。

裡面放的是一具有著黑色羽毛的物體。

「喂！」

「我在遇到你之前剛解決掉一隻。一直到剛才都還活著，而且現在天氣這麼冷，應該暫時不會腐爛的。」

「你給我這種東西是要我怎麼處理？」

「希望你幫我拿給警方的鑑識人員。雖然也可以在我大學的實驗室裡面調查，但我覺得你們那邊調查會比較快。」

「調查這隻烏鴉和案子有關嗎？」

「有沒有關也要等調查完才會知道。所以我現在不是在拜託你嗎？」

「你又打算把答案藏在心裡了。」

「比起我說的話，我相信烏鴉的檢查結果更有力。」

「可是……」

「那或許對你來說、對警察來說都是最棒的禮物。拜託你，相信我。」

美里說完後，轉身往沼澤地的方向離去。

只剩下提著塑膠袋、一臉錯愕的槙畑留在原地。他至今收過各式各樣的女生送過的各種禮物，但這麼令人發毛的東西還是第一次。

槙畑渾身抖了一下。放眼望去，農業道路和農田的另一端有一處聚落。即使在這裡大叫，聲音應該也傳不過去。但他也沒有不調查的理由，如果沒有物證，就只好仰賴目擊情報了。

槙畑大大地深呼吸一次之後，便往聚落的方向走去。

聚落大約由三十戶人家構成，其中二十五戶有人在家。這和之前神山巡查四處打聽時的戶數相同，而得到的收穫也相同。

沒看到任何人。

沒聽見任何聲音。

那起案子發生後讓這附近變得很吵雜，所以大家連擋雨板都裝起來了，根本看不見外面的模樣。

他花了兩小時問完二十五戶人家。雖然早已想過會是這樣，但屢次徒勞無功還是令人感到沮喪。走回沼澤地的路上，槙畑心裡更加不安了。傍晚到深夜時段造訪案發現場的人、現場不存在目擊者、而該人物的目的是藏在研究所裡的某種東西。這次的事情和桐生隆的案子實在有太多相似點，差只差在還沒發現宮條的屍體而已了。

（我在想什麼？太不吉利了！）

他試著打消腦中閃過的不祥念頭，但另一方面，槙畑憑自己的經驗，知道不好的預感十之八九都會應驗。

這時，手機再度響起。

『是我，狀況怎麼樣？』

「不行，找不到人，也沒有任何目擊者。」

『哼。』渡瀨聽起來很不開心。

『算了。話說回來，剛才有個研究所那邊的證人出現了。』

「證人？」

『是研究所的前員工，聽說是看到桐生隆遇害的報導後聯絡轄區的。大概兩個小時後轄區分署的人就會把人帶到本部……你有什麼打算？繼續留在那邊調查嗎？』

槙畑想了一下，繼續堅持待在這裡好像也沒辦法指望能發現什麼新東西。

「我馬上過去。」

『是嗎？那你等一下，我叫古手川那小毛頭過去載你。』

「不用啦。」

『蠢蛋，你從前天開始就沒睡了吧。要是搞出什麼開車打瞌睡結果造成雙重災難，我可吃不消。你給我在副駕駛座上大睡特睡，我現在也要去補眠一下了。』

通話結束之後，槙畑開始沿著過來時的路線有氣無力地折返。說實話，渡瀨的關心令他感激的眼淚都快掉下來了。但即使在車上開了暖氣、微微晃動的舒適環境下，睡魔大概也不會找上他吧。他確實很累，可是睡意已經絲毫不剩了。

就在這個時候，有個冰涼的東西落在他的額頭上。

仰頭一看，灰濛濛的天空已經變得像一幅肌理粗糙的點彩畫。

下雪了。

回到停好車的沼澤地入口附近等了一陣子後，一台載著司機的車子就前來迎接他了。槙畑上車後，古手川馬上開進國道。

「開始下起初雪了呢。」

「是啊。」

「你一直沒睡吧？把椅子放下來啦，班長命令我要讓你好好睡覺。」

「我很感謝你們這麼親切，但睡覺跟拉屎好歹可以隨我的意吧。」

「這個……也是啦。」

雪還很小粒，只不過是飄舞在空中的粉末，但還是足以遮蔽擋風玻璃的視野了。古手川把雨刷調成低速。

「我們一直到早上才聽說的，關於宮條警官的事情。為什麼不緊急召集人手呢？」

「還不確定是不是案件，再說最重要的警察廳都擺出一副事不關己的模樣。也沒辦法出動縣警強行犯係的所有人員來搜索。」

「不過班長和槙畑警官現在就在做這件事情。」
「班長不是命令你要讓我好好睡覺嗎?所以能不能別再說話了?」
古手川悶悶地閉上嘴,將手伸向空調開關。
「啊,暖氣不要開太強。」
「咦?不是很冷嗎?」
「因為剛才有個人把證物交給了我。你應該剛吃完飯吧?」
「對,怎麼了嗎?」
「如果溫度太高的話這東西……大概會臭到翻掉。好不容易吃進肚子裡的東西,總不會想再吐出來吧?」

進入接待室後,槙畑看見板著一張臉的渡瀨,以及一個背對著他的陌生人。
「這是史登堡日本分公司的前員工,松原玲子小姐。」
「勞煩了,敝姓槙畑。」
「我是松原。」
槙畑在她對面坐下,快速觀察了對方。她的年紀大約二十五歲上下,考慮到製藥公司會採用的人大多是六年制藥科大學的畢業生,這個推測應該沒什麼太大的問題,不過玲子的面容仍稚氣未脫。她那掛著一雙大眼的圓臉，如果穿上水手服的話，跟別人說是高中生應該也會有人信。雖然毬村美里實際上較為年輕，可是相較之下，玲子看起來簡直就像個小孩子。

「聽說您是看到報紙了才……？」

「對，我真的是嚇了一大跳，就趕快跑去找警察。這幾個月我都連絡不上任何公司的人，所以很擔心。」

「從什麼時候開始的？」

「今年七月開始。」

「七月？請等一下，研究不是九月關閉的嗎？」

「那個，我從七月就開始請病假了。」

「病假？」

「對，我因為椎間盤突出住院。所以那段時間我沒辦法主動聯絡，出院時研究所也已經關了。」

「明明公司關了，卻沒有發布任何通知之類的東西嗎？」

「啊，有。九月的時候有收到公司寄來的說明文件和解雇相關文件。而且停職期間的薪水和資遣費也都確實有匯進戶頭。」

「可是這也很突然呢。一般就算是破產之類的原因而必須解雇員工時，起碼應該要在一個月前通知不是嗎?你沒想過向勞動基準監督署之類的地方提出申訴嗎?」

「這個嘛……就算是因為住院,畢竟也停職了兩個月,而且這段時間公司還是發給我全薪……其實沒什麼立場提出申訴。」

聽著聽著,槙畑察覺到從剛才開始就一直感到不對勁的地方到底在哪裡了。

就一個持續生產毒品的跨國企業末端人員來說,松原玲子實在太普通了。研究大樓所散發出的那股邪氣,和眼前這名女性所表現出的善良與平庸怎麼樣都無法疊合在一起。

「您之前在史登堡公司,應該說在日本分公司裡製造些什麼呢?」

「主要是疫苗。」玲子毫不猶豫地說。「兩位可能也知道,國內外的製藥公司幾乎全都是疫苗製造商,鮮有例外。我們也是以生產疫苗為主幹……只不過日本分公司只是開發部門之一,沒有牽涉到製造,畢竟公司在日本也沒有工廠。我們反覆進行新藥的開發與實驗,並將資料發送給德國總公司。」

「這樣算是工作嗎?就是說,只有開發和研究疫苗的話?」

槙畑是打算下套給對方,不過玲子好像沒注意到這一點。

「我們所面對的病毒真的是多如繁星,而且病毒也是一種生物,所以也理所當然會進化。因此每當病毒進化,疫苗就必須重新製作。比方說流感就是這樣,疫苗的生產是沒有終點的。如果說有,那就是地球上所有生物都滅亡的時候。」

她的話中處處都流露出她的驕傲。

「不過您說和任何同事都連絡不上又是怎麼一回事？不是只要打住處電話或手機就可以聯絡到了嗎？」

「那是……除了我之外還有其他四名女員工，可是她們沒告訴我手機號碼。」

槙畑產生一股不祥的預感。他和渡瀨對看了一眼，看來渡瀨也有一樣的想法。

「住家方面怎麼樣？」

「我也沒去過她們的家。雖然大家應該都是住在市內……不過我們在公司外面幾乎沒有碰面，或是說很難碰面。」

「怎麼說？」

「這是公司的一種不成文規定……嗯，就是盡量不讓我們交換彼此的住址。員工的住址資料由所長管理，而且是不公開的，上下班都是完全輪班制，每個人都不一樣，所以幾乎不會一起回家……還有你想，最親近我們生活的聯絡方式，第一個想到的就是手機，而我們公司是禁止員工將手機帶進去的——因為研究室裡有很多文件資料等機密事項——上班時必須把手機寄放在玄關的管理箱內，所以我們沒辦法告訴彼此的號碼和信箱。」

「做的還真是嚴密呢。」

「我一開始也覺得會不會太神經兮兮了……不過聽所長說這是保護資料的安全措施，我還算可以接受，而且當時也的確發生了一些商業間諜事件。」

「安全措施啊……」

那麼對於員工的人身安全又採取了什麼措施呢？這句諷刺的話差點就要衝出喉頭。除了桐生隆之外還有二十三名員工，然而看到報導後聯絡警方的就只有玲子一個人。那麼剩下的二十二名員工到底在哪裡、又在做什麼？理解史登堡公司的真面目後，沒有任何東西可以保障那二十二名員工的安全。

「住院期間公司有聯絡過您嗎？」

「沒有。我住院的時候是緊急住院，也動了緊急手術。我一直都是一個人住，所以直到動完手術、搬到多人病房後才和公司說明原委。在那之前公司好像也在找我，所長一聽到我的聲音就嚇了一大跳。」

「有人去探病嗎？」

「完全沒有。即使我跟所長報告說因為我術後恢復狀況良好，已經搬到多人病房，他也只說了聲『這樣啊』，連句關心的話都沒有。」

「手機呢？公司應該知道您的號碼吧？」

「我放在家裡了。」

「那出院後公司有人來找過您嗎？」

「我出院後就直接回到茨城的老家了。」

真是太僥倖了，槙畑想。玲子一個人住、緊急住院、沒有連絡方式，一個又一個的偶然累積下來，才救了她一命。

這時，槙畑突然想到一件事情。他從檔案夾中抽出研究所的平面圖，在玲子面前攤開。

她先是一副嚇傻的樣子，接著一陣驚慌湧現。

「這是，研究所……你從哪裡拿到這種東西的！」

「這是公文，所以已經不是機密文件了。只不過這個地下室的部分是全白的。這個平面圖已經是半個世紀前的東西了，所以相信裡面的樣子也變了不少。能不能麻煩您就能想得起來的部分，告訴我們裡頭的現狀？」

原本盯著平面圖看的玲子，聽到這裡便忐忑地抬起頭。

「請問……」

「怎麼了？」

「為什麼你們一直問我研究所的事情？我明明是因為桐生主任被殺了才來的……這次的事情和研究所有關嗎？」

槙畑和渡瀨面面相覷，從玲子的口吻來判斷，她應該是完完全全不知道史登堡公司的實際狀況。如果說這是演出來的，那實在很了不起，不過看起來不像是在裝傻。

「還不確定究竟有沒有關係。只是桐生先生是在研究所附近遇害的，所以現階段案發現場和桐生先生之間的關聯就只有研究所了。但研究所已經封鎖，也連絡不到相關人士，所以只能請教松原小姐了。這麼說您可以接受嗎？」

低頭看著平面圖的玲子不一會兒後點了一次頭。解雇後仍殘留的愛護公司精神似乎被身為市民的義務感給吞噬了。

「首先玄關是雙重構造，如果不在第一道門前把手機和相機放入保管箱的話，通過門時就會觸發警報。大門過去後有一扇門，用的是電子鎖，必須用事先輸入好資料的ＩＤ卡刷過才能打開。啊，所有的研究室，包含資料室在內全都是使用電子鎖，所以沒有卡片的話不論是哪一間都進不去。入口通往北邊樓梯的走廊是一直線的，兩側有四間小會議室、更衣室、培養室、調配室和藥劑倉庫、電子顯微鏡室、醫務室、機房。啊，還有，西側有一座電梯……」

玲子一面說，一面在平面圖上標記各區域的名稱。看起來就像是藉由不停說話來排解不安一樣。

「原來連電子顯微鏡都有啊。」

「對。不過設備部分還是地下一樓比較齊全。首先有動力控制室、微生物實驗室、動物實驗室、還有輻射照射室、加熱處理室、消毒滅菌室、廢棄物處理室，然後每一個班都有一間專用的實驗室。」

「班？那是什麼？」

「堂本班、橘班、樫山班、桐生班。二十四名研究員分成這四個班，分別進行不同的研究。」

「所以桐生先生曾經擔任過班長。那我想請問，您還記得這四個班各有哪些成員嗎？」

「……記得。」

玲子吸氣吐氣了一次後，寫出了以四人為首的各班六名、總計二十四名研究員的組成名單。

堂本梶夫・楢崎映二、鈴村恭雄、益子道弘、龜山三郎、蓼科翠

橘富士雄・本田晃一、山路輝彥、柏村大成、滿生綾香、瀧波奈奈

堅山篤胤・虹浦喜住、新井道正、都築正平、梅澤禮規、神戶美智子

桐生隆　・須田武雄、匠龍太郎、嵐馬達郎、麥島康孝、松原玲子

最後寫上自己的名字後，玲子盯著成員表看了一下，然後輕聲地嘟囔著：

「大家都跑去哪了呢。」

這是案發後第一次掌握史登堡公司所有相關人士姓名的瞬間。雖然槙畑很想抓起這張成員表送去核對，不過玲子接下來的一句話阻止了他的衝動。

「我和綾香姊還有奈奈中午都會一起吃飯。因為離開公司後也不會去其他地方，所以只有在午休時間可以聊到天。綾香姊是大我一年的前輩，聽說她因為媽媽緊急住院所以很擔心。奈奈則剛交了個男朋友，老是在那邊曬恩愛。須田大哥光一個人就把所有員工的平均年齡給拉高了不

少、新井先生則是典型的御宅族，把食玩的模型放在電腦旁邊就會覺得心情很好。匠先生是個頑固的人，好幾次在與人意見相左的時候破口大罵，不過只要被桐生主任指責，就會像個被老師罵的學生一樣縮成一團。桐生主任是個……」

「桐生先生是個怎麼樣的人？」

「主任……人很溫柔。他絕對不算那種開朗的人，也有一些同事說他很冷漠，可是我知道他在休息時間和實驗途中喘口氣等看不到人影的時候，十之八九都是在組合屋搭建的動物飼育室裡，替每一隻老鼠取名字，也會對牠們說話。主任還會抱著幾個小時後就要被抓去做實驗的兔子，一直撫摸牠的背。處理實驗後屍體的工作——這是大家最不想碰的差事——主任也都會主動負責。我曾看過他在焚化爐前面的表情有多麼難過，簡直就像一名父親在火葬場看著自己的兒子被火化一樣。」

「員工裡面有沒有人可能對他懷有怨恨？」

「怎麼會……桐生主任是主任階級中最年輕的，所以大家對他都很敬畏——應該說會尊敬他，但不會有人怨恨他的。」

「那麼……關於剛才您提到研究所開發疫苗的事情，桐生班具體來說是在進行些什麼研究呢？」

「這可是企業機密耶！」

「他有可能就是因為這件事情才遭到殺害的喔。您剛才不也提到商業間諜的事情了嗎？如果開發研究的領域在國內外競爭都非常激烈，那麼開發者的生命受到威脅也是非常有可能的事。」

槙畑連珠炮般地說完後，玲子雖然還有些躊躇不決，但最後還是認命似地開了口。

「我們這一班的研究主題是半衰期的調整。」

「半衰期？」

「藥物被消化器官吸收後，會進入血液，在體內循環後藉由肝臟與腎臟代謝出去。這時，血液中藥效成分的濃度達到最大後，再減少至一半量的所需時間，就稱作半衰期。」

「也就是說，半衰期越長，藥效也持續得越久囉？」

「沒錯。當然還有個體抗性的問題，所以沒辦法斷定絕對是如此。但唯一確定的是，成分排出體外的速度會變慢。去年秋天的時候，德國總公司送了新型流感的疫苗過來，說效果雖然不錯，但半衰期只有兩個小時，所以問我們有沒有辦法試著調整一下半衰期長度。」

槙畑靈光一閃，馬上瞥了一眼渡瀨，他似乎也在思索著什麼。

「那麼結果如何？桐生班成功延長半衰期了嗎？」

「沒有。從我們著手研究到我住院的這段期間，基本上沒獲得什麼顯著的成果。如果有什麼成果，照理說主任一定會告訴我們的。」

「哦，這樣子啊……」

楨畑打算找個恰當的時機說出想法，於是再次看了渡瀨一眼，渡瀨拿食指指著自己的臉一直畫圈。楨畑明白意思了，於是他從檔案夾裡，抽出根據少年證詞所描繪出來的藥頭肖像畫。

「那麼，您見過這個人嗎？雖然帶著墨鏡可能看不太出來，不過您有沒有同事長得像這個樣子？」

不知道是戒心的表現，還是在翻找記憶，玲子皺起眉頭凝視著肖像畫，之後露出一副豁然開朗的表情。

「哦，這是擔任ＭＲ的仙道先生。仙道寬人。他本身視力有些問題，所以太陽大的時候都會戴著太陽眼鏡。」

「ＭＲ？」

「Medical Representatives，醫藥行銷師。他的工作是負責從醫院和診所蒐集有使用到公司產品的處方箋、以及實際使用狀況等資訊，回饋給研究開發部門。反過來也會將研究開發部門的新藥資訊提供給醫院，簡單來說就是藥品的業務。仙道先生也說過自己是推銷員。」

「所以他不是研究所的員工，但是史登堡公司的員工？」

「對。他以前好像是赫司特製藥公司的ＭＲ，不過赫司特後來被史登堡吸收，所以他就跟著進入史登堡了。這種狀況很少見，所以我想他一定很優秀。」

「剛才您提到研究所內的安全措施做得很萬全，資料很難帶出去對吧？」

「是的。」

「那MR的狀況呢？如果他的工作是使用結果回饋和傳遞資訊的話，那不是會需要帶著資料或是開發樣品之類的東西往返醫院和研究所嗎？」

「那是當然的，畢竟是個業務員。我看過好幾次仙道先生的皮包裡面塞滿了文件和產品。」

那麼在澀谷販賣HEAT的人，難不成就是仙道寬人？突然出現的大魚讓槙畑內心激動了起來，但也產生了些微的疑問。

「話說回來，您剛才也提到新型流感的疫苗，您自己有確認過這個消息是否屬實嗎？」

玲子原本打算說些什麼，不過又閉上了嘴，然後又低下頭來。槙畑猜想她可能還有些害怕這裡的氛圍，於是偷看了一眼玲子微微低下的臉龐。結果卻看到了令人討厭的畫面。

那看似善良的微豐嘴唇產生了些許扭曲。

不過那完全就是眨眼瞬間的事情，當她慢慢抬起頭來後，臉上的表情又變回剛才的樣子了。

「動物實驗全都是由主任負責，所以我並沒有在臨床上確認過。可是總公司整櫃寄過來的時候，收據上面明確記載著疫苗，這一點只要和總公司核對一下馬上就知道了。無論如何，我們是將那東西當疫苗來處裡的，並且對此完全沒有任何疑問。」

「得感謝她呢。」松原玲子離開後，渡瀨惆悵地說。「讓我們要調查的東西一口氣變多了。」

剩下的二十二人，考量到通勤時間應該全都是市內居民，只要查一下戶籍登記簿馬上就能知道了，但問題是那之後的追蹤調查啊。」

渡瀨言下之意，是那二十二個人有可能都已經失聯了。關於這點槙畑也持相同意見。

「要找人監視她嗎？」

「監視啊……我問你，你怎麼看？」

「她應該有可能和史登堡公司的人碰頭。」

「你覺得她作偽證嗎？」

「她應該沒有說謊，但我不覺得她把知道的一切都吐出來了。」

「她給人的第一印象是個善良市民沒錯，可是我想起一些故事，說納粹的軍官回到家裡也是個好老公、好父親。」

「別說善良了，我看她根本就是個狡猾的女人。明明說了這麼多，到頭來卻避談自己有參與毒品製造的事實。可是她百分之百知道吧，關於 HEAT 的性質還有用途。」

「早知道剛才應該再多加把勁的。」

「畢竟她是自願前來的，今天那樣就已經是極限了吧。如果想要嚴厲追究下去，我們必須再掌握一兩張牌才行。」

「可是我們打破僵局了，就是仙道寬人。管他是違反毒品取締法還是藥事法，總之抓起來就對了。因為他過去還有在其他公司工作過，所以應該也可以從那裡打聽出他的為人。就現階段來講，他是最關鍵的人物。」

渡瀨瞄了一眼肖像畫後丟到桌上。

「這只是我的推論，史登堡之前就一直在研究一種把人變成殺人武器的毒品，於是開發出 HEAT。可是新藥的半衰期只有兩個小時，如果要投入軍事用途的話實在令人難以放心，所以總公司就要求日本分公司改良。研究所馬上著手進行改良，並屢次做出試驗藥品。每一次做出來後想必都有進行動物實驗，但他們的目的是人體武器，如果 HEAT 在人類身上沒有效果的話一切都是白搭。所以，擔任ＭＲ的仙道就在澀谷找尋受試者。美其名是人體實驗，不過澀谷那群幫派小夥子對他們來說的價值應該就和實驗用的天竺鼠一樣吧。他們反覆進行改良與實驗，可是最重要的半衰期卻完全沒有拉長。在研究陷入泥淖時，做出突破的就是身為主任研究員的桐生隆。」

這部分雖然是間接證據，但槙畑對於這毫無破綻的推論沒有異議。

「桐生利用某種技術，找出了延長半衰期的方法，但是必須透過實驗證明效果。於是他自己把 HEAT B 帶出公司，並給了那三名少年。結果大獲成功，服用 HEAT B 的三名少年充分達到了最初的研究目的，化身為殺人武器，甚至可以說發揮過頭了。三名少年的案子意外地引發了大眾的關注，這大大偏離了總公司原先打算秘密開發毒品的意圖。所以總公司出面處理狀況，首先緊急封鎖了日本分公司，把長年栽培的分社長和所長送出國，並計畫拘禁二十四名員工。然而最後要處理桐生隆時計畫生變，不得不殺了他。這個推論如何？」

你沒有講到桐生隆為什麼會以那樣的形式遇害——正當槙畑準備說出口時，有個陌生的聲音傳進耳裡。往聲音來源一看，只見一名男子從半開的門外看著裡頭。

「我大致上同意。」

「你是誰？」

「不好意思，你的推理讓我聽到都錯過打招呼的時機了……兩位是渡瀨警部和槙畑警部補沒錯吧？幸會，我是關東信越厚生局毒品取締部的七尾。」

「七尾……是那個提供情報給宮條的七尾究一郎嗎！」

槙畑看到他的全貌後吃了一驚。瘦長的身體、帶著一副大大眼鏡的細長臉龐，比起毒品搜查官還更像一名學者，感覺好像是宮條年輕個十歲的模樣。

「我原本和宮條警官約好要見面……不過我從兩位的課長那裡聽說了詳情。之後他有聯絡嗎？」

他們兩人都只能搖頭。

「那傢伙雖然從以前就會像這樣失控，但每次都還是能毫髮無傷地回來。所以這次也一定……」

「可是他不是會整整兩天都不聯絡的人。而且這次的對象規模太大了，單槍匹馬深入敵營實在亂來。好一點的情況是被監禁，最糟的情況就是變成第二個桐生隆。」

「……你還真是冷靜呢。」

「這是他教會我的，冷靜行事。以前我們在追查同一起事件時，我的同事也突然失聯了。那時宮條警官就叮嚀我要冷靜。他說找人不是我的工作，我應該做好我份內的工作。這次也一樣。我的工作並不是擔心宮條警官的人身安全，而是檢驗出史登堡的人所留下的指紋。」

七尾說完後，從手提包拿出一份文件。

「那是？」

「本來是要交給宮條警官的東西。雖然打算寄一份郵件給他，可是現在也沒辦法了……兩位會接手宮條警官的工作吧？」

那還用說。他們同時伸出手，但那股氣勢也到此為止。文件由八張 A4 大小的紙張組成，第一頁上面就印滿了化學式。

「這是 T 大學藥學部好不容易萃取出來的成分。前面六頁都是大學撰寫的報告，可能很難懂，不過最後一頁的結論有寫出 HEAT 的真面目。」

「真面目？」

「名稱叫做艾澤爾法林。是一種去年才在德國發現的腦內啡。」

「腦內啡，艾澤爾法林……」

看樣子又得上一堂課了。他們做好心理準備，坐了下來。七尾也理解狀況，於是坐到兩人的對面。

「腦內啡其實是一種防禦機制，當人處在緊張的環境下，脊髓中一種叫物質P的神經傳導物質就會將疼痛、不安之類的緊張資訊送到腦部。但如果腦袋接收到過多資訊，好比說面臨生死關頭的危機或碰上嚴重事故時，就會超出負荷，導致功能失常。所以當這種過度緊張的狀況發生時，腦部神經內膜上的接受體部位就會有所反應，抑制物質P的分泌。而為了讓這個接受體產生反應，腦袋所分泌的化學物質就是腦內啡。我們一般聽過的多巴胺和內啡肽就是這個東西。我們所追緝的毒品，其實化學構造上就和腦內啡很像，只不過是從外部來刺激接受體作用而已。」

「所以吸食古柯鹼和大麻才會緩解疼痛和讓人放鬆啊。」

「正是。科學家最早是在一九六五年證明腦內啡的存在，迄今發現的大多腦內啡都是帶給人們快樂的物質，然而這次發現的物質，卻能喚起沉眠於人類記憶深處的衝動，也就是掌管著殺戮和破壞衝動的物質。」

「殺戮和破壞是生理慾望嗎？」

「我這種半調子的醫學知識沒辦法說什麼就是了。有一種說法認為，除了捕食的目的之外，會同類自相殘殺的就只有人類了。恐怕就是這麼一回事吧。不過我們平時有所謂的理性和自制力，可以抵擋住殺戮與破壞的衝動。可是艾澤爾法林卻可以解開這層枷鎖。不是有人會說什麼失去理智嗎？這種情況完全就是所謂的失去理智。」
「也就是說，揮舞著日本刀和槍枝的高中生，才是人類最原始的模樣嗎？」
「人類擁有這樣的一面。跟我比起來，你們應該看過更多那種不用嗑藥就能輕易失去理智的人吧？」
槙畑有種詭異的既視感。因為他的口吻和措辭跟宮條如出一轍。投身毒品搜查的人難道都會變得這麼虛無飄渺嗎？
「我不清楚艾澤爾法林是在德國哪裡發現、又是怎麼發現的，有人說是在解剖猝死的腦部疾病患者時發現的；有人說是在解剖處刑後的連續殺人犯遺體時偶然發現的。反正看他們不把具體情況說清楚，大概也能猜到背後其實有不可告人的事情。無論如何，分析萃取出的艾澤爾法林，並試圖進行人工生成的，看來就是史登堡公司沒錯。」
「你說看來，所以還沒印證就對了。」
「很遺憾，史登堡公司就連艾澤爾法林的存在都徹底否定了。我們手上只有艾澤爾法林和HEAT之間構造式相似這項間接證據而已，所以我們希望能掌握證明史登堡公司和HEAT之間有關連的物證。可是一直到現在，上面都還沒核准我們進入研究所舊址調查。雖然我也對上司提出要求，但省廳之間的聯繫本來就已經岌岌可危，沒什麼能指望的了，結果最關鍵的外務省態度又這麼軟弱。」

「這件事情我們也有談到。所以——」

「沒錯。所以宮條警官才會單槍匹馬闖入敵營。因為他擔心他們會因為省廳間無聊的周旋和政治層面的交易而湮滅證據。」

「言下之意是指責我們沒能阻止他嗎？」

「怎麼會。他根本也不是你想擋就能擋下來的人。」

但就算擋不住，還是可以和他一起行動。實際上槙畑曾有過好幾次這樣的機會，一想到這裡，他就快被自責的念頭給沖垮了。

「但畢竟宮條不是個有勇無謀的人，我想他一定有些腹案。」

「因為桐生隆打算前往本該已經成為空殼的研究所嗎？」

「不是，雖然這也是一部分原因，不過最主要是因為他不能接受史登堡總公司的應對方式。你們想，一間公司在放棄一間研究所時，通常都會銷毀所有的資料和數據才封鎖。所以建築物裡應該就連一張紙、一片磁片都不會留下，變成名符其實的空殼才對。那為什麼他們還不允許你們進入照理說已經什麼都不剩的研究大樓呢？得到的推論只有一個，就是研究大樓裡還留著一些不想讓人知道的東西。」

「等一下，這件事我們也想過了。那為什麼相關人員不去回收那麼不妙的東西？那是他們自己的地方，不是可以自由進出嗎？」

「因為很危險。」

「什麼很危險?」

「留在裡面的東西……他們判定很危險、無法靠近的東西就在那裡面。所以裡頭很有可能還留著線索。」

「即使是推論也太沒根據了。」

「可是也沒有否定的根據吧?雖然他們是企業,但也是頂尖的科學家集團。科學家如果會跟感興趣的對象拉開距離,大多就是預測到對象具有危險性的時候,所以我應該也沒完全猜錯。宮條警官就是打算去證實這個想法。我相信你們一定也沒來由地認為那個地方很可疑吧?」

槙畑快速瞄了一眼渡瀨,他的臉因為憤怒而脹紅。

「……真是令人不爽的傢伙。」

「嗯?」

「原本以為你們只是長得像,但閉上眼睛聽你講起話來,簡直就跟那傢伙一模一樣!你們是不是同父異母的兄弟啊?要命。所以怎樣?你要我們強行調查那棟研究所嗎?也不等法院核准?明明沒有任何確切的證據?你知不知道到底是誰要負這個責任啊?」

不過受到質問的七尾只露出為難的微笑,並沒有要回答的意思。過了一下後,他故意嘆了口大大的氣給渡瀨聽。

「你說你叫七尾是吧。你有幾次登門搜查的經驗？」

「應該四、五十次左右。」

「你認為我們踏入那間研究所，能扣押到東西的機率有多少？」

「……有八成。」

「直覺？」

「那還用說。」

「就直覺來說機率還真高。看來你已經有把握要去哪裡了。」

「估計會找到桐生隆的私人物品或是和那差不多等級的東西。要不在置物櫃裡，要不就是在桌子抽屜深處。從決定撤離一直到研究大樓確實封鎖也沒多少時間，即使主要資料和文件已經處理掉了，但可能還是會有一些小小的漏網之魚。如果有留下這種東西，那最大的可能性就是私人物品了。桐生隆想到自己有東西忘在裡面，於是才會在那一天前往研究所。」

「真會找理由，但作為一個把落伍刑警捲進悼念之戰的理由來說剛剛好。」

渡瀨說到這裡打住，品頭論足般地看著七尾。

「可是，理由如藥膏，想用在哪裡就能用在哪裡。」

「您不喜歡悼念之戰這個詞嗎？」

「我都說我是落伍刑警了。不過趕不上時代的刑警，現在這裡就只有兩個人。而且如果你的假設是對的，研究大樓或是那附近真的存在什麼讓史登堡相關人員判定為危險的事物，我們也不能手無寸鐵過去。至少要帶上手槍，還要有化學處理小組同行，否則我們只會遭到反擊。可是要掰什麼理由？日本的警察可沒進步到靠剛才的理論就會允許開槍喔。」

「如果說接獲市民通報如何？」

「什麼意思？」

「某個時刻，搜查本部接獲報案，報案者是現場周邊的當地居民，聽到研究所那邊傳來槍聲。由於他很在意，於是靠近看看，卻聞到一股恐怖的惡臭，甚至連眼睛都睜不太開，希望警察趕快前往現場……大家現在對沙林毒氣事件依然記憶猶新，而且那個現場又接連發生獵奇殺人、嬰兒綁票、警官失蹤，相信效果十足吧。」

渡瀨這次真的是目瞪口呆了。

「……你是說要欺騙縣警本部嗎？」

「如果宮條警官在這裡，他應該會毫不在意地說出這樣的提案吧。等等，如果是他的話，可能會自己親自變聲通報也說不定。你們應該對他警察廳裡所做過的脫序行為時有耳聞吧？」

「這些消息已經滿到從那邊傳過來了好不好。託他的福，他的上司也遭到連累，被人冠上了申訴窗口的綽號。」

「畢竟他是明知故犯嘛。」

「是啊。明明只要有心，要多少夥伴就可以找到多少夥伴。可是他卻一副好像世界上只有他自己一個人是刑警似地囂張獨行。那傢伙，真是蠢到家了。」

「不過，也有人就喜歡他這一點。雖然他的敵人很多，不過同伴也很多喔。」

「在警察外部的話。」

「沒錯。可能是因為沒有縱向與橫向的利害關係，所以以他的立場來說不需要負什麼責任……總之，這麼一來，匿名通報應該就由我這個聲音還沒被聽過的人負責吧。」

他乾脆到了極點的語調令渡瀨蹙眉。

「才剛見面不過幾十分鐘，就把我們算進共犯的行列了啊？辦事還真有效率。」

「我不僅管轄範疇不同，還一副湊熱鬧的樣子來插手，您會生氣也十分合情合理。我這麼說可能非常矛盾，我雖然希望兩位繼承宮條警官的意志，但不希望你們連他那份魯莽也一併繼承。即使是非法搜查，也希望兩位能以自身安全為優先考量。雖然這個請求可能有些困難，但我無論如何還是希望避免出現二次折損的情況。」

「的確很矛盾。就算準備得再怎麼謹慎、還全副武裝，非法搜查在警察內部還是無異於自殺行為。」

「可是那並不是真的丟掉性命。那個人——宮條警官屢次投身就算真的喪命也不奇怪的搜查行動，我非常喜歡、也十分尊敬他……但唯獨那種辦案手法我怎麼也沒辦法認同。我不是套用渡瀨警部的話，不過那才是真正的自殺行為。雖然也有人讚譽他是日本警察的英雄，但如果要我來說，他那只是代償行為。渡瀨警部應該聽得懂我在說什麼吧。」

渡瀨一瞬間無言以對，悻悻地別開臉。

「我聽到的只是片段的傳聞，說他一次又一次殺進地雷區。那混帳從縣警時期就一直很容易脫韁。」

「不過他變得像現在這樣，一直回不到軌道上，是從他妹妹發生那件事情之後開始的。他那指揮掃毒的模樣，像極了鬼神……那一點都不正常，簡直像是被什麼東西附身了一樣。不知道他是不是覺得檢舉越多藥頭和幕後指使者，就越能夠藉此祭悼妹妹，他的行為帶有一種偏執。但其實他那種激進的搜查也只不過是代償行為罷了。即使回到家，也看不見本該在家裡的妹妹。在面對這個現實時的空虛實在無以復加，所以宮條警官為了填補心裡的空虛——」

「別說了。」

渡瀨一陣低吼打斷了七尾。

「你少用那副好像什麼都懂的語氣說話。連自己都弄不懂的心底事，輪不到其他人隨便地說三道四。」

「……抱歉，是我太輕率了。」

七尾低頭致歉。但槙畑心想，從他所聽到有關宮條品行的傳言、以及就近所觀察到的言行舉止來看，七尾對宮條的剖析應該也不會錯得太離譜。現在渡瀨不也沒有特別否定七尾嗎？

尷尬的氣氛維持了一陣子後，渡瀨依舊不悅地開口。

「曾幾何時，我竟然淪落到得進行跟鬧劇沒兩樣的非法搜查了……槙畑，你要怎麼做？你沒有必要接受他的提議。簡單來說就是要做壞事，根本不是一個正當的刑警會做的事情。」

我當然也——正當槙畑打算回答時。

有人敲門了。

「這次又是誰啊，有什麼事？」

下一個瞬間，渡瀨以一副感覺要揍人的氣勢打開了門，外頭站著一名戰戰兢兢的鑑識課員。

「幹嘛？」

渡瀨低頭看著他，令鑑識人員更害怕了。他開始用只有渡瀨聽得到的聲音喃喃細語。看起來是要報告什麼事情，不過聽了報告的渡瀨，臉上逐漸染上驚訝和疑惑的神情。

「槙畑，你給我解釋一下。」

渡瀨看向槙畑，他的表情看起來已經怒不可遏了，令槙畑心裡十分不安。

「聽說你一回到本部就把什麼烏鴉屍體當作證物丟給鑑識課？」

「對，怎麼了嗎？」

「這隻烏鴉到底是有什麼來頭？你哪裡抓來的？不對，烏鴉身上有被射擊的痕跡，是你幹的嗎？」

「所以說那隻烏鴉到底怎麼了？」

「還能怎麼樣。鑑識解剖之後檢驗出了 HEAT……而且還是 HEAT B 啊！」

對你來說、對警察來說都是最棒的禮物……雖然他不是完全相信美里的話，但也完全沒想過居然會是這種東西。單就讓收禮者感到驚訝的這一點來看，的確算得上是目前最大的禮物了。他當然受到了渡瀨和七尾前仆後繼的逼問，但槙畑根本沒辦法回答。他趕緊打電話給美里，不過一直沒有人接聽，只聽到轉接語音信箱的錄音。

看來只好直接會會本人了。槙畑不顧渡瀨的制止，獨自坐上車。太陽已經下山，從上午就開始降下的雪現在也變成大顆碎片，開始將街道染白。會在這種時候出來走動的人肯定是閒閒沒事幹。大多數的人都趕著回家，而槙畑卻直奔案發現場。他不能保證美里一定會出現在那邊，也沒有什麼把握，可是除了那裡之外，實在想不到還會有什麼地方了。

結冰的路面有時令車子打滑，不過槙畑的思考還是集中在一點之上。即使他的耳朵和眼睛在負責駕車，但腦細胞卻在處理別的情報，並且氣勢洶洶地過濾與連結各項資訊。

現場的遺留物、綁架小動物與嬰兒的行為、丟棄在研究大樓後面的廢棄物、桐生隆留下的戴奧辛構造式、還有烏鴉體內檢驗出來的 HEAT B……。

一直到剛才都還散亂在各處的拼圖碎片，突然以驚人的速度拼湊出一幅畫。他並非是在進行推理這種複雜的事情，應該說，他產生一股強烈的感覺，彷彿一切都串連起來了。而那幅就要拼湊出來的畫，是他從未見過的奇怪構圖。

然而，那同時也是一幅每一處都精準聚焦的畫面，真實得令人反胃。

所以，這就是事情的真相嗎？才剛問完自己，槙畑就差點在狹窄的車裡大笑出來。如果真是如此，那他們可真是滑稽到不行的小丑。謀財害命、怨恨、感情糾紛、謀殺……追查了每一種可能，也證實可能性不大，但這全都是作繭自縛。更重要的是，槙畑自己就不知道和兇手見過幾次面了。

美里也看到了同樣的畫嗎？恐怕是的，所以才把最後一塊拼圖提供給槙畑他們。

等一下，那美里在這起案子裡又扮演了什麼樣的角色？洗刷死去戀人的污名——美里曾經親口說出這件事。假如那是她的真心話，那當她把烏鴉交給槙畑，指出通往真相的道路時，她的工作應該就結束了。事到如今也沒有理由再次踏入案發現場。然而他憑藉直覺認為，美里現在就在案發現場。

在洗刷冤屈之後的東西。

是復仇。

槙畑得出了這個結論。

這時，手機響起收到郵件的訊息聲。

對於寄件者是誰，他心裡有底。畫面上出現了一則短短的訊息。

『我在神島町的公車站等你』

美里一個人坐在公車站的板凳上，還是穿著白天那件白色羽絨外套。不知道是不是錯覺，她看起來好像縮著身子。她看到槙畑後舉起手，明明等候的人到了，她看起來卻一點也不親切。

「還挺快的嘛。」

「你發郵件過來的時候，我已經在趕來的路上了。」

「所以，鑑識結果已經出來啦？」

「出來了。那隻烏鴉全身上下都檢驗出了HEAT。肝臟和脂肪組織檢驗出的量特別多，累積在烏鴉體內的濃度，和都內三起案件少年犯的排泄物相比，足足多了七倍以上。看你聽了也不怎麼驚訝，你應該一開始就知道了吧？」

「猜是有猜過。不過槙畑警官，你不冷嗎？」

聽美里這麼一說他才發現，自己連外套都忘了披上就一路飆過來了。再加上他剛從開著暖氣的車內走出來，全身上下突然感到一陣凍寒。

「來，今天請你喝的第二杯。」

她和白天一樣遞出水壺蓋，裡頭同樣裝著熱氣騰騰的咖啡。槙畑欠身道謝後雙手接過捧著，美里則在他的身旁坐下。

「……槙畑警官還真是個難懂的人呢。」

「怎麼說？」

「你和白天給人的感覺完全不一樣。現在已經知道那隻烏鴉是重要的證物，而發現這隻烏鴉的人還把你叫出來，以一個刑警來說，你的態度異常地冷靜呢。我原本還猜你會一臉驚慌失措地趕過來呢。」

「因為沒有什麼好急的。」

「什麼？」

「我剛才在車子裡面想了一下，終於搞懂了。應該說，我認為自己搞懂了。就是你在想什麼、接下來要做什麼。所以我已經不覺得急迫了。而且老實講，我是為了阻止你才來的。」

「你弄清楚我在想什麼了？真是了不起的刑警大人。那就趕快把兇手給——」

「你知道殺了桐生隆的犯人是誰，而且很早就知道了。但是你不知道他和案子是怎麼扯上關係的。所以才獨自進行調查，我有說錯嗎？」

美里沉默不語。

「你後來終於發現了桐生隆和案子掛勾的關鍵。那個關鍵就是書上潦草畫下的戴奧辛構造式。已經找出真相的你，為了避免我們查錯方向，於是把關鍵的證物，也就是烏鴉交給了我們。你大概是覺得自己說明的話，警察應該也不會採信，但這也就代表你是在尋求警方的協助。沒錯吧？可是很抱歉，警察的工作可不是報仇。當然，那也不是你的工作。」

「……無聊。你這個人老是說些漂亮話呢。」

美里不屑地丟下這句話後，朝著沼澤地走去。她一副受不了的樣子，聳了聳肩，而槙畑則追了上去。仰頭一看，平時不夠明亮的路燈，在下個不停的雪反射之下，現在皓白得刺眼。

「我今天從兩個人口中打聽到了珍貴的資訊，一個是史登堡的前員工，一個是厚生勞動省的毒品搜查官。我從他們身上，分別聽到了藥物半衰期以及艾澤爾法林這種腦內啡的事情。」

槙畑對著美里前進的背影說著，讓她在一個瞬間暫停了動作。

「去年，史登堡公司成功抽取出腦內物質艾澤爾法林。可是這種物質的弱點在於半衰期很短，只能發揮兩個小時的作用。不過桐生隆卻找出了一條活路，就是將艾澤爾法林和戴奧辛湊在一起。但其實我這個外行人也不曉得這到底是基因等級的工程，還是只要簡單調配在一起就可以了。不過桐生隆的實驗確實成功了。獲得戴奧辛性質的 HEAT 不會被酸鹼分解，而是會累積在動物體內，不會被腎臟和肝臟代謝掉，就這麼濃縮起來。然後他再從那些肝臟中萃取出 HEAT，繼續讓其他個體攝取、繼續濃縮。HEAT 就透過這種方式不停地延長半衰期，在數次的動物實驗後，桐生隆自己扮成藥頭來進行人體實驗。反覆實驗的結果，HEAT 便進化成和桐生隆的計畫如出一轍的完美毒品。但是他也算錯了一件事情。那就是……喂，你還好吧？」

美里突然停下腳步，害槙畑撞上她的背。

「腳底下、有、東西。」

呆板的聲音帶有一絲顫抖。定神一看，他們已經走到沼澤旁邊了。這裡是桐生隆的屍塊四散的現場，槙畑腦中聯想到了不太妙的狀況。

「你等一下，我馬上點燈。」

他記得外套右邊口袋裡面有筆燈，伸手一摸卻摸到比他記憶中還要龐大的圓筒狀物體。

他拿出那東西後下意識地盯著看。

是萬能鑰匙。

那是在研究所前從宮條那裡拿來的開鎖槍。當時他從宮條手上奪走後便直接塞入口袋，之後也因為他那單身男子的邋遢個性，從沒檢查過口袋裡的東西，結果就一直穿著同一件外套。

（為什麼偏偏選在這個時候……）

不知道這是天意弄人？還是宮條的偏執？

他放著這個問題不管，拿起筆燈照亮美里腳邊。光圈底下出現了一個類似抹布的物體，看起來是具擁有翅膀的小動物屍體，可是那具屍體能缺的都缺了，幾乎沒剩下什麼部分。

「是什麼？」

「貓頭鷹，看嘴就知道了。」

「可是，這是……烏鴉幹的嗎？我有看到上面混雜著幾根黑色的羽毛。」

「應該是遭到襲擊，變成獵物了吧。牠們大概是成群結隊發動攻擊的，光是想像就令人毛骨悚然。」

「對於成群結隊攻擊這件事嗎？」

「不，是烏鴉攻擊貓頭鷹這件事情。話說，理論上貓頭鷹可是烏鴉的天敵喔！是站在食物鏈頂端的猛禽類王者。而現在牠們的天敵，卻成了捕食的目標。」

「什麼啊，原來是這樣。」

槙畑毫不在意地說。他緩緩起身，正面盯著美里的臉。

「牠們都可以攻擊人類致死了。對付貓頭鷹根本不是件難事吧。」

美里的表情宛如凍僵了一樣毫無動靜。

「沒錯吧。殺害桐生隆的兇手，就是被 HEAT 汙染的烏鴉。」

三——魔女的僕人——

1

「桐生隆的誤算，就在於HEAT濃縮後的效果遠遠超出了預期。那三個被當作實驗體的少年徹底化為殺人武器，不停地進行殺戮。站在史登堡總公司的立場，必須在HEAT的出處曝光前就把證據湮滅掉。所以他們才會緊急關閉研究所，並銷毀資料與其他東西。可是銷毀的命令來得太急，員工只燒掉了文件，還有把醫療廢棄物扔進洞裡而已。毒殺了實驗用的小動物後也直接丟著不管，大概是打算讓那些小動物屍體自然腐爛吧。但這一帶的烏鴉卻吃了那些小動物的屍體。然而那些屍肉，已經被濃縮的HEAT給汙染了。吃下屍肉的烏鴉體內會再次進行HEAT的濃縮作用，而被HEAT汙染的烏鴉在捕食本能上又多了一股攻擊性，牠們開始襲擊民家的寵物。在現場附近之所以會頻繁出現家貓失蹤的事件，就是這個原因。然而烏鴉的危害不是只到這裡而已。那一天，毫不知情的桐生隆在前往研究所的途中，就遭到了那些烏鴉的攻擊。」

槙畑一說出桐生隆的名字，美里便再度停下腳步。

「簡直像是希區考克的驚悚電影。這麼一來，後面發生的嬰兒綁架案也能看出跟烏鴉之間的關聯了。因為綁架現場發現了桐生隆的肉末，才讓搜查本部將這兩起事件擺在一起檢視，加上現場也發現了烏鴉的羽毛。這是當然的，因為啃了桐生隆的那群傢伙就曾經降落在那裡。」

槙畑原本打算繼續說綁架案的事情，但突然不知道該怎麼說下去，因為那個狀況實在太超乎現實了。即便這是他所相信的唯一一種可能。

「話又說回來，在你第一次到案發現場的時候，對於烏鴉這個詞彙馬上就產生了反應。那個時候你就已經猜到犯人是誰了嗎？」

「沒有十足的把握。只是案發前一天他有說過，HEAT的污染會擴及到周邊地帶。那個時候我並沒有深入追究，但我想他一定也很擔心會對附近的野生動物造成汙染。只是沒想到，情況已經比他預期的還要嚴重了這麼多。」

「雖然我這麼說有點奇怪，不過你……馬上就相信了嗎？關於殺人烏鴉這種荒唐的事。」

「老實跟你說，我對生物學雖然一竅不通，但好歹也是藥理學界的一份子。因為我知道物種之間存在著一堵高牆，所以一直到看了他筆記上的戴奧辛構造式之前，我一直都是半信半疑的。」

「物種之間……高牆？」

「意思就是會感染鳥類的病毒，不見得也會感染人類。同樣地，對人類有效果的藥劑，也不一定會對其他脊椎動物產生影響。畢竟生理上的構造不一樣，基因結構和免疫系統也都不同。如果是會對腦中樞產生作用的毒品，那麼造成影響的門檻又更高了。所以我不太相信會對人類產生影響的HEAT，也有辦法影響到烏鴉。可是戴奧辛這個關鍵卻讓我認同了。我已經說明過戴奧辛的特性了吧？戴奧辛只要進入活體，就會和某種蛋白質結合，促使基因DNA製造出有毒物質。換句話說，具有對各種DNA都適用的泛用性。所以HEAT才有辦法跨越物種間的高牆。他之所以會讓HEAT具備戴奧辛的性質，應該就是為了這項優點。」

槙畑從這番話裡，聽出了她對過世戀人的讚賞。

「這麼說對你不太好意思，但我可沒辦法尊敬桐生隆這個人。」

「因為他是HEAT的開發者，而且是魔女的後裔嗎？」

「這也是一部分原因，但孩提時代會在同學的食物裡下農藥的人，我實在是不覺得會健全到哪裡去。」

「雖然每個人對於健全不健全都有自己的一套見解……但他選擇農藥作為復仇手段可說是再自然不過的事情了。你聽說過他姑姑的事情吧？」

「佐義山多津，我知道。當年收養了八歲的桐生隆，卻始終動不了那兩億四千萬的惡姑姑。」

「……我不是說這個。」

「不然是？」

「反正你應該也是從當時的報導和附近鄰居的口述得知的，但實際情況卻完全不一樣。佐義山多津是個見錢眼開的人。我以前聽他說過，他開始和姑姑同住後，有天早上開始，味噌湯突然變得難喝到不行。」

「味噌湯？」

「有股莫名的苦味。雖然用味噌去掩蓋那股味道，但除了湯頭和材料之外，裡面還加了某種東西。不出所料，他一到學校就覺得肚子很不舒服，於是把早餐吃下去的東西都吐了出來，連續四天都發生同樣的事情。第五天早上，他因為前一天就開始鬧肚子，所以起得比較早，結果他看到在廚房準備早餐的姑姑，正好在煮味噌湯。姑姑將一種白色的粉末撒進味噌湯裡，那不是鹽巴，而是更大的顆粒……他突然想起來，那和姑姑在務農時撒在田裡的藥一樣是白色的、顆粒大小也一致。於是從那天開始，他就假裝自己不喜歡，不喝味噌湯了。如果非喝不可的時候，他也會含在嘴裡，然後再吐出來。之後他姑姑不光是味噌湯，也開始在其他飯菜裡面下毒。想當然耳，是從口味較重的菜開始慢慢加。最後他只能假裝睡過頭，不吃早餐就直接上學。晚餐也漸漸在外面買來吃了。怎麼樣？真是一段佳話吧。」

「也就是說……在湯裡下毒不是他自己想出來的點子？」

「沒錯。如果大筆花用姪子留下的巨額保險金，肯定會遭受世人抨擊，但如果他死了，保險金自然就由唯一還活著的姑姑繼承。只要變成自己的東西，那要怎麼花，大家就沒有話好講了。」

槙畑頓時啞然。每天要在家裡和企圖謀殺自己的人坐在同一張餐桌上，到了學校又受到同學霸凌。對一個失去親人的八歲少年來說，那到底是多麼糟糕的時光？

「不管在家還是在學校，都得不斷承受可能遭人攻擊的恐懼與緊張……我實在沒辦法想像那種心情。原本只有和自己養的狗相處時才能獲得一絲安詳，而唯一能依靠的狗後來就這麼被人殺了。那就算他千方百計偷出農藥，模仿姑姑的手法去下毒，又有誰能責怪他呢？」

美里放著無言以對的槙畑不管，轉過身向前走去。

「我們現在到底是要去哪裡？如果你要去的是研究所，那我只能在這裡將你扣住了。」

「才不是，我要去巢穴。」

「巢穴？」

「我花了三天終於找到了。這個季節，烏鴉一到晚上就會全聚集在一個地方睡覺。襲擊阿隆的傢伙肯定也在裡頭。」

「你夜襲牠們又能怎麼樣？」

「牠們可不是靠溝通就能搞定的對象，沒錯吧？」

雖然說是復仇，但她難道直接去找兇手嗎？槙畑對自己的誤判感到躊躇，起碼她看起來不打算單槍匹馬闖進不知道有什麼東西的研究所裡面。但就算只是鳥獸，那群烏鴉的兇猛程度也遠遠超過一般野生動物。而且如果借用七尾說過的話，史登堡公司或許就是將那群烏鴉視為危險的存在。

「槙畑警官，你有帶手槍嗎？」

「沒接到命令就不會帶。」

「身上沒有手槍之外的武器嗎？」

槙畑點點頭，美里瞪著他，又嘖了一聲。

「真不該指望你的。早知如此我就先在網路上買把槍了。」

「就算這裡有火箭炮也不可能讓你去做那些事。」

槙畑一把抓住美里的手臂。

「是為了保護平民嗎？都到了這個節骨眼上，我可不想聽你說什麼漂亮話。」

「不是漂亮話，但至少全國警察的存在意義就是為了保護平民。」

「那麼舉發罪犯也是警察存在的意義吧？我告訴你，我現在要去的地方，應該有辦法找到證據。」

「證據？」

「烏鴉的習性。牠們會囤積食物，所以沒有當場吃完的東西會被帶回巢裡存放。雖然牠們有可能因為受到HEAT的汙染而使體質產生變化，但假設物種的習性不變，那麼應該就能在那裡找到牠們吃剩的殘骸。那就會成為烏鴉兇手論這個荒謬推測的鐵證。」

證據。這個詞彙大大地動搖了槙畑的意志。不用美里說他也知道，如果對他人聲稱這一連串的事件的真凶都是烏鴉，要不是招來訕笑、就是沒人答理。但如果在烏鴉的巢穴中找到物證，就算是至今下落不明的嬰兒部分肉體，那可就難說了。

「入夜之後，特別是這種下雪的夜晚，牠們也早就睡了。想要潛入巢穴搜索證物，現在可是最佳時機。」

「那你告訴我那個地方在哪裡，沒必要連你也跟著去。」

「別跟我開玩笑了，你知道我走了多少路才找到那個地方嗎？我四處詢問當地人和獵友會知不知道烏鴉巢在哪裡，也曾經持續追蹤過一隻烏鴉，你別想搶走我努力的成果。」

「可是——」

「和你所想的不同，我並沒有打算在巢穴裡面開機關槍掃射。雖然其實很想，但至少要先確認過裡面狀況如何。那我開個條件，如果你帶我一起去，我就告訴你地點在哪裡。如果不願意的話，那我一個字也不會說。」

槙畑猶豫了一陣子，但考慮到敵人的休眠時間有限、加上美里說她只是想確認一下狀況，便把自己的戒心推到了心裡深處。

「真的只是確認狀況而已吧？」

「手無寸鐵的也不能怎麼樣。」

「好……那走吧。」

槙畑放手後，美里再次前進。

槙畑隔著衣服確認胸前槍袋裡的手槍。他沒告訴美里，在離開本部的時候，渡瀨命令他配槍前往。SIG Sauer P320，三二口徑。雖然不知道敵人到底有幾隻，但現在這把槍可以說是他最可靠的夥伴。

然而到了後來，槙畑竟對這時做出的決定後悔莫及。

大顆的雪片不光是自天空落下，也從腳下旋昇而起。已經開始形成捲風了。如果降雪狀況依然，風勢又繼續增強的話，最後說不定會演變成暴風雪。如果不趁演變成暴風雪之前趕緊達成目的，他們兩個就沒辦法回頭、不得不在那種情況下度過一晚了。要待在冰冷的夜空下，美里身上還只穿著一件羽絨衣，甚至連槙畑自己身上也沒有一件足以禦寒的服裝。無論如何都必須避免這種狀況發生。

可是美里絲毫不顧槙畑的擔憂，筆直前行，而且手上還握著不知道在什麼時候拿出來、亮度堪比鹵素燈泡的手電筒。兩人走過沼澤旁，穿過一片化為雪白大地的草原，不久後就來到了已經再熟悉不過的三叉路。美里毫不猶豫地往研究所的方向邁開步伐。

「喂，等一下。那邊是——」

「只是方向一樣，我不是要去研究所。」

美里打斷了槙畑，但隨即因為眼前的景象而停下腳步。槙畑一樣停下了腳步，啞口無言。

通往研究所的入口已經被堵住了。兩側的樹枝因為雪的重量而彎曲，把原本樹林的開口給封起來了，而且樹枝上還蓋著一層薄薄的雪，看起來簡直像用灰泥補強過一樣。

看來只能放棄了。槙畑才起這個念頭，美里卻突然開始脫下羽絨衣。

「你要幹嘛？」

「強行突破。你不是什麼都沒帶嗎？那現在我們只好共撐一把傘了。」

「你打算直接殺進去嗎？」

話還沒說完，美里就將外套披到槙畑頭上，在這個瞬間，他似乎聞到了美里身上淡淡的香水味。接著兩人勾肩搭背，美里如絲的長髮碰到槙畑的臉頰。

「要直接衝過去囉！」

美里幾乎是在喊出話後就馬上衝了出去，和她勾肩的槙畑則是被拖著跑了起來。

雖然他已經做好在強烈風雪中奔跑的心理準備，但當他們一衝進樹林，槙畑卻因為那份寂靜而鬆懈了下來。他稍微拉起外套觀望，發現樹林裡因為受到重重樹木保護，所以沒有多少雪入侵，但刺骨的空氣倒是跟外頭一樣，顯然終究還是無法抵禦寒氣滲入。

「你剛才說這個時間，烏鴉已經睡著了。也就是說我們現在是夜襲吧，這樣難道不會吵醒牠們嗎？」

「沒事啦。我說牠們在睡覺，但基本上差不多就像是在冬眠了。如果不是用機關槍掃射之類的話，牠們是不會醒來的。」

又不是關掉電源的機器。槙畑在心中反駁。而且她那嘴上說著沒事的口氣，聽起來已經帶有一絲不安的感覺了。不過槙畑之所以還是讓美里同行，是因為他急欲掌握證據。荒誕無稽的推測，與其說是出乎意料，根本算是一種幻想了。可是只要有證物的話，這個幻想就會馬上化為現實。假如犯人真的是烏鴉，那麼接下來的工作恐怕就不是警察份內的事了。但最起碼可以求個水落石出。

抵達樹林出口後，他們再度將外套披在頭上，突破積雪的封鎖。

穿出樹林，寒風再次向兩人襲來。雖然還不至於把人吹走，但伴隨著雪的旋風讓人感覺就像一隻擁有自主意識的生物。

聳立在眼前的研究所，那原本就是白色的牆面，在黑暗與風雪之中更是失去了輪廓，只剩高高的漆黑大門還看得一清二楚。

「總覺得……好不真實。」

「你想說這幅景象很夢幻嗎？」

「不是。感覺很像中古世紀的童話。」

「童話？」

「某個降雪的夜晚，男孩和女孩在森林中迷了路，結果發現了一座雪白的城堡。他們開開心心地跑進去，結果那裡竟然是魔女居住的城堡……之類的。」

在這種情況下還能想到這種事情，楨畑在認同之前先是一陣愕然。不過魔女的後裔、魔藥還有烏鴉的事件，如果要拿這三個要素來創作的話，任誰都會想到童話故事吧。

此時槙畑突然想起一件事，在童話的世界裡，烏鴉經常會是魔女的僕人。

「現在不是迷惘的時候。快告訴我，你打算前往的地方是哪裡？」

美里伸出打顫的手指，指向研究所。

「在那邊，研究所後面。」

「後面？什麼！是那個洞窟嗎！」

他當初和宮條一起搜查時，發現了一座散發出腐臭味的洞穴。腐臭——屍塊——烏鴉，這個聯想馬上浮現在腦海裡。原來如此，那座洞穴不僅可以抵擋雨水和露水，某種程度上也有一定的保溫效果。對於儲存冬天的糧食來說是再適合不過的地方了。

「一個獵友會的人告訴我可能是這裡，後來我就一直監視這裡，到了傍晚，有好幾隻烏鴉進了那座洞穴後就沒有再飛出來過。肯定沒錯，那裡就是牠們的巢穴。」

「……走吧。」

兩人摸著牆壁前進。雖然有雪反射出來的光，但他們手上的人工光源就只有一支手電筒，所以還是靠這種方式前往目的地比較實際。不過只在白天看過那個洞穴一次的槙畑，根本就不知道洞穴在哪裡，所以便由目擊過好幾次烏鴉歸巢、完全掌握洞穴位置的美里帶頭。就一個警察的角度來說是有失顏面，但他也知道在一片雪白的世界中胡亂走動也只是浪費體力跟時間，所以只好接受美里的提案。

用力一踩積雪的草地，鞋子便沒入雪中差不多到腳踝的高度。比起雪的冰冷，重量更令人腳步沉重。落在眼前的雪不時遮蔽視線，使他們沒辦法隨心所欲地前進。實際上距離洞穴大概只有幾百公尺，但他們卻覺得自己離目的地還有十倍長的路要走。

走了又走，終於來到了目的地。

眼前的一大片白牆上出現了一道暗渠的開口。

這裡就是被秘藥變成魔女僕人的烏鴉所棲息的巢穴。

槙畑的背部再度竄起那股惡寒。他的本能與生理層面都抗拒踏入這個邪門的地方，而不是靠理論和常識。

然而美里卻不顧這份不安，一腳跨入洞穴。

「等等。」

槙畑伸出一隻手制止美里，接著自己站到前面的位置。無論前面會碰到什麼危險，都不應該由一般人來承受。不管美里怎麼說，槙畑都完全不打算讓她同行。

可是……。

他伸出去的手反而被美里給緊緊抓住。回頭一看，美里盯著他的眼神，和她緊握的手具有同等的力量。

「有一天，對自己來說無可取代的人毫無預兆地被殺害了。你能體會我的心情嗎？一同享有幸福回憶與歡樂記憶的人、要一起構築未來的人，突然就這麼被奪去了生命。一直到前一天，他都還待在我身旁，一如往常地笑著。可是他就這樣說不見就不見了。家人和戀人並不只是待在自己身邊的人，而是已經成為自己的一部分了。我失去了這樣的存在。這有多痛苦、多不甘心，警察先生，你懂嗎？這種時候，被留下來的一方所想的事情，就是親自制裁犯人。」

「我懂──我想我懂。」

「雖然理解，但無法贊同，我說的沒錯吧？那你告訴我，法律到底會代替被留下來的人們對犯人做出什麼樣的制裁？判決需要很長一段時間，這段時間，世人會遺忘曾經有過這麼一起事件。可是被留下來的人，自事件發生的那一天起，那份悲痛與悔恨就不會好轉，會一直侵蝕著心靈。更何況這一次的兇手是烏鴉，而且背後的黑幕還是世界級的製藥公司。」

槙畑無以應答。到底要起訴誰？判什麼罪？槙畑自己在看出事件整體的情況時，第一個想到的就是這件事。引發事件的罪魁禍首，肯定是製造 HEAT 的史登堡公司沒錯。可是關於桐生隆的死，他們又該負多少責任？這個問題已經逾越一個縣警偵辦的範圍。那麼難道要把犯下罪行的烏鴉全都視為嫌犯逮捕、拘留在署裡嗎？這才真的會淪為一大笑柄。

「看來你也心知肚明，無論是你還是我，都沒辦法對犯人怎麼樣，除了現在這個機會。而且對手還不是人類，表面上只不過是鳥。就算掐死一兩隻也不會吃上官司。就算你阻止我，我還是會去。」

美里說完後準備搶到槙畑前面，但槙畑再次伸手制止了她。

「你還……」

「我並不打算放你一個人在這邊。」

槙畑奪走她手上的手電筒。

「但我也不打算讓你受傷。所以我走前面，可以嗎？」

洞穴內部不出所料，具有保溫的效果，一走進去馬上就能感覺到全身被溫暖的空氣包圍。然而從風雪中逃離的安心感只出現了一瞬間，他們馬上就體認到這裡絕對是和舒服兩個字沾不上邊的地方。溫暖的空氣中帶著黏膩的溼氣，感覺就像有條舌頭在舔著皮膚。而且還有一股臭氣竄入鼻腔，這才是最令他們不快的原因。

腐臭。而且很明顯是動物屍體散發出的腐臭。

經過發酵、帶著熱氣的屍體臭酸味，充斥了整個洞穴。

洞穴內部比想像中的還要高，即使不彎腰也不必擔心會撞到頭，而且還很深。拿手電筒往裡面照，也只看得到光圈照亮壁面，完全照不到終點。

「看起來不像是自然形成的洞穴。」

「是啊。宮條先生曾說過這可能是煤礦的試挖遺跡。」

「原來是礦坑。那麼還得走上很長一段路呢。」

這就代表，這股惡臭還會越來越濃烈。照理說越往裡面走濕氣越多，而且會越接近腐爛物。就連平時因工作而習慣腐臭味的槙畑，現在也感覺自己再次體認到這股臭味代表了什麼意義。腐敗的臭味，自然是死亡的象徵。而且還有另一件事，就是這份黑暗也是死亡的象徵。就算擁有和鹵素燈泡差不多強的光源，但能照亮的範圍十分有限，根本沒有能力掃除壓迫著兩人的烏黑簾幕。

「你不怕嗎？」

「怕什麼？」

「這麼暗的地方啊。我前妻連在睡覺的時候都說要點個小夜燈才有辦法安心。但不光是女性，就連男性之中也有不少人會對黑暗感到不安。你不會怕嗎？」

「那你呢？」

「我怎麼樣？」

「趕往手持武器的犯人據守的現場時，會感到恐懼嗎？還是一點感覺都沒有？像是因為自己也帶著手槍之類的理由。」

「當然還是會怕，就算準備了再多的自我保護措施也一樣。」

「可是你還是會去對吧？」

「是啊，那就是我的工作。就算說會怕也沒轍。」

「我也一樣。」

美里呆板地說。

「在風雪中潛入因為藥物而變成怪物的烏鴉巢穴，在一片黑暗之中能依賴的就只有手電筒。這種狀況要人怎麼不害怕？可是就像你有貫徹職務的信念，我也有想完成的信念，那是凌駕於恐懼之上的。因為知道他有多遺憾的，就只有我一個人了。」

黑暗之中，槙畑感覺美里的視線向他刺來。

往裡面再深入了一段路後，地面開始帶有一些濕氣了。這一帶開始，地面稍微向下傾斜了一點，所以昨晚雨勢留下的積水還沒完全風乾。雖然說這裡是一座坑道，但也沒有整理成可以進行搬運的狀態，處處都留著開採的痕跡，變成一坑坑小水窪。腳下開始變得崎嶇不平，而臭味也越來越強，令兩人的腳步慢了下來。

槙畑突然想起小時候參加過的試膽大會。

那是小學二年級的時候。試膽大會是每年暑假都會有的活動，參加者要到入夜後的墓園探險。雖然他已經記不起比較詳細的部分，像是到底害怕什麼、被什麼嚇到，不過路途中那種惶惶不安的感覺，還有下過雨的地面那噁心的觸感，都像墨水漬暈開一樣在心裡甦醒過來。為什麼在這個緊張感快要破表的時候還會想起這種事情呢？槙畑自己也覺得很不可思議，但是將兩種情況放在一起比較之後，槙畑感到一陣錯愕。對於黑暗的恐懼、對於未知事物的不安，以及腳下那股潮濕地板帶來的不快。沒什麼大不了的。小時候也好、長大後的現在也一樣，他都只是因為最原始的恐懼而發抖。

虧他還大言不慚，說什麼因為工作的關係所以沒辦法說自己害怕。一開始就不像個女性，反而像個衝鋒陷陣的隊長一樣站在前面的美里還更有膽識得多了。槙畑訓斥完自己後，提起精神，加大了步伐跨出下一步。

他伸出的腳尖碰到了某種東西，洞穴內響起堅硬物碰撞的聲音。

那不是踢到石頭的聲音。他趕緊拿手電筒照過去，出現在光圈中的是一支手機。

他對這支手機有印象，毫無疑問是宮條的。

他急忙拿出手帕撿起手機，此時有個黏在手機上、像葉子一樣的東西剝落了。槙畑用手電筒照過去，發現落在地面上的是一片黑色的羽毛，這讓手帕包著的手機馬上散發出不吉利的氣息。打開手機，液晶螢幕的部分已經完全粉碎，整面都是白白的裂痕，電池也已經沒電了。他再次拿手電筒照向地面，發現他們周圍掉滿了烏鴉的羽毛，甚至連站的地方都沒有。

宮條死了。原本只是極具可能性但沒有真實感的想法，現在一點一點浸染了槙畑的身體。他猜想，搞不好這附近就能找到宮條的部分肉體，或是其他遺留的物品，但找了一下之後什麼也沒發現。

「是那個叫宮條的人的東西？」

槙畑點了點頭。美里從他身後盯著手機的液晶螢幕看。

「是在通話中遭到襲擊的呢。」

「看起來是這樣沒錯。」

宮條在縣警本部和槙畑他們分別後，就發現了什麼迫近事件核心的事情。十之八九，就跟槙畑一樣。於是他想到了現場線索中唯一一個還沒接觸過的洞穴，並且鑽了進來，發現了某些東西。他急急忙忙地想通知槙畑，就在打開電話的那一刻——

「會不會是因為習性？」

「習性？」

「烏鴉會對發光的物體產生興趣，像是掉在地上的鏡子碎片。如果他們發現的話，就會從天上俯衝下來快速叼走。如果他在這麼暗的地方打開液晶螢幕的話……」

美里說到這裡突然閉上嘴巴。

美里在想什麼並不難猜到。如果身上帶著會發光的物體，結果遭到烏鴉襲擊的話，那麼桐生隆可能也碰到了同樣的事情。雖然他沒有帶手機，不過卻戴著眼鏡。有可能是鏡片反射了路燈，結果吸引到烏鴉的注意。

或許現在不和沉默的美里說話才是體貼的表現，但其實槙畑現在根本也想不出什麼貼心的話。他能想到的就只有簡單的道理：電話既然掉在這裡，那麼持有者也應該在這附近。在這個洞穴的深處，有自己在找尋的對象。現在就只有這件事情推動著他。即使他對黑暗感到畏懼、對發狂的鳥獸氣息感到厭惡、對警察同仁的死亡感到絕望，但長年培養出來的刑警精神還是沒有潰散。只不過，槙畑一點也不為此感到驕傲。別說是驕傲了，他甚至還對自己明知危險還深入虎穴這種暴虎馮河的表現產生反感。因為在背後推動他行動的，並不是自己告訴美里的那番崇高的專業精神，而是心中想盡早解決事情的焦躁感，以及宮條與美里的執著，正從另一個方向拉著他。這些才是促使他採取現階段行動的原理。

不過這份自嘲的自我分析之中，漏了一些他無法解釋的要素。而槙畑早就明白，這個原因來自於跟在他身後的那個人。在美里的眼神透露出決不退縮的意志時，他就決定要進入洞穴了。這既非一名警察的使命感，應該也不是對美里報仇雪恨的同理心。

這時，沉睡在抽屜深處的一個疑問突然醒了過來。

「話說回來。」

「嗯？」

「雖然多虧了你，讓我掌握了事件的概況。但還有一個地方說不通。」

「哪裡？」

「就是桐生隆為什麼要前往研究所。」

沒有回應。

「親手改良的 HEAT 引發了東京都內的三起案件，換句話說，等於是他自己喚起了這些案件。一般人應該會因為罪惡感而窩在房間裡打顫，可是他卻前往研究所。他的目的是什麼？」

回頭一看，美里露出反感的眼神。

「我老實講，我完全想不出任何一個我能接受的答案。但你應該有你自己——應該說正因為是最親近桐生隆的你，才會有的一套假設。我很想知道你的想法。」

「反正你也不會相信。」

「沒那回事。我不就是因為相信你說的話，現在才會在這裡的嗎？」

「那是因為有烏鴉屍體這個物證的關係。你相信的是證據，而不是我說的話。可是我完全沒辦法解釋他為什麼會那麼做，頂多就只有我個人樂觀的猜測而已。所以現在告訴你也沒什麼用。」

不會沒用的。槙畑原本想要反駁，但最後卻沒有說出口。

槙畑自嘲似地搖搖頭。根本不理解他人，疑神疑鬼地與人來往。不信任、不寬容。或許人與人之間發生的悲劇，意外地都源自這種單純的小地方。槙畑明知如此，卻總是犯下相同的錯誤。賴子的時候就是那樣，而現在也是如此。

這時，他意識到一件事情。不信任與不寬容，還有疑神疑鬼。這些不就是桐生隆年少時的境況嗎？

「那你回答我一個問題，在你看來，桐生隆到底是個怎樣的人？」

「事到如今，幹嘛還問我這個？」

「問個問題不犯法吧？我就直說了，我被桐生隆身為史登堡公司的人，甚至是HEAT開發者的這些事實給困住了。所以我一直對他本身到底是個怎麼樣的人，換句話說，對於他到底具有什麼樣的靈魂這件事一直都不是很重視。儘管這才是最重要的事就是了。只要知道這些訊息，或許我就能靠自己推論出他前往研究所的理由。」

「你都說到這個份上，就代表你已經確信他內心的想法、以及前往研究所的動機了吧？」

「算是吧。」

「你就說出來聽聽？」

「說了會讓你感到不快。」

「反正你至今也沒一次讓我感到愉快的。我不管聽到什麼都沒關係的，因為現在這一刻，我的心情就已經糟到極點了。」

「桐生隆從小就一直處於被害者的立場。因為天災失去家人、又受到周圍人士無情的對待。來自同儕的霸凌、唯一有血緣關係的姑姑還一直想毒害他，最後就連作為他心靈依靠的愛犬也遇害了。對一個八歲的孩子來說，那樣的日子肯定跟地獄沒兩樣。可是，被害者只需要一個瞬間就會轉變成加害者，那就是在動了復仇念頭的時候。以桐生隆的例子來說，就是把姑姑用在自己身上的農藥拿去替愛犬報仇時，他的立場就調換了。而我認為人一旦當過一次加害者，就不會再站回被害者的一方了。」

美里沒有任何反應，不過槙畑感覺得到她還跟在後頭。

「替愛犬報仇後，他的復仇行動就結束了嗎？不，他的敵人不是只有一個。嫉妒他人的幸福而詛咒自己的整個社會才是桐生隆的敵人。延伸的結果，就是他開始研究藥學，之後進入史登堡公司，並在公司的命令下開發毒品。而他研發出的毒品完成度簡直無與倫比，不僅吸食者會變成廢人，就連和吸食者接觸的人也全都進了醫院甚至太平間，根本就是一種兵器。」

「一輩子……都是廢人嗎？」

「沒錯，服用改良型HEAT的孩子現在還關在警察醫院裡受苦。聽說無論是勒戒還是化療都沒效，從早到晚都會感到痛苦、意識模糊。不僅捲入大量的無辜市民，還讓犯人變成了廢人。簡直是對社會的一場完美復仇記。新聞反覆播報著犯案的畫面，每次只要看到這個畫面，就會嚐到令人微微暈眩的快感。然而已經發生的事件，會逐漸風化消逝，即使是那三起驚動整個社會的事件也一樣。於是桐生隆開始思考。已經沒辦法再體會到那種快感了嗎？好吧，既然如此，乾脆再打開一次地獄的大門吧。可是他也意識到，現在已經沒有那美妙的化學結晶了。那麼該怎麼辦？很簡單，再做就好了。雖然研究所已經關閉了，但當初事發突然，大家也沒做什麼準備就撤離，所以裡面一定還留著設備和藥物原料。抱著這個想法，桐生隆在那一天來到了沼澤地。然後……」

原本是打算刺激對方而陳述的假設，槙畑卻沒把話說完。不是因為美里制止了他，而是侵入鼻孔的惡臭突然變得奇臭無比，彷彿賞了他一個大巴掌。由於這陣臭味的刺激性實在太強，讓鼻腔內側的黏膜都痛了起來。他感到一陣反胃，忍不住摀住鼻子。回頭一看，美里也像他一樣摀住了鼻子，皺起眉頭。就算不說話，從表情也看得出來對方跟自己所想的是同一件事。

終於抵達巢穴的中心地帶了。

槙畑戒慎恐懼地將手電筒往前照。

先出現在光圈中的，是一堵漆黑的牆壁，宣告洞穴已經到了盡頭。牆壁呈現不規則的凹凸狀，在一片黑暗中又刻劃出了更深的陰影。

移開光源後，終於發現了黑色以外的顏色。棕色、黑棕色、暗褐色、灰色……各式各樣的沙包胡亂堆疊到及腰的高度。

不對——那不是沙包。

槙畑正覺得疑惑，一直走到咫尺之間的距離才發現這些東西到底是什麼，他當下差點吐了出來。

那些東西是為數驚人的動物屍體。

狗。

貓。

老鼠。

鳥類。

以及一些辨識不出原本是什麼生物的小動物殘骸。

大大小小的屍體都沾著泥巴、血、黑色的羽毛，層層堆疊在一起。有些屍體從冒出屍堆的頭部還可以看出是狗或是貓，但大多都已經失去頭部和四肢，成為單純的肉塊。

剛才美里說過烏鴉的習性是會儲藏糧食。樹果、昆蟲、廚餘，牠們沒辦法一次吃完的東西就會帶回去儲藏起來。那麼，藥物造成的身體變異，又對這個習性帶來了什麼樣的影響呢？這個問題的答案，就是眼前如此駭人的屍體山了。

肉塊中還有一些明顯是成犬的屍體部分，槙畑確定自己的突發奇想絕對不是不著邊際，但卻一點也感覺不到驕傲。這附近消失的九隻家貓肯定也埋在這裡頭。那些貓狗走在路上，突然間就遭到了烏鴉的襲擊。牠們根本無法對來自天上的突襲做出像樣的抵抗，就這樣遇害了，接著烏鴉再將獵物帶回巢穴。但就算是受到藥物感染而產生變異的烏鴉，體型還是只有那麼大，光靠自己根本沒辦法叼著一頭成犬飛。所以一定是參與襲擊行動的同伴當場分屍，或是在沒辦法分屍的情況下就集體將獵物搬運回巢。

接著槙畑在屍堆中發現了髒兮兮的白布，胸口頓時遭受到一陣重擊。

那是遭到綁架、下落不明的小嬰兒。

宮條說過，在綁架犯的眼中，貓和小嬰兒的性命價值是相同的。

你的論點沒有錯。槙畑確定那片白布就是嬰兒服後，在心裡這麼對宮條說著。

他捏起袖子拉過來一看……小嬰兒的頭部已經不見了。

「呀！」背後突然發出驚恐的叫聲。槙畑回頭一看，美里摀住口鼻呆立在原地。忍耐到達極限的自制心，如今在看到小嬰兒的屍體後恐怕已經繃斷了。這也沒辦法，槙畑自己也有股想要立刻逃出去的衝動。

突然，槙畑發覺自己腳下的觸感不一樣了。在他轉過身去的時候，好像踩到了什麼土壤之外的柔軟物體。拿起手電筒照向腳邊，結果竟嚇得他喊出聲來，還跌坐在地，就連呼吸都停了一下。

他看到了帶著肉塊的白骨，上面還黏著已經完全看不出原貌的衣服碎片。黃色的脂肪與紅黑色的纖維交雜成一團，為整個景象帶來醜陋的對比色彩。布料、泥巴、肉、骨頭，在那些東西之間還埋著黑色的羽毛。

這幅驚悚無比的拼貼畫，規模大到連光圈照到的部分都無法涵蓋。

那一剎那，既視感湧上心頭。這景象根本就是桐生隆命案現場的翻版。

不對……。

還來不及思考，槙畑就瞥見視野範圍的角落有某樣東西，打散了他的既視感。那是槙畑最不想看到的東西。

一副鏡片破裂、只剩下鏡架的無框眼鏡。他絕不可能認錯，就像那支手機一樣，這也是宮條遺留的物品。

他抱著垂死掙扎的心情再次拿起手電筒巡視周圍，發抖的手指不聽使喚，好像不是自己的手一樣。槙畑按捺自心底竄升的衝動，定神一看，衣服碎片的顏色，就和最後一次看見宮條時他身上所穿的外套顏色一樣。

絕望與失落、恐懼與憤怒如急流般一口氣向槙畑襲來，他甚至差點就要放聲大喊。

就在這時，背後又出現了某種聲音，聽起來像是冰的碎片被踏破般的乾脆聲響。回頭一看，美里維持跟剛才一樣的姿勢，一動也不動地站著。接著就發現美里的腳邊有一些粉碎的小型頭蓋骨。

可能是貓的頭蓋骨。等一下，從脆度來看，或許是更小型的脊椎動物。可是現在這個時機太糟糕了，在美里看到無頭嬰兒的屍體後，現在肯定認為自己踩碎的就是小嬰兒的頭蓋骨。

已經到極限了。他還來不及阻止，美里就因恐懼而嚇得表情扭曲，放聲尖叫。

尖叫聲在洞內迴盪，即使她已經停止了叫喊，尾段的嗡嗡聲還是持續了好一陣子。

回音消失後，洞穴內又恢復了寂靜。然而這已經不再是剛才的那種寂靜，而是潛藏著暴戾之氣的危險沉默。

啪沙。

這個聲響嚇得美里整個人抖了一下。

啪沙啪沙啪沙。

全身都起了雞皮疙瘩。

翅膀拍動的聲音雖然不規則，但確實越來越多了。楨畑朝著聲音的方向把手電筒照了過去，是先前才看過的那堵洞穴終點岩壁。不過現在眼前的畫面令楨畑十分驚愕。

牆上所有隆起的部分都開始蠢蠢欲動。

不，不對。

那不是牆上隆起的部分，是縮起身子擠在一起抵禦外頭冷空氣的烏鴉群。

手電筒照到的部分目測約有三十隻，他趁著數到一個段落時將手電筒的光往旁邊照，發現這些隆起物連綿不絕，根本看不到盡頭。

這裡也是、那裡也是……。

啪沙啪沙啪沙啪沙啪沙啪沙啪沙啪沙啪沙啪沙啪沙啪沙啪沙啪沙啪沙啪沙啪沙。

振翅聲如燎原野火般延燒開來，轉眼間就包圍了他們兩個。

心臟都快跳出來了。

楨畑的本能對他發出警告。

快逃！

槙畑用力蹬了一下地面。

就在他捉住美里的手臂時——

背後發出一種類似土石崩落的巨響。不用回頭看也知道，那群烏鴉打開翅膀、一起飛起來了。他幾乎像是抱起美里一般，往出口狂奔，腦中已經完全沒有維護現場與採集遺留物的念頭了。

上坡處地面的濕滑感依然，但速度絕對不可以慢下來。停在這麼狹窄的地方就等於面臨死亡。

震耳欲聾的聲響不一會兒就迫近身後，感覺就要將他們吞噬。這讓槙畑陷入一種自己是在逃離雪崩的錯覺。

美里終於回過神來，靠自己的力量跑了起來。槙畑瞥了一眼，看見她的側臉浮現出小動物被逼到絕境時的恐懼神情。槙畑把手電筒遞給她，並推著她的背試圖加速，但腳還有點不聽使喚。

就在這時，他感覺左肩受到了衝擊。

雖然不銳利，但卻是直達骨頭的衝擊。他肯定是被烏喙給啄到了，但他卻莫名地感覺不到痛楚，心中另一個冷靜的自己立刻做出了判斷——應該是腎上腺素分泌的緣故。他趕緊將外套脫下來甩動，嘗試要驅趕烏鴉，但烏鴉強韌的喙完全不顧抵抗，三番兩次地發動攻擊。

必須跑到更開闊的地方、更寬敞的地方。

剎那間，槙畑腦中冒出洞穴裡宮條那被啄到亂七八糟的遺體。

恐懼加快了他的腳步。槙畑跑到美里旁邊後再次摟住她的身體往前直衝。坑道的寬度雖然小，若是兩個人並排的話，兩側就沒有空隙了，但反倒剛好可以利用這點來抵擋來自側邊的攻擊。

但即使將敵人的攻擊位置侷限在身後，牠們還是非常死纏爛打。槙畑右手揮舞，左手護著美里，背後一直遭受到烏鴉毫不留情的啄擊。即使痛覺已經麻痺，他還是能透過衝擊和慢慢擴張的熱辣感，感受到自己已經受了不少傷，而且恐怕也流了血。

狀況已經刻不容緩了。

快跑。

槙畑壓低美里的頭，自己也將身子前傾後奮力一躍。他一步又一步使盡全力蹬地，然而成群的烏鴉還是窮追不捨，距離也越來越近。逃跑者與追逐者，野生的歷練所帶來的差距一目瞭然。

就在這時，他流著汗的臉頰感覺到了風。

是冷冽且乾燥的空氣……。

視野突然一片開闊。

終於逃出洞穴了。他們兩人瞬間被砭骨的寒風與旋風包圍，但冷風和解放感摻雜在一起，槙畑所感受到的歡喜還是多過於寒冷。抬頭一看，雪花碎片從遙遠的天上落下。這一瞬間，槙畑的身體放鬆了下來。

然而片刻的安心，立刻就被身後的聲響給抹滅。烏鴉振翅的聲音越來越大，而且顯然是正朝著他們的方向靠近。雖然可逃跑的範圍擴大了，但說到底就只是籠子大小上的差異而已。楨畑的耳朵再次接收到野生攻擊本能之外的情感。

憎惡。

每一隻烏鴉都帶著相同的意念，這群烏鴉就是這個意念的集合體。牠們不只是為了捕食，還帶著憎恨朝著自己跟美里襲來。如同吸食HEAT的那些少年將身邊的人都視為敵人而刀刃相向。

事情還沒結束。

必須趕快移動到能躲避下一次襲擊的地方。

身旁的美里看起來也因為放心而屈膝準備坐下。但楨畑強行將她拉起來，然後又奮力地往前推。

「快跑！去研究所！」

「可是鎖住了。」

「鎖是開的！」

聽到這句話，美里再度跑了起來。可是一瞬間的歇息就足以讓那群烏鴉有機可乘。美里披著的羽絨衣上方聚集了幾隻烏鴉，白色的羽絨衣轉眼間就被一群黑壓壓的東西給遮住了。楨畑狂亂地揮舞著自己的外套，將烏鴉打落。

研究所跟這裡的直線距離應該也不長才對。雖然地面因為積雪而有些行走困難，但跑起來的話應該轉眼就能跑到了，只要他們不要在途中耗盡體力的話。

「跑啊！不要回頭！」

槙畑也跑了起來，不過他馬上察覺到除了雪地之外的不利因素，那就是正面迎來的風雪會吹進眼睛裡，遮蔽視線。但烏鴉群根本不管這些，還是持續啄著他的肩膀和手臂，只有不斷揮動的右手成功躲掉攻擊。只不過他也不知道右手到底有沒有受傷。腳下越來越難行走，每次腳尖落下時都深深陷入雪中，難以提起下一步。他覺得洞穴內濕滑的地板都還比較好走。

還沒嗎？

還沒到嗎？

啄擊一波又一波襲來，槙畑就像銬著腳鐐的囚犯一樣持續逃跑，現在不僅感受到疼痛，連意識也開始模糊了。他使盡全力避免自己昏厥過去，還緊咬著下唇來給自己施加疼痛。但由於他原先就開始對疼痛麻痺了，所以這個方法沒什麼效，只能嚐到口中的鐵銹味越來越濃。

風的呼嘯聲與烏鴉的啼叫聲都漸漸模糊，束縛著肉體的寒冷也漸漸不再令人痛苦。

只要不再逃跑，現在就能夠解脫了。

反正也感覺不到痛，就算會痛，也一瞬間就結束了。

這些甜美的低語不停在他腦中響起。

不行！別停下來！

他將視線回到前方，甩開這些誘惑的聲音。他的眼前，有一個必須由他來保護的背影。

當開始頹喪的靈魂再度燃起火焰時，研究所的大門終於映入眼簾。在一片雪景之前，黑色的鐵柵門變得更加顯眼。

揮舞的手臂，動作已經不再俐落，因為有一隻烏鴉抓傷了他的手掌。為了打落區區一隻烏鴉，他費了十二萬分的心力。這段期間，烏鴉鎖定了槙畑，開始用喙和爪子發動密集攻勢。槙畑因為聚集在上半身的烏鴉重量而開始失去身體平衡。

接著，他突然想起一件事情。

居然忘了自己身上有這個東西。

他感受到胸前吊著的槍袋重量。

先前都只想著逃跑，根本沒想過要反擊。槙畑自己也擁有戰鬥用的利爪。

他轉過頭去背對著美里，並藉著轉身的作用力甩開纏在他身上的烏鴉群。

槙畑拔槍，打開保險，並幾乎同時拉動滑套上膛、將手指放在扳機上。根本不需要瞄準，因為眼前就是一團黑色的物體。槙畑毫不猶豫地扣下扳機。

類似空氣槍的清脆聲響穿過雪花，漸漸被天空所吸收。

考量到牠們的密集程度，這一槍應該射穿了兩到三隻，而其他烏鴉應該也會因為害怕槍聲而鳥獸散。

然而事與願違。

槍響後，確實有幾隻烏鴉掉落在雪地上，但剩下的軍隊卻毫無退意，宛如什麼事也沒發生般地繼續對槙畑張牙舞爪，完全不在乎他手上的槍。

槙畑震驚不已。

唯一的武器幾乎一點用也沒有，手槍的威脅性在烏鴉群眼中不過就和阡陌之間的稻草人差不多。具有殺傷力的鐵塊，現在淪為一把玩具了。

自信與氣勢轉眼間煙消雲散，腦中一片空白。

嘎！

那是啼聲嗎？還是打擊聲？思考停止使槙畑露出些微破綻，烏鴉的鳥喙已經啄到他的額頭了。沒有皮下脂肪的部位受到直接攻擊，槙畑不堪其痛向後跌倒。盤旋的烏鴉群像是渴望糖蜜的螞蟻般一擁而上，眼前襲來的整團黑色物體使他眼前一黑，槙畑下意識閉上了眼睛。

但就在這個時候，有什麼東西用力拉了他一把。

「打開了！」

美里既焦躁又氣憤地喊著。槙畑仰頭，看見了微微打開的鐵柵門。

我可不能在這裡被牠們斷了後路。槙畑連滾帶爬地追上美里，他那從脖子到腰都有烏鴉纏身的模樣，看起來就像穿著黑色盔甲的敗逃士兵。

美里突然轉過頭來看槙畑，她的眼神瞬間充滿慍色，接著便抓著蓋在頭上的羽絨衣，開始邊揮舞邊衝過來。她嘴上好像在喊著什麼，使盡全力搧打糾纏著槙畑不放的烏鴉。

在槙畑出聲阻止美里之前，他想到美里根本就打不開研究大樓入口的門。她並不熟悉開鎖槍的操作，如果耗費太多時間在不習慣的事情上，他們極有可能淪為烏鴉的大餐。無論如何，他們現在只剩下粗暴的手段了。

槙畑把握了敵人注意力分散的機會，彈起身體往研究大樓衝去。抵達大樓正門前，發現正門上半下半都是玻璃材質，內部並沒有張著鐵絲網。他瞄準門把正上方的門窗角落，以槍托奮力一敲。

一下、然後再一下。

可是玻璃超乎想像的堅固，輕輕鬆鬆就把手槍給彈開了。

烏鴉和美里的叫聲離身後越來越近。他往後退一步，準心對好門把附近，扣下了扳機。沉悶的聲音響起，玻璃上出現了蜘蛛網般的裂痕。槙畑已經不打算倚賴槍托了。他將外套纏在手肘上，朝著龜裂的中心肘擊。

一下。龜裂範圍擴大了。

他加大動作再揮一下，龜裂終於演變成許多玻璃碎片，敲出了一隻手臂可以穿過去的破口。

他看了一眼翹起來的銳利玻璃片，但現在已經沒有時間猶豫了。他不顧碎片割傷他的皮膚，將左手臂伸進破口，並以手指去觸摸內側的門把。有些電子鎖的內側是沒有旋鈕的，如果這扇門屬於這種類型的話就萬事休矣了。槙畑抱著祈禱的心態摸索旋鈕。

（拜託，今天一整天都沒碰到什麼好事。）

幸運的女神對槙畑露出了微笑，他的指間摸到了突起物。捏住一轉，沉重的聲音響起，鎖芯打開了。槙畑望向美里，看見她背對著自己正遭受著烏鴉的攻擊。槙畑再次不顧玻璃會刮傷皮膚，將手臂自破口抽出來，捉住美里的肩膀。她看到槙畑的手臂後驚嚇且恐懼地瞪大了雙眼，但槙畑還是不由分說地將她推進一個人寬的門縫中。

其中一個獵物逃離視線範圍後，烏鴉群全部轉向槙畑襲來。他幾乎反射性地朝著正面開了一槍，但結果跟剛才一樣，效果簡直跟拿一顆石頭丟一個中隊差不多，無數的喙和爪子已經近在眼前。

就在他倏忽閉上眼的瞬間，槙畑整個人就被拉進研究大樓了。旋即帶上的門扉外，一隻又一隻的烏鴉衝撞著玻璃，其中有幾隻甚至將頭伸進槙畑剛剛敲開的破口，試圖鑽進大樓。美里拿起已經破爛不堪的羽絨衣塞住洞口後，烏鴉的啼聲終於開始遠離門扉。

槙畑不禁打從心底大嘆一口氣，看樣子現在終於可以真正放鬆一下了。一想到這裡，他的雙腳就失去了力氣，背倚著玻璃門慢慢滑落身子，坐倒在地。當初如此令人感到陰森且厭惡的建築物，現在竟成了安心的落腳處，實在是太諷刺了。但他依舊有股逃進要塞般的安心感。

回過神來，美里也蹲踞在旁邊。

「還好吧？」

才剛遭受到那麼猛烈的襲擊就問這種問題，楨畑覺得自己未免也太神經大條了。而美里則不出所料地對他投來銳利的目光。

「怎麼可能還好啊。」

「也對。」

「我不是說我，是說你啊！」

美里說完便將楨畑的手臂抬起來，楨畑一看暗自吃了一驚。

手上有無數的傷口，自傷口流出的血黏滿了黑色羽毛，遮蔽住皮膚。楨畑恍惚地盯著自己的手看，結果背後突然傳來一股震動。並不是直接打在他身上，而是透過玻璃傳過來的震動。烏鴉群肯定又重新發動攻勢了。仔細一看，牠們接連攻擊外套塞住的洞口周邊，每一擊都讓裂痕更加擴大。玻璃只要有一處碎掉，那麼整體就會變得十分脆弱。如果牠們持續攻擊，破門而入也只是早晚的問題。

（看樣子牠們還不打算讓我們休息。）

「手電筒借我。」

他照亮四處，發現玄關的大小僅有差不多兩坪。角落的置物櫃應該就是松原玲子提過的私人物品置物櫃。位於他們正面的，則是通往大樓內部的第二道門，門上連貓眼也沒有，簡直就像一道防火門一樣，打從一開始就杜絕一切外頭事物入侵。槙畑抱著希望轉動門把，但果然還是鎖住了。

他甩了兩三次原本纏在手上的外套，開鎖槍從外套的裂口中掉了出來。開鎖槍有兩個縱排的槍口，這一點和他以前沒收過的開鎖裝置不同，但他猜用法應該大同小異。

槙畑借助美里的力量，將置物櫃移到玻璃門前，接著馬上聽到置物櫃背面遭受到敵人攻擊所產生的巨大聲響。具有一定重量的置物櫃每次受到撞擊就會前後搖晃。玻璃的龜裂範圍越來越大，如果牠們攻擊的範圍擴及置物櫃上方的話，那這個障礙物恐怕連擋都擋不住。

槙畑扳下開鎖槍旁邊的某個開關，上面的槍口彈出了一支細細的鑿子。他將鑿子慢慢插入鑰匙孔，貼合槍口中心可轉動的部分。接下來只要扣下扳機，鑿子就會抖動一下，卸下鎖內部的鎖簧。但這可不是件輕鬆的差事。不同種類的鎖，鎖簧的位置和數量也不一樣，而且最大的問題在於槙畑其實並不習慣做這件事情。雖然他心中感念宮條將開鎖槍留給了他，但同時也湧起了一股想抱怨的心情。

（他第一次把這個東西拿出來的時候，看起來手法十分純熟……難道他違法搜查的經驗已經多到這種手法都操作自如了嗎？）

開鎖過程之所以不順利，除了操作上不習慣之外，也因為他的手指無法如腦中所想的那樣去動作。不僅因為沾了血而變得黏滑，自己也使不太上力。他雖然想求助美里，不過美里也正在用自己的背頂著快要倒下來的置物櫃，根本騰不出手來幫忙。置物櫃背後的敲打聲越來越多、也越來越大，感覺馬上就要被戳破了。

喀嚓。

扣了第六次扳機後終於把鎖簧彈開了。他利用自己的體重把門推開、把美里拉進門內後便跌坐在地。在門關上之前，楨畑還看見了置物櫃正劇烈地搖晃著。

喀嚓哩。

昏暗之中響起厚重且潮濕的聲音。不知道是因為牆壁太厚，還是建築物有做隔音措施，門關上後就徹底阻絕了外頭的聲音，只剩下自己和美里紊亂的呼吸聲。楨畑一瞬間陷入一種錯覺，彷彿自己被拋擲到了另外一個世界。一般來說，外面的聲響都會穿過門或窗戶等開口部分傳遞進來。雖然研究大樓也有一些小窗戶，但也許因為有迴廊將整棟建築物圍起來，形成雙重牆壁構造的緣故，才能保持如此寂靜的狀態。

抬頭一看，天花板挑高至二樓，和一樓一起構成一個寬敞的大廳。天花板下方的採光窗緊密排成一圈，白雪反射的光線從那些窗戶透進來，微微照亮了建築物內部的模樣。二樓有幾株很高的樹木，擺放在可以直接照射到陽光的位置。後頭的房間應該就是栽培室了。根據先前掌握的資訊，一樓有電子顯微鏡室、培養室、調合室、藥劑倉庫、還有四間小型會議室，不過每個房間都是以薄薄的天花板和隔板隔開，構造十分簡易。隔板是透明的壓克力材質，外觀簡直就像一座展示廳。槙畑判斷這是因為這裡沒有什麼需要隱藏的秘密。

這裡就連風聲都聽不見。正當槙畑才這麼想，他的身體便感受到了聲音。雖然說是聲音，但並不是耳朵能夠清晰聽見的那種聲響，而是螢光燈的高頻率波動、或是聽覺範圍內的低頻率波動那種皮膚可以聽得見的聲音。這到底是……。

突然間，一陣衝擊傳來。那是一陣足以破壞全身上下細胞的的衝擊。槙畑整個人嚇到大大挺起了身子。

那不是聲音，而是自身體內側湧現的衝擊波。前一段時間因腎上腺素分泌而麻痺的感覺瞬間恢復。體溫迅速從流汗的皮膚流失，受傷的地方簡直像被燒紅的火鉗燙到一樣熱辣辣的。深深淺淺的撕裂傷總共有十幾處，每一處都開始活動了起來，彷彿裡面住著一堆蟲一樣。他感覺有無數根楔子配合著心臟的跳動，一根根打進他的傷口。由於實在痛不欲生，槙畑一時之間停止了呼吸，連聲音都叫不出來。

他緊抱著自己的雙肩，好克制身體不要擅自彈起來，但以脊髓為震源的震動卻震個不停。僵硬的肩膀摸起來簡直不像是自己的身體。在朦朧的視野之中，槙畑看見美里一臉蒼白。

「醫護室在哪？」

「什麼……東西……」

「你不是跟前員工打聽過了嗎！一樓應該會有醫護室才對！」

「樓梯對面……走廊盡頭……的房間。」

槙畑的嘴唇動不太起來。這不是因為寒冷，而是剛才他一直緊咬的下唇部分血流個不停。

「你等我。」

美里慢慢消失在走廊的另一頭。不知道是不是因為槙畑的視野有些扭曲，他看美里跑起來搖搖晃晃的。

（她應該……也受傷了……有辦法好好走路嗎？）

累積的疲勞消耗著體力，奪走他對於寒冷與疼痛的抵抗力。抵抗力一低落，更加劇了體力的耗損。隨著意識逐漸模糊，死亡的感受也逐漸具體起來。不過是被烏鴉啄傷，竟然會因此喪命嗎？太誇張了。但現在就有兩個男人、還有一個嬰兒已經成為他們嘴下與爪下的亡魂了不是嗎？千萬不能把那東西當作一般的鳥類來看待，被HEAT污染的烏鴉和吸食HEAT的少年一樣，算得上是一種武器了。是一群會在天空自由飛翔、群聚、生蛋繁殖的兵器……。槙畑頓時不寒而慄。

沒過多久美里就回來了，腋下還夾著一些藥罐與繃帶。她拉起槙畑毫無抵抗能力的手臂，插入針頭。

「你打了什麼？」

「鎮痛劑。」

「會不會……太……誇張了。」

「誇張個頭啊！你有沒有看到地板上滿滿的血都流到這裡了？那全部都是從你體內流出來的！」

楨畑神智不清地將視線移向自己的身體。確實白色的襯衫已經因為出血而完全染紅，長褲的褲管也不停淌著血。

「不要打嗎、嗎啡……那會讓……讓我的判斷力、下降。」

「哪來這麼好的東西啊。」

美里笨拙地解開楨畑的襯衫，並脫下他的內衣。看到楨畑裸露的上半身，美里驚恐得表情都扭曲了。楨畑從她的表情就能猜到自己到底負傷多嚴重，所以也懶得起身親眼確認。

不久後，雙氧水的刺激氣味衝進他的鼻腔，患部感到一陣清涼。然而這陣清涼瞬間轉變為侵蝕傷口內部的疼痛，他差點就要叫出來，但卻完全喊不出聲。

「你不要動喔。」

不必特意囑咐，自己現在根本動彈不得。美里開始用繃帶包紮他的身體。

「我先告訴你，我包得很爛。」

美里沒有說謊，她包紮得確實不夠完整，動作也很不流暢。可是現在這種狀況也不能說什麼。

「你不用……處理……你的傷嗎？」

「羽絨衣很厚，我只有一點擦傷而已。」

這番話就是在說謊了。起碼這種話不是個太陽穴旁有一道血流下來的人該說的話。

「謝謝。不用、管我了。」

「可是這只是緊急處理而已，必須馬上前往醫院才行。」

「總之先連絡本部吧。」

槙畑拿出手機，但液晶螢幕上顯示收不到訊號。

「沒訊號？怎麼可能。明明基地台就在隔壁町上而已。」

「等等，我用我的試試看。」

這次換美里拿出自己的手機。她皺起眉頭，起身在大廳四處繞來繞去確認反應，可是她始終皺著眉頭。

「……為什麼？」

「恐怕是牆壁。」槙畑用手指敲著背後的牆壁說。「看來他們的保全措施真的很嚴密，不僅在入口處沒收電話，牆壁裡面還安裝了隔離板來阻斷電波傳遞。還真是森嚴到家。」

「那就只能忍耐一下寒冷，暫時躲在這裡面了。牠們在天亮之前應該就會放棄攻擊，跑回巢穴了吧。」

真的會這樣嗎?槙畑自問。美里的想法十分妥當,但也得是在那群烏鴉是普通動物的情況下才行得通。當然那群傢伙身上還留著動物的本能,但如果作為武器的性能超越了動物本能的話……。

槙畑心不在焉地仰頭看著天花板,突然驚愕得小小叫出一聲。

「怎麼了?」

美里將臉湊過來,他以眼神示意她往上看,結果美里一看也尖叫了一聲。

本該因下雪的反光而呈現雪白的採光窗,現在竟是一團黑。

一群烏鴉緊緊靠著彼此,排成一列。

現在有幾百雙眼睛正注視著他們兩個人。全都是看不出情感、冷酷、黑暗的眼睛。

看著看著,窗外突然傳來「咚」的聲音,同時部分窗戶也震動了一下。接著又發生了一次同樣的狀況。仔細一看,群體中有幾隻烏鴉開始反覆撞擊採光窗。

這裡撐不了太久。

槙畑帶著絕望的心情做出判斷。他背靠著牆壁慢慢起身,站起來時突然感覺到一陣暈眩。

「我們要離開這裡。」

「去哪?」

「地下室。」

腦海中浮現研究大樓的平面圖與松原玲子的說明。北邊應該會有一座樓梯，以一道防火門和一樓阻隔開來，從大廳中央走過去並不會太遠。他拉著美里的手臂走到樓梯入口，打開門後，等著他們的是連一道光也沒有的漆黑。

他握住門把，再次以身體的重量將防火門關上。

完全的黑暗降臨。

同時槙畑也失去了意識。

2

眼前紅土色的濁流像一條龍一樣翻騰。槙畑正在濁流的中心地帶。天空落下的銀色雨滴扎著他，脖子的上方與下方因為不同的東西而感到寒冷。

水流從四面八方襲擊著槙畑，試圖吞噬獵物，將獵物化為河床中的藻類殘渣。雖然不至於溺水，但他在這種處境下也無計可施，只能任由體溫急速下降。

我又要趕不上了嗎？

不對。

雖然因為洶湧的河水遮蔽了視野，但數公尺外的下游處確實有個人的頭浮在水面上。

並不是遙不可及的距離，現在游過去的話或許就能追上。如果是自己的話更有可能追得上。

還來得及，但必須得快一點。

死在河中的情況並不是只有被激流吞沒而溺死，很多人可能是在被沖走的時候撞到流木或岩石而喪命。環顧四周，濁流兩岸有一排如牙齒般尖銳的岩石，等待著水流帶來的獵物。小孩子的身體根本無法承受那樣的撞擊。

槙畑開始往孩童的方向游去。狂暴翻騰的激流一直作弄著他，即使他拚命劃開水流，水流還是試圖強行將他沖走。然而自懂事以來就深諳戲水之道的槙畑沒有強硬地抵抗水流，緩慢但確實地縮短自己跟孩童間的距離。

心無旁騖的槙畑喊出了那句話。

當他喝了幾次水、冰冷的身體也開始僵硬時，終於看到孩童出現在他伸手可及的範圍中了。一頭長髮呈現放射狀漂浮在水面上，是個女孩。槙畑馬上握住女孩沉在水中的手臂，那如樹枝般瘦弱的手臂抽動了一下。

她還活著！

槙畑欣喜若狂，原本已經開始失去的力氣再度湧現。他將漂浮在水流中的小小身體拉近，緊緊抱住了女孩。接著槙畑便從那小小的軀體感受到生命的象徵，一股溫暖透過肌膚一口氣流入他的體內。

非常、溫暖。

凍僵的身體瞬間融化，接著周圍的水溫也跟著溫暖了起來。剛才河水還冷得令人刺痛，現在卻像胎內的羊水一樣舒服。

好溫暖。

真的、真的好溫暖……。

槙畑轉醒過來，發現自己身處在一片黑暗之中。被烏鴉襲擊、躲進研究所避難……記憶一口氣復甦了。對了，這裡是研究所的地下一樓。他應該躺在冰冷堅硬的油氈地板上才對。

可是，現在槙畑的臉頰貼著的，是某個柔軟且溫暖的物體。那個物體是由兩個隆起的部分所構成，比天鵝絨還細緻、比絲綢還柔順，而且還飄散著一股微微的甜美香氣。不僅具有舒服的彈性，接觸時還可以擦去心中的不安。

槙畑終於回過神來，這是人類──是女性的肌膚。

「你醒了嗎？不要亂動。不然毛衣會破掉的。」

頭上傳來美里悶悶的聲音，這時他才知道自己的臉正埋在美里赤裸的胸部上，而且外面還包著她的毛衣，簡直就像幼兒把臉埋進母親的雙乳之間。

他謹慎地從毛衣裡鑽出來後，感受到美里的雙掌摸著他的臉頰。

「太好了，體溫恢復了不少。」

由於毫無光源，所以他無法得知美里臉上是什麼樣的表情。不過槙畑倒是很感激這一點。

「……你一直都在替我取暖嗎？」

「你剛才全身都像冰塊一樣。我聽說這種時候，直接接觸皮膚是最好的取暖方式，所以……而且這邊也沒有其他的暖氣設備了。」

槙畑聽見了衣物摩擦的聲音，應該是美里把脫下的衣服拉近身體的聲音。這個聲音令他心臟跳得很快，難為情與愧歉的情感令他的臉發燙，遲遲退不下來。

他直盯著虛空看。或許因為這裡是完全沒有光線的一間暗室，雖然眼睛應該早就習慣黑暗了，但還是連個東西的輪廓都看不到。

「手電筒呢？」

過了一下子，他的眼前出現了光明。槙畑接過手電筒後照亮四周，看見階梯就在眼前。他在關上防火門後馬上就失去了意識，但現在人之所以會出現在這個位置，而且身上完全沒有任何撞傷，肯定是因為美里將他搬了過來。只要繼續往前走，在電梯前左轉的話應該就會抵達那幾間實驗室。

光線下吐出的氣是白色的。現在室溫到底幾度？就算沒有室外那麼冷，他們也沒辦法在現在的溫度下待太久。他照了照美里的臉，她的嘴唇正在顫抖。

美里將手放到槙畑握著手電筒的手上。她的手和胸部不一樣，非常的冰冷，但肌膚與肌膚接觸的部分漸漸產生了熱度。槙畑沒有過問也沒有拒絕，任由美里想怎麼做就怎麼做。

「我剛剛，想起了一件事情。」

「什麼事？」

「跟阿隆有關的事。他一開始的時候也是一直在發抖，就跟剛剛的你一樣。」

「搞什麼啊，原來要曬恩愛。」

「那應該是我們剛開始交往半年左右的時候。那個平常幾乎不流露情感的人，居然表現得很失落。聽他說是那天做實驗時，幾乎把所有他疼愛的動物都殺了。那場實驗並不是他自己想做的，但因為上頭有命令，所以也不得不做。因為那個時候我已經知道，比起人類他還更親近於動物，所以我沒有笑他，也沒有做什麼笨拙的安慰，只是靜靜地等待他恢復。但過了半天，他不但沒有好轉，甚至還越來越嚴重，所以我就主動提出了邀約。那時天氣還很熱，房間地板上又堆滿了看到一半的書。我可是好不容易才清出兩個人的空間呢。」

槙畑回想起桐生隆的房間，心想那也難怪。在那間房間的話，根本就像是在圖書館的書架之間做愛一樣。

「我脫光衣服後，他整個人緊張得跟什麼一樣。我就想他應該是第一次。彼此的肌膚接觸後，我就感受到他渾身都在發抖。這時我終於明白，他之所以顫抖並不是因為緊張，而是害怕。」

「害怕？」

「臉頰、胸部、腹部，不管我摸哪裡，他都會出現嚇一跳的反應。我問他為什麼，他的回答很單純。因為人的皮膚……沒什麼體毛，所以只要摸到光滑的皮膚，就會讓他回憶起小時候受到的暴力對待。換句話說，他心中的肢體接觸只等於被人毆打。我忍不住抱住他，緊緊地、但很溫柔地。然後他就哭了起來。哭著說怎麼會這麼溫暖、怎麼會這麼柔軟。接著，他一面流著淚、一面開始吸吮我的乳頭，簡直就像專心吸食母乳的小嬰兒一樣。」

「這是桐生隆性善說的根據嗎？」

美里點了頭。

她說只要有過肌膚之親，就能夠了解對方的心情與個性。槙畑雖然心想，如果她說的是真的，那乾脆把全國的警察都變成酒店小姐就好了……但他從美里認真的語氣中聽出了一些弦外之音，所以並沒有把話說出口。

槙畑原先根據史登堡公司員工與 HEAT 毒販這兩件事實，為桐生隆勾勒出冷酷無情化學家形象，但現在有所改變了。桐生隆這個人，如果打個比方來說，不就像個傍晚時獨自在無人的公園裡哭泣的孩子嗎？一名過去盡是遭受迫害，穿上微笑的盔甲來阻絕自己與他人接觸的男子，如果第一次體會到人體的溫暖，或許真的會有所轉變。槙畑自己也很意外，以前他大概會一笑置之的事情，現在居然在他心中佔了一席之地。

那麼，找回人性的桐生隆又是為了追求什麼而前往這座研究所呢？

「我不知道這是偶然還是必然，但我們現在在這個地方，而好巧不巧，前面又是他的實驗室。也許是老天的造化吧。你應該是認為能夠證明桐生隆性善說的東西就在那裡沒錯吧？反正難得都來到這裡了，接下來要不要探個險呢？」

桐生隆最後尋求的東西就在前面。美里相信那東西能證明他立意善良。而槙畑相信那東西能證明魔女的惡意。

美里默默點了頭。

槙畑拿手電筒一一確認每間房間上面掛的門牌。加熱處理室、動力控制室、消毒滅菌室、廢棄物處理室、微生物實驗室、輻射照射室、動物實驗室……而他們的目的地，桐生班實驗室在最裡面的位置。

不出所料，實驗室被上了鎖。槙畑在心中抱怨，又得和開鎖槍來場角力了。這時美里的頭突然靠在他的肩膀上。

在他開口問出怎麼了之前，美里說了聲「對不起」，接著抬起頭。

「你還好嗎？」

「總之，盡快把門……」

雖然槙畑有猜到美里的狀況有多不好，但現在她恐怕不會允許槙畑停下開鎖的動作。這幾天相處下來，槙畑對她這種言出必行的個性已經熟到不行了。

他記得在玄關開鎖時是怎麼做的，但寒冷也讓他無法隨心所欲地運用手指。再加上他另一手還拿著手電筒，只靠單手操作，穩定度又更差了。

「這給我。」美里似乎看不下去了，拿走手電筒。「慢慢來沒關係，後面已經沒有追兵了。」

這句話令槙畑輕鬆了不少。他將另外一隻手放上拿著開鎖槍的手，手指的顫抖總算是止住了。

一聲刺耳的「喀嚓」在安靜的黑暗中響起。打開門後，美里用手電筒指向室內。由於光源不夠亮，所以看不太清楚，不過房間意外寬敞，從這一端到另一端大概寬十公尺，和一間教室差不多大。中央有六張桌子，每一張桌上都擺著一台電腦。牆壁處擺了幾個不鏽鋼架以及和人差不多高的儲物櫃。放眼望去盡是辦公用品，頂多只有房間後面的顯微鏡和空空的試管勉強能讓人聯想到這裡是製藥公司的研究室。看了一眼就知道，除了備品之外幾乎什麼都沒留下。一般辦公室隨處可見的紙張，在這裡連一張都看不到。

大門只用上一個掛鎖的隨便措施，讓槙畑原本認為裡面應該會像遭竊後的狀況一樣亂七八糟，不過他卻猜錯了。從這個狀況來判斷，已經充分表現出他們拋棄機構與撤退的時候十分有秩序。

美里率先踏入研究室，朝著正前方的不鏽鋼架走去，開始激動地翻閱每一本檔案夾。一本又一本，翻完後就直接丟到地上。

「不行！什麼都沒留下。」她煩躁地將最後一本檔案夾甩到地上。「別說是HEAT了，連艾澤爾法林的事情都沒提及。只有一堆跟垃圾沒兩樣的一般醫療資料。」

「這是當然的。他們都撤出機構了，怎麼會將機密文件留在這種地方。」

「這種事情我也知道。但還是要確認一下啊。抽屜裡面肯定也什麼都沒留下了。我真正的目標是那個，電腦的硬碟。」

這麼說來，七尾究一郎說了不一樣的話呢……槙畑帶著一股十分懷念的心情回想起這件事情。明明不久前才在縣警本部和渡瀨他們講過話而已，此刻他卻覺得恍若隔世。

「可是這裡有六台電腦，你怎麼知道哪一台是他的？」

「我想我大概知道。」

美里說完後便彎腰靠近桌子，檢查電腦的表面。她簡直像是要舔東西一樣把臉湊近電腦，檢查到滿意後就換下一張桌子。她重複了幾次，最後在檢查離試管架最近的那張桌子時指出：「是這張。」

「怎麼看出來的？」

「你看這裡。」

美里招手要槙畑靠近，槙畑仔細看著美里指的地方，發現光圈之中有些類似塗鴉的模糊痕跡。

「這是數學式或化學構造式那一類的東西吧？雖然我不知道這是什麼意思，不過這就是你判斷的證據嗎？」

「這是他的習慣。他想到什麼都會當場寫下來，不管寫在什麼東西上。戴奧辛的構造式不是也毫無脈絡可循地寫在那本書上嗎？」

「不過大家多少都會塗鴉啊。」

「你看數字9。是不是很特別？形狀像氣球一樣。這是他的字，肯定不會錯。」

「好，那就當這張桌子和電腦是桐生隆的東西好了。但接下來怎麼辦？電腦沒開也不過只是一個盒子罷了。」

「你明明也知道吧，只要是醫療相關機構，無論規模大小都一定會有一個自己的發電設備。這幾乎是醫療機構的義務了。如果以臨床狀況來舉例，就是為了避免手術中碰上停電之類的情況。至於這種進行基礎研究的地方，則是為了使細菌和微生物的存放環境維持在一定溫度，避免發生生物性危害。」

槙畑思索著美里的話，確實說得通。

「我記得……靠近一樓的方向有一間動力控制室。」

「就是那裡。」

美里的聲音彷彿在催促槙畑前往動力控制室。不過槙畑正在思考其他問題。

重新通電，就代表電腦啟動的同時，照明與空調也會一併復活。

明亮與溫暖，對現在的槙畑來說實在是至高無上的甜蜜誘惑。

但這時，他的腦中閃過一個念頭。

是誰曾經說過的一句話。

一項很重要的警告。

他試圖讓這個念頭化作具體的語句，但累積的疲勞和對通電的渴望阻礙著他。在他著魔似地前往動力控制室的途中，這個模糊的念頭就像霧一樣散去了。

或許是上天聽見了槙畑內心希望不要再碰上更多麻煩的渴望，動力控制室並沒有上鎖。一進入室內，迎面就是龐大的配電箱，大小差不多等於一個大型的櫃子。打開箱門，裡面的電源開關多到像是鍵盤一樣，讓人心生壓力。重新振作精神後，槙畑開始一個個檢查，最後發現了標示緊急電源的開關。

就是這個。槙畑毫不猶豫地按下去。

不久後，一陣低沉的衝擊聲響起，整個樓層都開始微微震動。震動平息後，地板下傳來巨大的線圈開始運轉的聲音。

發電機動起來了——當他意識到這件事情時，走廊上也亮起了帶著藍色的淡淡燈光。不過因為他長時間待在黑暗中，所以突如其來的光明對他來說過於刺眼，無法直視。

本該讓人覺得森冷的螢光燈，現在看起來反倒像是暖爐的火焰。他讓光照亮他的全身好一陣子，接著走回實驗室，發現美里已經鑽到桌子底下了。

「伺服器打開了。」

暖氣呢？槙畑原本想問但打住了。因為他抬頭一看，發現天花板正中央的空調已經發出了很大的嗡嗡聲。由於現在才剛啟動，所以吹出來的風大約只有十幾度，不過對已經凍僵的身體來說，這個溫度已經溫暖到足以融化骨髓了。

「目前為止還算順利，問題在之後。那麼，你打算怎麼做？」

美里直盯著電腦螢幕，畫面上跳出了輸入密碼的視窗。美里對著兩手呼氣，動了動每一根手指、確認血液有確實流到手上，接著便將手放上鍵盤。

「你不是說自己不知道他的密碼，不是嗎？」

「我沒說謊，不管是公寓裡的電腦還是這裡的都不知道。也沒問過他。」

「密碼是幾位數？」

「英文加數字八個字以內。」

「喂，你認真的嗎？你知道這種東西有多少種可能的組合嗎？我還以為你心裡有個底了。」

「也不是完全沒有頭緒啦。不過這畢竟是個裝著最高機密的箱子，打開箱子的咒語應該不會是太隨便的東西。所以像自己的名字、生日、住址都可以排除。這八個英文數字必須是公司外沒人知道、連同事也不知道的極私密組合。畢竟那個人的興趣和嗜好這麼少，而且還不能超過八位數的話，那選項是非常有限的。」

也就是說，她非常熟悉桐生隆私生活方面的事情。槙畑坐在桌子邊緣，決定靜觀美里處理。

美里最先輸入的密碼是 misato。確實是很私人的事情，但結果不對。跳出錯誤視窗時，美里在那瞬間皺了一下眉頭，不過馬上又輸入下一組密碼。

heat——錯誤。

azelfalin（艾澤爾法林）——字數過多。

porling（大孔多孔菌）——錯誤。

vitamin（維他命）——錯誤。

在嘗試第六組密碼之前，美里停下了手上的動作。

「怎麼了？已經想不到可能的選項了嗎？」

「因為接下來是第六次了……」

「所以呢？」

「雖然每個系統不一樣，但有些系統會在密碼輸入錯誤第六次時鎖起來。所以如果這一次搞錯的話，可能就……」

「你有自信嗎？」

「一個是我們最初約會的地方，另一個是……我的生日。」

她的語氣充分表達出她沒有自信。

私密。

只有自己知道的祕密。

過去。

槙畑腦中的聯想開始擴大時——

突然有個名字閃過他的腦袋，他急忙重新想了一次那個名字，拼出來也沒超過八個字。

「我想到一個詞，要不要試試看？」

「什麼詞？」

「卡爾。拼法應該是k、a、r、l。」

美里瞬間露出驚訝的神情，但馬上照著槙畑拼出來的字輸入。

幾秒的靜默之後……電腦打開了。

「賓果！」

「猜對了嗎？」

「不愧是警察。不過卡爾是誰？聽起來不像是女生的名字就是了。」

「是他小時候養的那隻狗。」

美里的眉頭鎖得比剛才更深了，不過似乎馬上振作起來面對螢幕。畫面上已經出現幾乎佔了一半桌布的圖示，美里似乎在確認檔名。

「還是不行，檔名已經全部都暗號化了。總之只能一個個打開來看了。」

話才說完，美里就點開一個個檔案，並且開始瀏覽。不知道是不是因為手還沒暖起來，她的手指動起來仍有些不靈活，不過還是比槙畑打字的速度快上許多。

「日本分公司封鎖手續……這應該是總公司發出的最後一道命令。日期是關閉的前兩天。」

「上面寫了什麼？」

「很無情呢。連個感慨的詞彙都看不到，只是條列出關閉的步驟而已。保存的資料全部都要寄回總公司，銷毀MO和CD－ROM、燒毀文件、刪除硬碟上的資料、丟棄試劑、毒殺實驗動物的步驟……」

「等等……不太對勁。」

「哪裡？」

「那裡，毒殺實驗動物的部分，能不能唸一下？」

「關於實驗動物。無論實驗動物處於實驗中抑或儲存中，皆須毒殺並視為醫療廢棄物處理……就這樣。」

「果然不太對勁。視為醫療廢棄物處理，就代表把毒死的動物都丟在園區內後面的醫療廢棄物放置場吧？」

「如果就字面上的意思來看是這樣沒錯。」

「可是這間研究所連焚化爐都有了。距離封鎖還有兩天的緩衝時間，但卻不指示燒掉屍體，而是直接丟棄。」

啊。美里輕輕叫了一聲。

「烏鴉吃了體內殘留 HEAT 的實驗動物屍體，所以烏鴉變得兇暴。這個推論是建立在烏鴉的捕食行為，對任何人來說都是意外狀況的前提。但如果說這是一開始就計畫好的呢？例如史登堡總公司接獲報告，得知都內那三起事件是桐生隆的實驗產物，所以決定讓那些殘留 HEAT 的實驗動物屍體曝屍荒野，想看看會發生什麼事情的話呢？如果是這樣，那這就不是意外，而是史登堡公司的陰謀了。」

「說是陰謀也太浮誇了。」

「如果你覺得陰謀這個詞太誇張……那換成實驗的話呢？這麼一說，我想起了一件事。以前美國在越南使用橙劑之前，也曾先拿寬闊的農地來做實驗。如同他們也在新墨西哥州進行過核爆的實驗。對史登堡公司來說，以這個研究所為中心，附近的神島町一帶不過就是單純的實驗場地而已。如果他們將 **HEAT** 視為一種戰略軍武，那一切就都說得通了。比起透過人工方式將反覆濃縮的 **HEAT** 注射進每一個士兵體內再投入戰場，不如直接汙染這一帶的整個生態系，觀察效率還比較高。」

「你認為阿隆也參與了這件事嗎？」

美里彷彿像看著這一連串事件的犯人一樣注視著槙畑，隨即又重新開始打開檔案檢查。槙畑覺得她默默快速敲打鍵盤的背影，就像一個拚命尋找藉口的小孩一樣。

接著好一陣子，耳朵只聽得見空調與電腦的運轉聲。突然……。

「啊！」美里嘆了一口不知道是安心還是驚訝的氣。

「太好了！果然有。果然就在這裡！」

「發現什麼了？」

美里神氣地指著畫面，槙畑又看到了那個龜殼般的圖案。

「那是什麼東西的結構式？」

「是酵素。不過是人工酵素。」

「酵素不是我們體內原本就會自然分泌的東西嗎？」

「你說對了。所以這個酵素是影響生物體內酵素生成的分解酵素。就像讓艾澤爾法林帶有戴奧辛的性質而製造出 HEAT 一樣。不管是酸、鹼、還是七百度高溫都無法分解的 HEAT，唯一的體內分解酵素，就是這個東西了。他想要做的就是這個！」

「所以這就是解藥吧。那只要有了這個，都內三起案子的少年們也能得救了。」

「不行，這個還……」

「還怎麼樣？」

「還沒完成。在阿隆的腦袋裡可能已經完成了，但還沒進到臨床試驗階段。而且這份資料也只記錄到一半而已。」

「……這就是桐生隆前往研究所的目的嗎？」

「那些少年的報導出來後，我每次見到阿隆，他的臉色都很蒼白。他很消沉，但又一直嘟囔著必須做點什麼、必須做點什麼。我聽他說過，史登堡總公司把艾澤爾法林的樣本送來時，也告訴過他們效果是會提升動物的捕食能力，所以他對這個案子抱持著比別人更多一倍的熱忱，結果卻引發了意料之外的悲慘事件。當時，他能做的唯一一件補償，就是製造還在理論階段的酵素。我猜酵素的研究應該是 HEAT 完成之後馬上就開始了。製造生物兵器和化學兵器時，理論上也會同時開發免疫的藥劑。但因為東京都內的事件浮上檯面，所以不得不緊急中斷酵素的研究開發。阿隆無論如何都想完成酵素的開發，但是公司嚴格禁止員工將資料帶出研究所，他只剩下闖入已經關閉的研究所這條路。所以才……」

「然後就遭受到那群傢伙的攻擊啊。說來真是諷刺，到頭來居然是被體現自己理論的實驗對象給殺了。」

槙畑原本想說些什麼……但還是打住了。因為眼前的背影開始微微地起伏，低聲抽泣。美里自己大概也對這個酵素資料的存在半信半疑吧。這麼說起來，其實也不難想像在歷盡風霜後，發現足以證明戀人立意良善的東西會有多麼喜悅。

然而沒有證據。桐生隆在美里面前因自責而表現出的恐懼，也有可能是在演戲。比起解毒用的酵素，他之所以會來到研究所可能是為了拿取更多的HEAT。現在也沒有任何一項證據可以否定這項可能。

不過槙畑希望美里的推測是對的，即使這不是一名刑警該有的態度。如果不是這樣的話，被當成嫌疑犯、在寒冷的天氣被兇猛的烏鴉追擊、甚至犯險衝進研究所的美里實在太可憐了。

「……那麼，那份研究有辦法完成嗎？有沒有可能使用這裡留下來的資料，請其他研究人員生成酵素？」

「我認為有辦法。但需要時間。畢竟完成後續的研究，就等於是要揣測他腦中的想法。」

（但不是不可能吧？）

正當槙畑準備說出這句話時——

他感覺到一陣未知的衝擊襲擊了他全身上下。

那既不是疼痛也不是苦楚，是一股全身彷彿被看不見的鐵絲綑綁起來的拘束感。槙畑無法呼吸，從桌上跌了下來。在視野的角落，一臉驚恐的美里看起來好像是慢動作播放一樣。所以美里沒有這種感覺嗎？他心生疑竇，身體就這麼直接跌到地板上，可是一點也不痛。

事發突然令他無法呼吸，即使想呼吸，喉嚨的肌肉也僵硬得無法自由動作。脖子以下的部位也是，他四肢的關節簡直不像是自己的那樣，完全不聽使喚，只有思路依然清晰。他轉動眼珠，判斷現下狀況。

剛才只有自己受到衝擊，美里目前沒事。那麼距離自己身邊最近的東西是……。

（空調！原來如此，是從送風口出來的。）

緊接著，宮條說過的話在他腦中甦醒過來。

『……為了防止第三者入侵，廢棄的研究所大半也都有義務設下陷阱。當機構內的電源被暫時切斷，如果沒解除安全措施就重新通電的話，室內就會瀰漫毒氣。』

（是陷阱。）

原來先前腦袋閃過的警告是這件事情。

也就是說，這是一種神經毒氣嗎？

總之必須趕快告訴美里。槙畑扭動身子，試圖用右手抓住一旁美里的腳踝。

可是，太遲了。

當他好不容易碰到腳踝時，美里的身體已經大大傾斜。他用伸出去的手臂當作緩衝墊，接住了往他身旁倒下的美里。

槙畑用嘴型問她「沒事吧？」美里的眼睛已經快瞇上了，不過她知道槙畑的意思，輕輕點了點頭。看來她受到的影響比槙畑還輕一點。

槙畑扭動僵硬的脖子看向空調，果不其然有股霧般的氣體自送風口處噴出。霧氣似乎比空氣輕，所以滯留在天花板附近，不過霧氣層明顯地越來越厚了。

眼睛和鼻子突然感到一陣劇痛，視野也立刻因為眼淚而模糊。

必須阻止毒氣繼續釋放。不對，當務之急應該是早點逃離這間房間。

否則他自己跟美里都難逃一死……。

才起這個念頭，原本麻痺的肌肉突然接收到腦袋的訊息了。

槙畑讓美里的脖子繼續靠在他的手臂上，只靠著手肘的力量在地上爬行。眼前的門扉遠得不得了。他拚了命地伸出手轉動門把，並扭動身子擠出小小的門縫。

出了門後，他看見了不想見到的景象。

照亮走廊的電燈全都被霧氣給籠罩，並不是只有房間裡被安裝了陷阱。槙畑怨恨起自己的膚淺。即使從牆壁兩側往上看，也沒看到任何類似空調開關的東西。

只能切斷總電源開關了——槙畑做出判斷後，朝著動力控制室移動。他從沒感受過自己的身體如此沉重。在幾乎快失去意識的狀態下，他好不容易抵達了目的地。配電箱的門還開著。他倚靠著門爬了起來，伸手按下開關。

整層樓發出一種像是往下掉了一層樓的聲響，而照明也瞬間消失。槙畑突然失去支撐點，整個人緩緩倒地。

彈盡援絕。槙畑突然想起這句話。

鎮痛劑的效果似乎漸漸消失，他身上無數的撕裂傷與撞傷開始作痛。毒氣的效果竟然不是發揮在痛覺神經，只有麻痺肌肉和器官，根本只有倒楣兩個字可以形容。

落入陷阱的可悲獵物……槙畑一想到史登堡的那群傢伙想像著他們現在落入的這種處境，並暗自竊笑的樣子，便感到怒不可遏。

他就像顆漏氣的氣球一樣漸漸失去力氣。感覺連根手指頭都動不了了，呼吸也越來越不順暢。在冰涼的油氈地板上逐漸疲軟，開始令他覺得幸福得不得了，這對氣力放盡的人來說簡直是再適合不過的床鋪了。

算了吧。

已經夠了。

自己能使的力氣全都使光了，應該已經盡己所能做到最好了。即使在這裡永遠安息，也沒有人會責怪我吧。

眼淚還是停不下來，鼻腔裡頭依然痛得像插著一根五吋鋼釘。舌頭僵硬地蜷曲、上顎感覺變得像水泥牆壁一樣粗糙，連耳朵也……。

隨著心臟的跳動，規律的抽痛化為聲音傳遞到鼓膜。每一次抽痛之間還能聽見有人在低語。

不對，那不是在低語……是咳嗽。

美里不斷地用力咳嗽。

槙畑回神過來了。

我還有要保護的人。

意識到這一點時，槙畑聽見自己的內心有個人正在大吼。

少開玩笑了，你哪裡盡己所能了？

你不是還背負著使命嗎？明明打算完成使命，結果卻半途而廢，最後變成不斷苛責自己至今的元凶。你的使命、你的正義，不就是保護某個人嗎？不就是拯救陷入險境的人嗎？明明沒做到卻還想休息！

賴子、流掉的孩子、還有那一天被濁流吞噬的少年，你明明是可以救到他們的，卻全都沒能拯救。明明你也知道只有自己可以拯救他們，卻只是膽小地站在遠處觀望而已不是嗎？

因為你為了確保自身安全。

因為你應負責任的重量。

失去的事物不會再回來，事情也無法重來。

然而你可以避免自己重蹈覆轍，並且找回那天你所失去的正義。

這是你最後的機會了。

現在，重新站起來一次吧。

不，不管跌倒幾次都給我重新站起來。

有一瞬間，槙畑的肉體彷彿電流通過般整個彈了一下。

他彷彿自漫長的惡夢中甦醒一般睜開眼，確認末梢神經的感覺。他感受到全身的關節都在哀號，這反倒令他安心。如果還有痛覺，代表自己的感覺依然健在。既然感覺健在，就可以接收到腦部的命令。

動起來。

動起來。

動起來。

動起來。動起來。動啊、動啊、動啊、動啊、動啊——

接著，他不知道哪裡來的力氣，再次利用兩手肘開始匍匐前進。槙畑發出復活的怒吼，但前進速度明顯比剛才還慢了些。

美里就倒在動力控制室前面。由於現在地下室再度回到黑暗之中，所以他看不到美里的臉，不過她恐怕就像槙畑一樣，滿臉都沾著止不住的淚水。槙畑把她的手架到自己肩上後，她就像快要溺水的小孩一樣緊緊抓著槙畑不放。

槙畑豎起耳朵，聽不見排氣的聲響。看來至少毒氣暫停排放了。

但是他當然明白可不能就此安心。就算毒氣比空氣輕，也不會像雲一樣永遠滯留在天花板附近，而是會一點一點地擴散到下方的空氣之中。如果不趁著狀況演變成那樣之前逃出去，他們就沒有倖存的可能。

那麼該往哪裡逃呢？若照宮條所說，這類研究設施一定都會設有一個緊急出口，但松原並沒有提及這件事。是她本來就不知道有這件事，還是知情不報？不管是怎樣，他都沒有足夠的時間和體力去尋找緊急出口了，所以只能回到原先的地方。

（還能動嗎？）

他原本打算詢問美里，但發現自己根本無法好好出聲。不過美里似乎察覺到了他的意圖，於是開始扭動身體一點一點前進。

美里手中沒有手電筒，肯定是在毒氣釋放和電源關閉的時候弄丟的。槙畑從褲子的口袋中拿出筆燈，用嘴咬著。毒氣還停留在天花板附近，不至於遮蔽他們爬行的視野。

美里的動作漸漸遲緩，槙畑再度將她的手搭到自己肩上，拉起她的身體，變成兩人三臂而非兩人三腳的模樣，爬行速度又更慢了一些。槙畑突然感覺美里搭著肩膀的手做出了抵抗，她正在扭動上半身，試圖將手抽開。

「放手。」她奮力擠出聲音。「你先走。」

然而槙畑無視美里的抗議，繼續拖行著她。手肘磨出擦傷，已經因為出血而變得濕滑，不過槙畑連這份痛也不在乎。現在他身上不具有思考，只剩下意志。他不是靠腦，而是靠本能來對身體發號施令。

爬了一陣子後，筆燈黯淡的光終於照到了樓梯。幸運的是，樓梯上方看起來並沒有毒氣。

槙畑將右手肘靠上第一階，並使盡全身的力氣拉起兩人的身體。手臂的骨頭發出哀號，但他已經下定決心不去理會。他任由樓梯的邊角擰著他的肉，向上爬了一階又一階。

「你聽不到嗎……快放手。」

「我拒絕……來這裡的路上……已經聽你的話那麼多次了……現在開始……我想怎麼做就怎麼做。」

「你在……耍什麼帥啊……現在可不是……耍帥的時候。」

槙畑以僅存的力氣，拖行著滿目瘡痍的身體。他陷入一種錯覺，彷彿自己不只耗損了肉體，也折損了生命。這段有如自地獄深處爬上來的路程終於來到了終點，樓梯頂部已經近在眼前。

他撐起身子爬上樓梯後，也將美里的身體拉上來。美里的身體很沉重，即使讓她平躺在地還是顯得十分虛弱。接著他突然感受到一股寒氣刺穿全身。

這麼冷，人類以外的動物應該都無法動彈了……槙畑暗自祈禱，手腳並用地爬到防火門前，將耳朵貼到門上。既沒聽到動靜，也沒聽到啼叫聲。不久前還是食人烏鴉巢穴的地方，現在已經成了安全地帶。他居然將希望寄託在賠了半條命才逃出的地方，真是諷刺，前一刻在實驗室裡才發生過一模一樣的事情。槙畑屏住呼吸，靜靜打開門。

冷空氣從門縫流入，刺痛了槙畑的臉頰。即使沒有照明，雪反射的光還是微微照亮了一樓的中心地帶。他緩緩起身，仔細盯著窗戶，先前擠在圓周狀窗戶的烏鴉已經不見了。他帶著不敢相信的心情，再次巡視了周圍一圈，還是沒看到微光中出現任何類似烏鴉的身影。

（得救了。）

緊繃的神經瞬間鬆懈下來。

那群傢伙一隻不剩地回巢了。接著只要到研究所外聯絡本部，等待救援就沒事了。渡瀨肯定會對自己獨斷的行動氣得火冒三丈，但看在這幾個小時所掌握到的真相以及無數的傷痕上，他應該會原諒自己的吧。畢竟這次除了他，還有另一個證人。可以直接聲請搜索票，不必顧忌史登堡總公司了。接下來只要拿到桐生隆電腦裡的所有資料，事件早晚都會朝著解決的方向……。

想到這裡時——

他的脖子後面突然感到一陣冰涼。

那不是風。

他伸手去摸，摸到了水滴。

雪……是從哪裡落下來的？

槙畑迅速回頭一望。

他看到了。

正後方的死角處，唯一的一扇窗戶上開了個大洞，粉末般的雪花就是從那裡飄了進來。

牠們還沒走……。

先前在洞穴裡體會過的戰慄再次貫穿全身。

剛才的注意力全放在中央的聚光處，完全沒發現樓層角落的渾沌暗處飄散出的邪惡氣息。

現在的處境可怕到他都快笑出來了。

嘎！

這一聲是號令。

一群惡魔伴隨著天崩地裂的聲響從黑暗中飛竄而出。

攻擊來自全方位，根本就來不及躲。槙畑就像被真正的土石流吞沒一般，輕輕鬆鬆就被壓倒在地。

除了恐懼與絕望，心中竟然還湧起一股終於能結束的安心感。手臂和腳都不斷地被烏鴉啄擊，但他已經連抵抗的體力跟精神都沒有了。

不過接下來的衝擊還是讓他大叫了一聲。有一對烏喙攻擊了他的左眼。牠們並不是要啄擊槙畑的眼睛，而是打算讓整個身體都貫穿過眼窩。那股劇痛讓槙畑全身上下的感覺神經都發出了悲鳴，他感受到一股即將被吃掉的恐懼，而另一方面也點燃了怒火。

槙畑拉開攻擊他左眼窩的烏鴉後用力捏爆，接著又靠著上下顎捕捉到一隻試圖攻擊他嘴唇的烏鴉，直接一口咬碎。即便透過藥物強化了力量，頭蓋骨終究沒有胡桃那麼硬，槙畑一咬就把烏鴉的頭咬個粉碎。苦澀且黏稠的液體充滿口中，不知道是腦漿還是血液。

這一瞬間，他的理性徹底飛到九霄雲外。

槙畑發出一陣怒吼，腎上腺素再次開始分泌，全身的血液也隨之沸騰。

他用上所有突然湧出的力量，抓起咬著他腹部的兩隻烏鴉，用力往地上摔。兩隻殺戮者伴隨著沉重的聲音，化為一團肉塊。接下來輪到啄食他胸口的那三隻、然後是壓在他肩膀上的兩隻，槙畑有如機械一般，冷靜地擊潰一隻又一隻的烏鴉。但槙畑自己身上某些地方的皮膚也被烏鴉給扒開，也有部分被削掉了一些肉。不久後他的雙掌變得黏糊糊的，分不清上頭究竟是烏鴉的血還是自己的血。

槙畑腦中冷卻的部分終於開始意識到死亡。但他怎麼樣都無法想像自己橫屍在此的畫面。面對眼前不計其數的敵人，他只感受到自己的怒火即將爆發。

反正我橫豎都是一死，但至少也要多帶幾隻陪我上路……。

這已經不是鳥類與人類之間的戰鬥了。

不知道是不是因為掠食者的習性，烏鴉的攻擊都集中在身體較柔軟的部位，顏面、喉嚨、雙臂、還有腹部。不過槙畑已經放棄防禦那個足以稱為要害的部位了。就算扭轉身體、用手護住也是徒勞，還不如把力氣集中在驅逐大量的敵人還比較划算。

不久後，襯衫遭到撕破，烏鴉開始攻擊袒露在外的胸膛。難不成是打算刺穿皮膚、打碎肋骨後啄食心臟嗎？如果被牠們得逞就真的回天乏術了。槙畑開始處理聚集在他胸前的烏鴉，但牠們似乎明白保護得最好的地方就是要害所在，所以難纏地發動一波又一波的攻擊。不管槙畑捏死幾隻、扯下幾隻，後面還是有烏鴉立刻補上。在這陣攻擊中，槙畑因為手掌沾滿了血液，開始沒辦法抓緊敵人的身體了。

意識逐漸模糊，宛如為了倒出瓶內最後的一滴液體而把瓶子顛倒過來抖動一樣。在連接肉體與意識的那條線就要斷掉的那一瞬間——

烏鴉的攻勢突然停了下來。

插入身體的鳥喙拔了出來、壓在他身上的烏鴉也全都一起飛離。他靠著一隻眼看過去，發現樓層中央有一個點狀光源，烏鴉群把那光源當作新的攻擊對象而快速發動攻擊。

就在這個瞬間，有人從背後拉了槙畑一把。槙畑來不及抵抗，只能順著力量往後退，接著那個人就把槙畑拉進防火門內。

關上的防火門外，烏鴉群的攻擊聲依然持續了好一陣子，接著變成驟雨般斷斷續續的聲響，最後則消失不見。

「你還活著嗎？喂，你還活著嗎？」

伴隨顫抖的聲音，一隻沾著血的手掌靠上了他的臉。為了讓對方安心，他將自己的手疊上去。

「剛才那道光……是什麼？」

「你的筆燈。我發現它掉在這裡，就馬上丟了出去。你等一下，我身上還有止血劑。」

那隻柔軟的手撫著槙畑臉頰上的新傷，接著摸向額頭，再移動到眉毛處。當那隻手摸到失去眼球的眼窩後，驚恐地停下了動作。

對方的頭髮、呼吸、臉龐，都靠到了他的胸前。

「……怎麼了？」

「你的一隻眼睛，被牠們攻擊了嗎？」

「嗯……」

「看不見了嗎？」

「恐怕被啄爛了。」

「為什麼……為什麼要做到這種地步……為什麼……要為了我這種人。」

「是我說要跟你來的，你一點責任也沒有。」

「可是……」

「反正這裡也黑壓壓的，沒什麼差別。比起這個，你想想……剛才我們碰到的毒氣到底是什麼？」

啪嚓。眼前有一撮小小光源應聲亮起，美里點起了打火機。雖然不大，但是在一片黑暗之中還是非常刺眼。美里靠著這點光芒，幫槙畑注射止血劑，並開始包紮。

「光源就只剩下這個了……畢竟我也不是專業的……雖然我認為那是會滲進皮膚的速效性毒氣，但更詳細的就……」

「的確，我在碰到的瞬間馬上就坐不住了。可是……如果是這樣的話，你不覺得很奇怪嗎？我是坐在空調的正下方，毒氣是直接吹在我身上，而且先前又受了大大小小的傷，後來連鎮痛劑的效果也沒了，可是我現在還有辦法動。你也是。雖然你接觸到的量比較少，但為什麼還有辦法爬過走廊，甚至爬上這裡呢？」

「為什麼……這個嘛……」

「……儘管說我們瀕臨死亡邊緣，但竟然還能維持住好像用不完的體力，這一點也不正常。是 HEAT 吧。HEAT 進入了我們的體內，引出了身處緊急狀況之下的蠻力。」

「……你是說HEAT透過那些烏鴉進入了我們的體內？」

「畢竟我們被牠們啄了那麼多下，HEAT很有可能隨著牠們的唾液從傷口處進入。就算不是唾液，也可能是被牠們的血液感染的。搞不好因為我們體內的濃度只有一點點，所以才能夠勉強維持住理性，還很幸運地只提升了體力層面的能力。」

「你未免也太冷靜了吧！」美里的聲音裡帶著恐懼與憤怒。「就算再怎麼少量，人體都沒辦法分解HEAT，不可能一直都有辦法保持理智，想得太美了。」

「我知道，別擔心。就算只有你一個，我也一定會想辦法讓你逃出這裡的。」

「為什麼會接這種話啊！什麼叫『就算只有你一個』？從剛才開始就一直把自己當成英雄，我真的很想讓你親眼看看自己到底有多遍體鱗傷，你知道嗎？這種情況下虧你還有辦法嚷嚷著要幫助別人，還是說你是認真覺得陪葬前人的行為很帥？」

「我不是英雄，只是不想變成一個卑鄙小人而已。」

「卑鄙小人？」

「明明有能力貫徹到底，卻到處找藉口來逃避現況的人，就叫作卑鄙小人。」

「就算犧牲你來讓我一個人得救，我也完全開心不起來……」

「一個人比兩個人逃出去的機率高多了。你是重要的證人，如果你不活下來，還有誰可以將史登堡公司的計畫公諸於世？還有誰可以告訴大家存在著HEAT的分解酵素？而且我這樣……

也是為了我自己。」

「你在……講什麼啊。」

「如果我不在這裡把你救出去，我就再也沒辦法原諒我自己了。」

「你可不可以把話講清楚？」

「平安逃出這裡再說。」

美里聽到他不由分說的口吻，便閉上了嘴巴。

槙畑的肉體已經不死也剩半條命了，就算拿這個肉體當作盾牌，想要救出一個人大概也不太樂觀。

雖然不樂觀，但也不至於絕望。

因為美里在這裡。

先前已經好幾次就要倒下，但一想到身旁的美里，他還是成功重新振作了起來。即使已經快要放棄，只要身旁還有應該守護的人，就有辦法發揮出自己也無法預期的力量。

「你說中了呢。」

「什麼？」

「這是魔女於現代甦醒的故事。魔女的後裔，不信任他人的桐生隆，因為心中的怨念而下了詛咒，替人世間帶來災厄。可是過程中卻改變了心意，試圖解開詛咒，但詛咒已經脫離了施咒者的控制，開始擁有自己的意志了……人類只要沒能掙脫憎惡的詛咒，不管幾次，魔女都會再次復甦的。」

「這個童話故事是幸福美滿的結局嗎？」

「不知道。童話故事真正的結局好像都滿殘酷的。」

「那需要有什麼東西才可以迎接好結局？魔法寶劍？還是白魔法師？」

「火……」

「火？」

「雖然那群烏鴉被 HEAT 嚴重汙染，但原有的烏鴉習性還是很強，那麼牠們應該也會害怕一般野生動物畏懼的火才對。就算沒有火焰噴射器，只要有噴燈之類的東西……」

「雖然化學實驗中會用上很大的火力，但我想不到有什麼裝置是可以帶在身上的。更何況現在是瓦斯也被斷絕的狀態，即使有工具也沒辦法用……」

「說的也是。那不然，你身上還有消毒酒精嗎？如果順利的話應該可以做成火力不強的簡便燃燒彈。」

「瓶裡本來就沒剩多少酒精，剛才幫你清洗傷口時就用光了。而且那是藥用酒精，燒不太起來的。」

「既然如此，打火機還是省著點用比較好。先把火熄了吧，然後用多出來的布來做火把……」

「等一下！搞不好……有辦法也說不一定。」

不僅一個眼窩失去了眼球，全身上下也受了不少嚴重的傷。照理說這麼大量的失血和劇痛早就該讓人昏厥過去了，但痛覺停留在隱隱作痛的程度，讓槙畑還有辦法保持意識清晰，彷彿身體各處都被打了局部麻醉一樣。如果這是HEAT的效果，那真的是令人驚嘆，不得不承認這的確是為了作戰而開發出的武器。

完全感受不到冷、熱、痛，只有意識還維持著，就像是身處夢境之中。槙畑突然莫名地產生一種想法：既然是在夢裡的話，不管當超人還是當什麼應該都不成問題。不過，這可是人類可能體驗到的狀況之中最令人不快的噩夢了。如果被這場噩夢給吞沒，槙畑搞不好會毫不在意地掐住美里的脖子。必須趁自己變成那個樣子前讓美里逃出這裡，並且讓她遠離自己才行。

這也就代表槙畑打算犧牲自己。但不可思議的是，即使感覺到了自己即將面臨死亡，他卻連一點悲壯的實際感情都沒有。

「你有什麼好辦法嗎？」

「只要有夠大的火力，不用噴燈也沒關係吧？所以如果有炸彈呢？」

「這裡哪來這麼方便的東……」

「自己做啊！一樓不是有藥品倉庫嗎？我剛剛看醫療藥品都還照樣被放在那裡，那麼藥劑的庫存品應該也都完全沒動過。只要調配那些藥劑來製作炸彈就行了。」

「這裡的庫存不都是醫藥品嗎？真的有辦法將醫藥品調配成火藥嗎？再說了，你有做過嗎？」

「大學的實驗上有稍微碰過，還有一些背景知識……」

美里似乎想到什麼，但話講到一半就中斷了。

槙畑馬上就察覺到美里猶豫的理由。藥劑倉庫和調配室在大廳的另外一側。換句話說，他們必須要穿過烏鴉群盤踞的中央大廳才能抵達。而且就算冒了這個險，也不能保證就可以找到剩下的藥劑。就算真的還有剩，如果門有上鎖的話，他們在開鎖期間就會一直遭受到烏鴉的攻擊。

不過槙畑反而有意執行這項計畫。

穿過烏鴉群？求之不得。反正到頭來還是得跟牠們正面交鋒。

如果藥劑一點也不剩了呢？大不了就把美里推進藥劑倉庫，自己想辦法逃出研究所再聯絡本部。雖然他可能在電話接通之前就變成烏鴉的大餐了，但手機有GPS的功能，本部一定會馬上派人過來救援。他們在玄關發現他的屍體後應該會馬上保護美里的。

那假如美里順利地製作出炸彈的話呢？那可真的是如願以償了。多一隻是一隻，他要在自己徹底殞落之前盡可能把牠們做成燒烤烏鴉。破掉的窗戶只有一片，牠們無法全部一起撤退，而且被HEAT污染的烏鴉應該不怎麼會萌生退意。把這個樓層化為一片火海後，趁著牠們四處逃竄的期間讓美里往外逃就行了。而且，沒有任何煙火能比這片烈火更適合替這場憑弔宮條的戰鬥作結了。

「你認為那裡會有能當作炸彈材料的庫存品嗎？」

「這裡可是會製造HEAT那種東西的研究所，即使管制類毒物堆積如山也沒什麼好意外的。」

槙畑尋找著可以製作成火把的材料，但在這狹小的空間中根本什麼都找不到。

他突然想到可以用鞋子。他把沾滿血液、泥巴與雪花，傷痕累累的鞋子脫下來，用襯衫包起鞋尖的部分。不久後他就作出了兩支長約三十公分的粗陋火把。如果用了這東西，他的雙手就沒辦法做其他動作了。反正他也只剩下成為盾牌，掩護美里的一條路可走了。

「如果藥劑倉庫上鎖的話，就必須由你來開鎖了。我教你怎麼使用萬能鑰匙。」

在打火機微弱的光亮之中，美里輕輕地點了點頭。

他重新檢查酒精瓶，發現瓶底還殘留著一些消毒酒精，所以就倒在火把的前端。

點燃之後，藍白色的火焰迅速延燒開來。

雖然說是火把，但畢竟握把部分是用合成皮革做出來的替代物品，恐怕只需要五分鐘就會燃燒殆盡了。

只有五分鐘。但五分鐘已經很充裕了。

槇畑準備起身——但他感到一陣錯愕。

腰部以下又再度動彈不得了。即使 HEAT 維持住了他的體力與精神，但毒氣的效果並沒有消失。毒氣的尖牙即使受到 HEAT 的干擾，依然確確實實地侵蝕著槇畑的肉體。

HEAT，一種將人類化為野獸的毒品，確實是一項邪惡的發明。但槇畑暗自祈禱，他現在想要再次獲得那份力量，即便那是來自惡魔的贈禮。

他想起剛才發生的狀況。當生命的火焰消退時，是恐懼與憤怒喚起了那股力量。槇畑回想遭受襲擊時的恐懼、以及因為無法救孩子一命而對自己萌生的憤怒。原本會令自己頹喪的情感，此刻卻成了讓他起死回生的提神劑。

血液與鳥獸、還有消毒酒精以及打火機燃油的氣味直衝鼻腔，他開始感覺到內心深處漸漸黯淡的火焰再度熊熊燃起。

下半身的感覺恢復了。槇畑背靠著牆壁，慢慢站了起來。

「你別管我，朝著藥劑倉庫一直線前進就對了。如果顧慮我，我們兩個的生存機率都會下降的。知道嗎？」

「……知道了。」

槇畑甩開恐懼，打開了地獄的大門。

那群烏鴉十之八九在守株待兔，當防火門打開的瞬間，牠們就一擁而上。然而這股氣勢在牠們的尖爪利嘴碰到獵物之前就受挫了。因為有幾隻烏鴉身上的羽毛被火把的火焰燒焦了。雖然不至於害怕，但牠們攻擊時確實在閃避火焰。看來猜對了，牠們真的會怕火。槙畑上下左右揮動火把，分散牠們集中的攻勢。雖然防禦不到的下半身與背後還是遭到啄擊伺候，但與其被鎖定要害，這些地方被攻擊還比較撐得住。在一陣狂暴的襲擊中，他透過近乎麻痺的感覺，察覺到美里自身後衝了過來。

即使揮舞的動作很大，但火把上的火還是沒有熄滅。火焰已經燒盡襯衫，開始延燒到鞋子表面了，不過合成皮革一但燒起來的話，火勢便會旺得像在燒廢輪胎一樣。如果是天然皮革的話就不至於燒成這樣。槙畑慶幸自己只把皮鞋當消耗品，所以買的都是便宜貨。

不過火勢越大，就代表越快燒完。再這樣下去就跟他原先預料的一樣，撐不過五分鐘。這五分鐘內先燃燒殆盡的會是火把，還是他自己呢？當他在腦海中浮現身上的肉被削下、小腿骨也裸露在外的畫面時，突然感覺到有隻手拉了他的皮帶後方。

都到了這個緊要關頭了……。

槙畑帶著焦躁與安心交錯的情緒，隨著那隻拉著他的手往後退。後退幾步之後整個人往右後方轉，再次被拉進微開的門縫中，眼前糾纏不放的烏鴉也在千鈞一髮之際被趕到了門外。

槙畑的四肢實在有夠勢利的，在失去敵人的那一剎就馬上沒了力氣。他整個人有如腰部以下全都不見了那樣倒下，但是有個柔軟的身體將他接住了。

沒有任何話語，一雙纖細的手臂摟著他的脖子，臉頰貼了上來。他的臉頰濕了一片。

「拜託……我可不是什麼聖伯納犬。」

「廢話。狗才不會這麼嘴硬。」

「我不是叫你不用管我嗎……」

「你還有工作要做。你不是要把我平安救出去嗎？在你完成工作之前我是絕對不會讓你死的！」

美里的語氣雖然粗暴，但卻非常謹慎地讓槙畑的上半身靠向牆壁，彷彿是在對待易碎物品。他當初聽到藥劑倉庫，原本猜想這裡會瀰漫著一股正露丸或雙氧水的臭味，但令人意外，一點藥品的味道都沒有。

而且美里猜想得沒錯，藥劑存貨完好如初。打火機的火光在黑暗中搖曳，美里正一路往旁邊走，檢查架上的藥瓶。

「找不到……」

美里發出焦急與煩躁的聲音。接著她離開架子前，拿打火機照亮牆壁，開始尋找些什麼。

「怎麼了？」

「應該會有一個上鎖的保管櫃才對。毒物和烈性藥品的管制法規都有明文規定……找到了！」

她要找的櫃子就在腳邊，高度及腰，鑲在牆壁裡面。她蹲下來推拉櫃子的門，但櫃子上鎖了，根本不為所動。不過美里看起來不怎麼沮喪，馬上拿出開鎖槍對準鑰匙孔。可能因為剛剛千辛萬苦才打開藥劑倉庫的門，這一次她不用兩三下工夫就打開門鎖了。

保管櫃裡頭似乎真的放著她要找的烈性藥品，美里急急忙忙地快速瀏覽藥瓶上的標籤。

「環氧乙烷……氯甲烷……氰化氫……溴乙烷……苦味酸……」

槙畑聽著美里唱誦咒語一般喃喃自語，心想她如果是個刑警的話，肯定會是個不錯的拍檔……但恐怕不會是個奉公守法的拍檔就是了。他們兩個來到這裡之前究竟已經幹了多少違法的行為？隨便一想就有非法入侵住宅、毀損器物、竊盜、違反毒物管制法……但這也是情勢所迫，全都是為了保護美里和自己所刻意做出的行為。依循正規步驟的話，根本連該保護的性命都保護不了、根本連該貫徹的正義都貫徹不了……。

搞什麼啊，槙畑心想，這樣子不就跟宮條曾說過的話一樣了嗎？

難不成自己被他感化了……？

「這你可就錯了。」

不知道是在什麼時候，宮條來到了槙畑身旁笑笑地說。

「你本來就是這樣的警察。應該說當警察的人就都得這樣才行。」

「這話也太不講理了吧。」

「因為我們投身的環境就是這麼蠻橫不講理。這也是沒辦法的事。就像一個國家的國民會造就一個國家的政治一樣，一個國家的犯罪也造就了一個國家的警察。」

「這樣……真的好嗎？」

「你後悔嗎？」

「不……我沒辦法判斷。」

「說這種話的人，大多都是在等其他人來告訴自己，你的想法是對的……以案子的角度來看，解決了不是很好嗎？桐生隆的案子和嬰兒綁架的案子都能確定犯人是烏鴉了，想要立案的話，恐怕在物證蒐集上得費上一番工夫了。不過，反正你也沒打算要把所有的烏鴉都關進拘留所吧？槙畑警官可能會想舉發史登堡公司，但遺憾的是，這不只會牽涉到警察廳，還會把厚生勞動省和外務省捲進來，發展成國際問題。不管選擇哪條路，這件事情都會脫離你的掌控範圍。」

「我是很想……替你報仇就是了。」

「真是與有榮焉……不過對現在的你來說，最重要的應該是毬村美里的平安吧？」

「這……是這樣沒錯。但我在帶她過來這裡的時候，就已經對她造成危害了。」

「不。如果你沒有同行，她現在恐怕已經變成洞穴裡的烏鴉飼料了。你善盡了自己的職責。」

「還沒……結束。如果不把那群傢伙拖進來，並且讓美里逃出去的話，我的工作就不能算是結束。只是……」

「怎樣？」

「說來慚愧，我全身都無法動彈了。雖然剛才一直靠藥物的力量欺騙自己的身體，才走到了這一步，但看來現在已經到達極限了。只剩下心臟和腦袋還有辦法靠著自己的力氣運作了。」

「這兩個地方還能動就沒事。雖然腰跟腳的部分我愛莫能助，但我還是會幫你一把的。」

「槙畑警官！你聽得到我的聲音嗎？喂！起來、快起來、快點起來啊！」

槙畑微微睜開眼睛，眼前出現的是快要哭出來的美里。

「天啊，太好了！你還活著。」

「不要隨便……判我死刑啊。」

「站得起來嗎？」

「站得起來……吧。」

「炸彈總算是做出來了。」

美里將手伸往桌面，打火機的火光照著四個寬口瓶，每個瓶口都插著三根用橡皮筋綁起來的試管。

「瓶子裡面裝的是烈性藥劑，試管裡面裝的則是氧化劑和鹼，原理是打破試管，讓氧化劑和藥劑接觸後引起爆炸反應。」

「威力有多強？」

「老實說我不清楚。我從來沒做過這種東西，再加上藥劑量不夠，所以這四瓶用的藥劑都不一樣……」

「可是危險性都很高吧？」

「畢竟……這些東西都是老師嚴加禁止的組合方式。」

「那就好。」

就算威力只和鞭炮差不多大，有也總比沒有好。對於手無寸鐵的人來說，有這種東西就很謝天謝地了。問題在於他有沒有辦法讓這具瀕臨死亡的身體動起來。

這真的是最後一次了。

再給我五分鐘……。

他暗自祈求，結果竟發生了令人難以置信的事情。

即使不特別下達指令，膝蓋也能輕易地彎起，不需太用力也能挺起腰桿。他並不是自己站起來，而是像被某個人拉起來般，猛然站直了身子。就跟之前一樣，能靠自己的力量動作的就只有腦袋和心臟，但槙畑的肉體彷彿被另外的意志附身了。

美里驚訝地盯著他看。

不管是因為HEAT的藥效還是宮條的遺志都無所謂了，他知道這是有時間限制的魔法，必須趁效果還在的時候趕快結束這一切。

「如果你的體力還剩這麼多的話……我們一定可以——」

槙畑沒打算讓美里把話說完。他把手放在美里肩上，正面看著她的臉。

「你幫我開門。我會把炸彈扔出去製造空檔，你就先躲在門後面，然後必須一直緊緊跟在我身後。出了玄關大廳後我會破壞大門，你就趁那個時候趕快逃走，去請求縣警本部過來支援。這段時間我會拖住烏鴉的。」

「可是……」

「這次肯定能得救。」

話一說出口，他的心情突然不再沉重了。

從那天起始終堆積在內心的想法，如今終於說出口了。只要能拯救這名女性，他就能貫徹自己的正義，向過去未能拯救的性命贖罪。

「你一定要活著回去。好，開門吧。」

本來失去一隻眼睛、滿臉是血的臉就已經夠嚇人的了。原本打算繼續回嘴的美里現在也徹底被槙畑的氣勢壓過，把話吞了回去。

他拿起其中一瓶速成炸彈。當他原以為已經麻痺的鼻子聞到刺鼻難耐的臭味時，才終於感受到瓶內的東西有多兇殘。這股兇殘從瓶內傳到手臂上，再從手臂傳到了腦中。

美里將手放到門把上。

「我要開了。」

接著她奮力拉開門。

同時，一團黑色的物體從微亮的角落處衝了過來。但是槙畑一點也不害怕，他用盡全力將瓶子往那團物體的中心處扔去。

當黑色群體將瓶子吞噬的那一剎那——

沉悶的爆炸聲響起，烏鴉群背後應聲燃起一片橘色的火焰。

槙畑最多只看到火焰規模突破直徑一公尺的畫面，接著槙畑整個人就被爆炸產生的氣旋往後吹飛。

聲音比不上熊熊的烈火，烈火又比不上激烈的爆炸氣旋。槙畑跌坐在地，看著幾隻烏鴉化為火球撞上家具的模樣。他突然感覺到腹部上有異物，低頭一看，兩隻燒得焦黑的烏鴉屍體就黏在他身上。仔細一瞧，其中一隻的羽毛和頭都沒了。

由於這陣爆炸意外地沒有產生煙霧，所以還能隱約看見爆炸中心的模樣。剛才門口附近還因為一群烏鴉群聚而顯得一片黑壓壓的，現在已經完全看不到任何蹤影了。

威力超乎想像。

不過這肯定是勝利的機會。

美里被自己製作的炸彈威力給嚇傻了。楨畑拍了拍她的肩膀，接著拿起剩餘炸彈中的其中兩瓶。

「剩下一瓶你拿著！」

兩人奪門而出，在一陣刺鼻的酒精燃燒臭氣之中穿過走廊，就發現玄關大廳的中心處還盤據著一群敵人。可是楨畑只剩一隻眼睛，無法辨識遠近程度，拿捏不到距離。印象中這裡距離中心處應該有十幾公尺，但是他對於自己現在的體力是否能丟那麼遠並沒有把握。如果要確保成效，還是只能靠近牠們了。

當他踏出第一步時，左肩便感受到了一股衝擊。

有個鳥喙已經有一半插進了楨畑體內，握著瓶子的手也因為反射動作而開始鬆開。這時怎麼能讓瓶子掉下來！他勉強地提臂上揮，結果才剛揮過頭頂，手指就鬆開了。

瓶子掉在兩公尺前。

紅色的閃光讓楨畑睜不開眼，爆炸的巨響撼動了四周的牆壁。

隔了幾秒的空檔後，被氣旋吹走而貼在牆壁上無法動彈的楨畑甩了兩三次頭，才終於回神過來。耳朵深處還殘留著尖銳的耳鳴，而他定睛一看，模糊的白煙後頭還有一團跟剛才一樣的黑影。看樣子牠們似乎沒有因為剛才的爆炸而嚇得散開。

該不會是這樣吧？

照理說野生動物對聲音大多都比人類還敏感，會不會是因為爆炸的巨響對敏感的耳朵造成過大的負擔，導致牠們進入一種類似休克的狀態了……。

在判斷之前，身體就已經先做出了行動。這次已經沒有敵人阻撓他了。他向前方奔去，將全身的力量灌注在奮力舉起的右手臂，把瓶子往烏鴉群聚的中心丟去。槙畑的視野角落捕捉到瓶子在空中劃出一個和緩的拋物線，然後掉進目標地點的畫面，同時也將身體前傾倒下以抵抗爆炸氣旋。

雖然身體已經做好準備了……。

但他卻沒有聽見爆炸聲。

只聽見了玻璃瓶碎裂的聲音。

啞彈。藥劑之間沒有產生反應嗎？

槙畑不寒而慄。但就在這時——

轟！黑色群體之中傳出了火焰點燃的聲音，同時也冒出了藍白色的火焰。火勢宛如在地上爬行一般蔓延開來。

烏鴉群散開了。

藍色的火焰緊抓著烏鴉身上沾染到藥劑的部分不放，所有的烏鴉都發出了不知該說是怒吼還是慘叫的啼聲，一齊振翅飛了起來。現場亂舞的火焰也讓大廳更亮了一些。

這是千載難逢的好機會。槙畑提腰準備起身，然而——

膝蓋以下的部位又動不了了。

他失去平衡，雙手撐在地上。

明明再撐一下就可以結束了。

他緊咬著自己的下唇，怨嘆自己怎麼這麼沒用。

槙畑回過頭去大喊：

「快破壞大門！快！」

呆立在他背後的美里瞬間回過神來，開始奔跑。

他完全不知道美里手上最後的那瓶炸彈威力有多大，但那一瓶就是他們僅存的希望了。

美里像風一樣從蹲在地上的槙畑身旁飛馳而過。

就在這個時候，他看見一隻烈火焚身的烏鴉飛了過來。不過牠好像不是朝著他們兩人的方向衝過來，只是胡亂地尋找著出口。

美里在通往緊急樓梯的防火門附近和烏鴉擦身而過，接著——

伴隨著一聲撼動建築物全體的巨響，紅褐色的火焰從防火門的縫隙噴了出來。

防火門完全敞開，絞鍊也整個被炸飛。

槙畑的身體被熱風捲飛在半空中。在他就快撞上牆壁前，他看見辦公家具和美里也都飛了起來。

後腦杓受到一陣強烈撞擊，接著整個人被甩到地上。如果就這麼昏過去的話該有多輕鬆，可是灼燒著皮膚的熱風卻不讓他稱心如意。

他拚命睜開視野已經模糊的一隻眼睛，轉眼間周遭已經成了一片火海。不光是沙發和辦公桌，火勢甚至席捲了地板、牆壁、以及任何擺在這裡的東西上。急速攀升的空氣形成風勢，這陣風更擴大了熊熊烈火燃燒的範圍。而更旺盛的火勢又引起更強的風……。

緊急出口還在噴火，震耳的火燒聲中還摻雜著小規模的爆炸聲。從地下傳來的建材破裂聲也透過地板傳進槙畑耳中。

延燒。

美里……在哪裡？

槙畑搜尋著美里的蹤影。雖然現在大廳已經被一團業火照得通明，但火焰之中還有不少倒塌的家具，所以很難找到她到底在哪裡。但不一會兒，他就發現大廳角落倒下的書櫃之間，有一隻腳伸在外面。

腰部以下還是不聽使喚，所以槙畑只能爬著匍匐前進。原本冰冷的油氈地板，現在簡直像大熱天下的柏油路一樣火燙。

一路忍受著手掌上的灼熱，槙畑終於爬到那隻腳的前面。推開書櫃之後，美里整個人滾了出來。看到美里的模樣，槙畑不禁倒抽了一口氣。儘管直接碰上那麼劇烈的爆炸，她的四肢還是完好如初，但衣服不是燒掉就是破損，整個人幾乎呈現半裸狀態。而裸露的皮膚全都已經潰爛。槙畑抱起美里，然而她的臉上毫無生氣，眼睛連眨都不會眨。他確認脈搏狀況，雖然還在跳動，但力道十分微弱。

她右手還握著那個寬口瓶，但瓶內已經空無一物。也有可能是美里被氣旋吹飛的同時，瓶內的溶劑侵蝕了她的皮膚。唯一能確定的是，這麼一來槙畑他們已經沒有任何逃脫手段了。玄關門外有個比人還高的置物櫃擋著，對力氣已經見底的槙畑來說，想要突破那道門絕對不能少了炸彈。

應該有很多烏鴉已經被吹走或被燒死了，但還是有不少的數量在天花板附近盤旋。明明窗戶都粉碎得差不多了，牠們卻不顧身後有明確的逃生出口，還依然留在這裡，肯定是因為即使到了這種時候，牠們覬覦人肉的本能還在作祟的緣故。

即便無視烏鴉的存在，侵蝕地板的火焰也已經近在眼前。熱浪越來越大，光是風壓可能都有辦法把人掃落在地。不用幾分鐘，他們兩個不是肉體燃燒殆盡，就是被燒毀崩解的建築物給砸爛。

萬事休矣——槙畑一浮現這個念頭，他的意識就開始模糊了。漸漸靠近他身後的火焰已經舔上後腦杓上的頭髮。

槙畑抱緊美里，同時也感到一陣錯愕。
她的身體實在太柔軟，太羸弱了。
他居然無法拯救這麼柔弱的人。
對不起……槙畑輕聲說著，然後靜靜閉上了眼睛。
說時遲，那時快。
附近再度傳來玻璃的破碎聲。
器物倒塌的聲音……。
火柱竄升的聲音……。
接著是，怒吼……。
突然間，有一隻手碰觸到他的肩膀。對方將雙手穿過槙畑的腋下，把他整個人架起來，這股力量也讓槙畑逐漸模糊的意識又再次甦醒。槙畑整個人連同他緊抱著的美里一起飄了起來，看樣子是有人在抬他。
皮膚所接觸到的空氣快速失去熱度，闔上的眼睛也透過眼瞼，感覺到周圍的火光消失了。
「槙畑！」
他微微睜開眼睛，看到了渡瀨的臉。
槙畑想要開口說話——

「蠢蛋！不准說話。如果你還想幹嘛的話我就把你丟回火海。」

「就是說嘛。而且就算你不說明，我們看到這個狀況也都一目瞭然了。」

這是……七尾究一郎的聲音？

燒傷的肌膚不時感覺碰觸到了某些冰涼的東西。

雪，還有自然風……。

我得救了嗎？

「……話說回來，你還真是大鬧了一場呢。一點也不像平常的你。你該不會是被什麼叫宮條的東西附身了吧？」

槙畑轉頭，只見烈焰騰騰的研究所大樓，就像是想把天空燒焦一般。

尾聲

敲門聲響起後，病房內的人都還來不及回應，門就被打開了。

「呦，狀況怎麼樣？」

如他所料，來的人是渡瀨。他那一張板起來的臉孔還是跟平常一樣，看起來一點都不像是來探病的。

渡瀨看了一眼放在病床旁的拐杖。

「下個月就能拆掉繃帶了吧？」

「是啊，托您的福。」

「痊癒需要兩個月啊。發生了那種事情還能夠像這樣痊癒，我看得好好感謝神明囉。」

「應該感謝的對象，是HEAT才對吧？而且即使傷口痊癒了，後面還要持續檢查體內殘留的HEAT。我看我的住處有好一陣子就是這張床了。」

「少抱怨了。你該感謝自己住的警察醫院和都內那三起案子的少年不是同一間。對了，還有你之前給我的辭職信，我先幫你保留起來了。我是不知道世人怎麼想，但一課的人手從來沒有充足過，哪有那麼簡單，隨隨便便就砍人的。」

「但是我這副身體……」

「瞎了一隻眼又怎樣？外面雙眼健全的廢物刑警根本多到數也數不完。」

不……。

我所損失的，不是只有一隻眼睛而已。

還有那名信誓旦旦說要保護的女性。

美里現在依然受困於加護病房，雖然勉強還能續命，但燒傷面積占了全身三成，嚴重挫傷超過十幾處，送到醫院至今，意識也都沒有恢復過，現在還在鬼門關前徘徊。就算意識真的恢復了，當她看到自己的半張臉都被燒傷的話，她還有活下去的動力嗎？

命或許是保住了沒錯，但變得跟個廢人一樣的話，那剩餘的生命到底還有多少價值可言？曾經盯著槙畑看的那對熾熱的眼神，如今再也見不到了，曾經帶給他溫暖的肌膚，也因為夾著維生裝置而漸漸失去潤澤。槙畑想要拯救的事物，從他的指縫間滑落。要是他起碼有拿到桐生隆開發中的 HEAT 解藥、或是製造方法的話或許還能得到一絲安慰，可是資料已經跟著研究所一起化為灰燼了，而看過那些資料的美里如今也昏迷不醒，他已經一籌莫展了。

然而他卻這麼恬不知恥地苟延殘喘。不僅靠著 HEAT 的藥效脫離險境，而且據醫生表示，幸好他當時出血情況嚴重，HEAT 也跟著排出了體外，沒有在他體內累積，所以也只留下了最低限度的後遺症。他真的是被 HEAT 救了一命，一想到這裡，他就想撕裂自己的身體。

誰都沒能拯救，什麼都沒能保護。

而且自己還跌了個狗吃屎。

槙畑垂下頭來。渡瀨似乎察覺了他的心情，於是沒再開口。病房中瀰漫著一股尷尬的氣氛。

護理師出現在門外。

「槙畑先生，差不多要到復健的時間了……」

「噢，那我就先走了。」

「班長，方便的話要不要留下來陪我？如果有人陪同就可以在戶外進行復健了。」

聖誕節將近，陽光卻溫暖得像是晴朗的三月。樹上傳來鳥鳴聲，許多有人陪伴的患者都在陽光底下享受著溫和的日光。對槙畑來說，這副景象似乎不是那麼真實。

他三天前開始復健，目前還不習慣撐著枴杖走路。槙畑感受著他那因為住院生活而變得遲鈍的肉體，拖著蹣跚的腳步，走在院內規畫的路線上。而渡瀨忍住想說點什麼的心情，默默跟在槙畑的身旁。

「案子後來怎麼樣了？」

「很難立案。你應該也猜到了。雖然留在洞穴內的宮條和嬰兒屍體可以證明兇手就是烏鴉，但畢竟嫌疑犯是烏鴉，上層認為與其把這一連串的事情當成刑事案件來看，視為意外事件還比較妥當。而最關鍵的史登堡公司那邊，光有間接證據的話，檢察官也沒辦法做什麼。更何況警察廳和厚生勞動省在事發隔天就介入了，把史登堡公司相關的調查全攬了過去。畢竟外國企業的所有建築物都燒個精光了。這已經不是一名縣警可以處理的事情了。考量到規模大小，這麼做也比較恰當。」

如渡瀨所說的，一切就和當初所預想的一樣。槙畑突然覺得好笑。

接下來的發展也不難想像，即使由警察廳或是其他政府部門來進行搜查，物證不足的這一點還是不會改變。而且對方可是三番兩次遭到懷疑，至今卻從未遭到制裁的龐大企業。這一次十之八九也能躲個一乾二淨吧。一直都對歐洲點頭哈腰的外務省遲早會要求下面的人收手，這就是事情的結局。

沒有人受到制裁、沒有人需要負責。明明已經流了那麼多血，死了那麼多人。

「不過槙畑，我想你應該也很在意那件事情後來怎麼樣了。雖然是一些比較旁枝末節的部分。」

「旁枝末節……的部分？」

「其實在那天之後，發生了一件令人在意的事情。在研究所付之一炬的一個禮拜後，有名主婦在出門買東西的路上，突然被現場附近徘徊的野狗攻擊了。一旁的幾名男子好不容易才幹掉了那隻狗……而後來經過解剖後發現，那隻狗的體內含有HEAT。」

這段話令槙畑停下了腳步。

當時應該有不少烏鴉沒被燒死，從窗戶逃了出去。可是就算被HEAT感染，也不代表就擁有不死之身，當然也會因為意外、餓死，或是其他的理由而死亡。如果HEAT透過死掉的烏鴉所流出的體液，或是任何受到汙染的動物所排出的排泄物而滲入土壤和地下水的話……。

槙畑不寒而慄。事情還沒結束。如果是戴奧辛汙染的擴散方式，那麼這起事件的影響範圍肯定會持續擴大。現場附近的飲用水、農作物都有可能會受到HEAT的汙染。不，影響絕對不會侷限在現場附近。如果那群烏鴉為了尋找新的獵場而飛來都心的話……。

槙畑背脊感到一陣惡寒。

什麼都沒有結束。

這不過是揭幕式的句點罷了。

這時，他聽見了令他更加恐懼的聲音。

嘎。

他猛然抬頭一看，只見樹梢上停著一隻烏鴉。

那隻烏鴉頭頂處的毛豎起，一隻眼睛是瞎的。

那僅存的黑色眼睛則是緊盯著槙畑。

看起來就像是在嘲笑著他。

原來是這樣……。

槙畑恍然大悟。

原來你就是主謀。

他能理解敵人在想什麼。

你只有一隻眼睛，而我也只有一隻眼睛。

你想要在這種狀態下做個了斷是吧？

楨畑換了隻手撐拐杖。

烏鴉見狀，也同時大大張開了翅膀。

楨畑推開察覺到異狀的渡瀨。

烏鴉振翅飛了起來。

楨畑則舉起拐杖。

而下一個瞬間，他的眼前陷入了一片黑暗。

參考資料

別冊宝島『気持ちのいいクスリ　誰も書かなかったクスリ王国ニッポンの快楽体験・裏表完全ガイド！』JICC 出版局

【解說】以當代本土創作視野，剖析最高水準的娛樂小說

喬齊安(Heero)

（本文涉及關鍵情節描述，建議閱畢全書才行閱讀）

距離上一次撰寫中山七里小說的推薦文已有數年，在這些年筆者累積了更多的工作經驗，如已製作出超過百本的本土類型小說、並在公司積極配合文化部相關媒合會活動後，成功賣出了幾本小說ＩＰ，正在進行電視劇、電影的拍攝化作業，而與小說連動的手遊《罪惡童話：集體崩壞的公主》也已經在二〇一九年底正式推出。在政府的主導下，臺灣出版界與影視界、遊戲界益發緊密結合；文化部青年創作補助計畫也給予類型小說更多的出頭機會。在這股欣欣向榮的創作風氣，閱讀了比以往更多的本土小說後，重新檢視這部原出版於二〇一一年的中山七里處女作，再次體認到這位作家值得激賞與研究的硬實力，希望在此分析給創作者、讀者朋友。

這一部《魔女復甦》原於二〇〇七年參加寶島社「這本推理小說真厲害！」大獎，在最後決選階段敗給了得獎的拓未司《禁斷的貓熊》。兩年後中山七里再接再厲，以兩部風格截然相異的高水準傑作：《再見，德布西》、《連續殺人鬼青蛙男》同時打入決選，並以前者一舉掄元出道。往後以一年三本以上的驚人出版數字，成為暢銷知名作家，這也是大家都很熟悉的經過。《魔女復甦》雖然沒能奪獎，卻也得到評審給予「這位作家才能值得期待」的好評，四年

後改稿後由幻冬舍出版。

作為實際意義上的處女作，二〇二〇年代理進來的《魔女復甦》確實帶給讀過中山七里代表作品的臺灣讀者不少驚喜。埼玉縣警的古手川、渡瀨，都以更為青澀的模樣登場。實際上，根據設定，於後來的「青蛙男」事件中經歷劫難的古手川，在本作的研究所事件時才剛被分發到縣警搜查一課。足見中山七里打從創作初期，便奠定開展「中山宇宙」的決心，這也成為他創作的一大特徵。

大部分推理作家會著力經營單一名偵探、名警探的系列，即便有同時經營的不同系列，主角們也難有交集，如東野圭吾筆下的湯川學與加賀恭一郎。然而中山七里有意識地在同一個世界觀中設計出極具魅力與內心故事的正、反派角色，既在各自的系列中活躍，還能不時穿插到其他人的作品裡，或者推出單集限定的冒險，就像過往漫威《蜘蛛人》電影中看見鋼鐵人加持的驚喜。由於開發每一個影劇、遊戲IP都要龐大的成本，而IP最仰賴的便是粉絲經濟支持。任何業主都希望故事能夠講得越長越好、迷人的角色越多越好，因此在審查故事時最為重視「延伸性」，而這便是中山宇宙的強項。刑警、音樂家、律師、法醫、殺人鬼、詐欺師……職人奇人各司其職，在「逆轉的帝王」筆下活躍著。這種針對作品寫長、角色寫多寫得夠深刻的氣魄與耕耘，是本土創作者首要值得參考的「趨勢」。

第二點，是中山七里始終秉持的理念，也就是追求著「娛樂小說」的頂峰。從二〇一九年各大書店的暢銷榜統計分析，臺灣人閱讀的書種中小說比例更為降低，呈現一種與歐美日本

「截然不同」的取向。無論實體書出版多麼萎縮，各國本土類型小說仍占據重要的銷售板塊。臺灣的景象是在國高中生族群仍支持著部份愛情、輕小說作家；但大學以上到成年族群中的暢銷本土小說家是全面空白的，幾乎被電影、戲劇、幾位國外名家給取代。中國網路小說蓬勃發展，過往質、量兼具的九把刀、星子等本土高手以後，純文學為尊的創作圈與大眾有距離、輕小說又無法長期留住年齡增長的讀者，導致惡性循環。

然而實際上高水準的娛樂小說，其樂趣並不會遜色於影視作品，反倒是影視界渴求著這類好ＩＰ。目前的本土類型創作者的空白，差別在於還在找尋「類型融合」之道與「忠於自我、服務評審還是服務讀者？」之間擺盪。固然臺灣還有幾個進行中的小說獎比賽，但各自因為不同原因受限，影響力無法擴散。流行電影早已走入類型融合方向，筆者也曾提出「本格詭計、社會動機、冷硬角色」，集合各家之長是理想中的當代推理小說型態——《魔女復甦》便做到了這一點，甚至融入精采的恐怖小說元素，輔以緊張刺激的冒險情節，帶給筆者極大的享受。

顯見中山七里的創作中，是以服務讀者為優先，有意識地製造感官上的刺激、操作不濫情但有深度的議題。本作的本格詭計以「動物」為解答並不稀罕，可說是從愛倫坡〈莫爾格街兇殺案〉（一八四一）便立下的傳統，至今也有許多名作家使用過不同種動物。但當整體鋪陳時加入家貓、嬰兒的離奇失蹤事件，便具備更高的完成度與說服力，也為最後槙畑二人踏入禁地時提供更為恐懼的想像畫面。詭計並不需要創新，如三津田信三的刀城言耶系列短篇集，也時常見到作者用怪談將經典詭計襯托出更豐富的層次感。

而社會動機分別著重於德國製藥公司來自納粹的遺毒、及自稱「魔女後裔」桐生隆開發HEAT報復世人的起因。同樣反映社會與人性，推理小說之於科幻，最大的優勢便在能夠提供「當代」人們關注的，或者被蒙在鼓裡的議題思索。無論是史登堡公司利用戰時人體實驗提升技術而繼續賺錢的黑暗面，被評論家千街晶之點明日本的戰後醫藥其實也受惠於臭名昭彰的七三一部隊；宮條經歷的親情慘劇有其泡沫經濟黑道猖獗、毒品氾濫時代背景；而桐生也因遭遇霸凌、姑姑下毒的悲慘童年，才成長為彷彿史蒂芬・金處女作《魔女嘉莉》（一九七四）一般的扭曲存在。就像嘉莉用超能力大開殺戒，桐生也選擇用高純度毒品報復社會……這種日本人集體所製造出的「惡」之反噬，往後也成為中山小說觀的重要命題。

冷硬角色則在本作中以「警察小說」的體裁清晰上演。本作中的多位刑警形象刻劃得十分立體。除了在《青蛙男》中大顯身手，老練強硬讓高層也頭疼的渡瀨、與乳臭未乾卻自以為是的古手川這對對比強烈的搭檔。槙畑背負著害死小孩的陰影而失去自我價值觀、宮條與毒品相關犯罪者仇深似海、以及在二〇一二年發表的關聯作品《HEATUP》中擔綱主角，繼承宮條遺志繼續追查史登堡的毒品偵查官七尾，都展現出警察小說「對正義的追求」、冷硬派「寂寞地對抗殘酷的邪惡」這一類核心意志。這一種冷硬的設定是「入世」的，是男女老少都能一目了然的「動機」；固然從雷蒙・錢德勒開始也出現不少有文學地位的「出世」型作品，也有本土創作者參考。但無論主角是落魄偵探還是受雇殺手，倘若追求的目標過於虛無，也很難得到大眾的理解。而先前提及的「類型融合」之道，《魔女復甦》也是優異的示範作：一次完成推理、警察、恐怖小說的融合。要跨類型結合前，必須先對每一種類型小說的本質有著夠深的理解與研究，這也成為遲至中年才出道、已經累積足夠小說、電影創作養分的中山七里另一項優勢。槙畑與毬村遭到被HEAT污染的魔鳥追殺的場景致敬了影史上希區考克的經典作品《鳥》（一九六三），也同樣諷刺了為所欲為的人類必遭自然反撲。驚悚大師希區考克曾說：「十五分鐘的緊張，勝過十秒鐘的驚訝。」在這一段兩人拚命逃亡、閃躲，卻怎麼樣都求助無門，持續被野獸狩獵的絕望感中，整個氛圍的鋪陳著實提供了讀者直冒冷汗的高度刺激感（娛樂性）。作者也證明，就算概念是新瓶裝舊酒，類型小說要讓現代讀者入迷，並不是一件難事。

最後一點，在於本土作品中日益罕見的「幻想性」。臺灣作者與讀者普遍關心政治、社會議題，也影響本土創作走向「過度偏向虛構或寫實」的兩極。像東野圭吾一般走寫實路線並無問題，但如果大家風格差不多、差異化降低，作品也會普遍變得無趣、喪失小說美感。日本本格推理小說至今仍保存著江戶川亂步、島田莊司的幻想性美感。天馬行空的不可能謎團、色彩繽紛又含禁忌性的獵奇犯罪……就算走寫實路線的西村京太郎、今野敏作品，也都嘗試過與在地傳說的結合，以塑造謎團的趣味。

關心議題與幻想性想像力其實並不衝突，《魔女復甦》便採用了簡潔易懂的象徵手法，從書名到主題都切合「魔女」的主旨：被同儕「狩獵」的桐生隆走火入魔，調配出恐怖的祕藥，還讓烏鴉因此轉化為「魔女的僕人」，最後也被大卸八塊地死去——由於烏鴉本為日本人常見的生物，在故事中的作用並不突兀，反倒給予「破壞屍體的原因」、「消失的凶器」等謎題再合理不過的解釋。適度的想像力是類型小說、電影不可或缺的關鍵因子，故事不應該只為作者想探討的議題服務、只描述職人的生活，社會派的衰敗便來自於此。當娛樂性掛帥的本質做好，即便是曾被評為內容大膽爭議、過於獵奇而絕不可能影視化的《連續殺人鬼青蛙男》，也在今年得到正式改編播出的肯定。

包含本作在內的中山七里早期作品，通常呈現出生涯蓄積多年的創作能量所迸發的高水準，而即便是成為線上暢銷作家，他也並未出現刻意討好、逢迎讀者的取巧，仍然致力於在作品中傳達自己的觀點。現在臺灣創作在政府扶植之餘，最需要做到的仍是說服讀者買單，才能長久經營。作為目前翻譯來台的最高水準娛樂小說作家之一，「大器晚成」的中山七里作品內涵值得我們投予更多的研究精神。

作者簡介／喬齊安（Heero）

出版業編輯兼百萬部落客。已出版五本足球書籍專刊，編輯製作多本本土文學創作獲獎，並售出IP版權進行影劇化改編中。為多部小說／實用書籍撰寫推薦與導讀相關文章，尤以推理類型為最。長年經營「新聞人Heero的推理、小說、運動、影劇評論部落格」。

好書推薦

《玻璃的殺意》

秋吉理香子

洪于琇 譯

320頁　14.8x21cm

單色印刷　定價320元

如果「20分鐘」就是記憶極限

陷入殺人懸案的你，究竟還能相信誰？

在恢復意識之後，柏原麻由子意外得知自己成了一起殺人案的嫌疑人。這位死者，就是在20年前奪去麻由子雙親性命的兇手。而且向警方通報的，竟然還是她自己！？但是麻由子卻完全沒有相關的記憶……

作為過去的受害者與現在的嫌疑人，面對警檢、醫療人員、忠貞的丈夫、親切的友人等圍繞在自己身邊的人士，麻由子對這些人的信賴卻一直無法凌駕於不安之上。但是除了自身不可靠的記憶之外，她究竟還能夠相信誰？

不斷重置翻轉的記憶螺旋，交織出讓人潸然淚下的動容情節，在錯綜複雜的懸疑事件帶來的閱讀感受之外，也重新觸動了你我對家族情感的再次省思。

《蜜柑》

芥川龍之介＋げみ

黃詩婷 譯

60頁　16.4×18.2cm

彩色印刷　定價400元

“不過，在那同時，我當然也無法不去注意到，那個小姑娘是以多麼卑俗又現實的人類姿態，就坐在自己的面前。在此隧道中的火車、這個鄉下小姑娘、以及這份被平凡新聞填滿的晚報這些東西若不是象徵，又會是什麼呢？難道不正是象徵著不可理喻、低劣又無聊的人生嗎。我覺得一切都太過無趣，把看到一半的晚報拋向一邊，又將頭靠回了窗框，彷彿死亡般閉上雙眼，迷迷糊糊地打起盹來。”

不論是外頭的天氣還是報紙上的議題，都讓男子感到無以名狀的疲憊與倦怠感。當然，還要再加上這個外表邋遢惹還誤入二等車廂、從頭到腳惹自己不快的鄉下小女孩。在這充滿厭煩事物的世道，讓人不悅的狀況總是接踵而來。就在男子彷彿放棄掙扎、闔上雙眼暫時逃避這無趣又無奈的人生時，那個有著皺巴巴臉龐的土氣小女孩，竟然做出了不可思議的舉動。對此再度感到厭惡的男子，卻也同時在不快中夾雜著些微好奇，冷眼旁觀著這一幕。但男子卻沒想到，在這之後發生的情景，將在他那百無聊賴生命中的剎那，帶來瞬間的意外與洗滌⋯⋯。

■專文解說：無力改變，世界卻有了顏色／洪敍銘

《葉櫻與魔笛》

太宰治＋紗久楽さわ

吳季倫 譯

60頁
彩色印刷
16.4×18.2cm
定價400元

“我將臉頰緊貼著妹妹削瘦的臉頰，淚流不止，輕輕摟住妹妹。就在這時候，啊，聽見了！ 儘管隱隱約約，但確實是《軍艦進行曲》的口哨聲。”

妹妹的狀況早就藥石罔效了。醫生也斬釘截鐵告知家父，至多只能再活一百天，沒有任何治療方法了。一個月過去了，兩個月過去了，我們只能眼睜睜看著那第一百天步步逼近。不知情的妹妹格外活潑，雖然整天躺在床上養病，依然開心地唱唱歌、說說笑，有時還向我撒撒嬌。每每想到再過三、四十天她將必死無疑，總令我悲從中來。三月、四月、五月，天天都過著同樣的日子。然而，五月中旬的那一天，我永生難忘。替妹妹收拾衣櫃的時候，從抽屜最裡面意外翻出了用綠色緞帶捆紮的一疊信。心裡明白不該這麼做，我還是忍不住解開緞帶，讀了那些信。家父和我做夢也想不到，妹妹居然是和一位署名ＭＴ的男士如此頻繁通信，但她卻宣稱對此人一無所知……。

■專文解說：在這世界上，總有一個人正看著你／陳栢青

《與押繪一同旅行的男子》

江戸川乱步＋しきみ

既晴 譯

84頁 彩色印刷

16.4×18.2cm 定價400元

“老人弓著背、臉孔忽然逼近我，細長的手指有如打著暗號，在膝上令人不快地扭動著，並以低聲呢喃說：「他們，是活的吧。」其後，他以一種即將揭露重大事件的態度，背弓得更彎，目光炯炯、雙眼圓睜，彷彿要在我的臉上挖洞般凝視我，對我悄聲細語。「您是否有興趣聽聽他們的真實故事？」”

觀賞過海市蜃樓後搭上了歸途的火車。除了我之外，那名坐在角落的老人，就是這車廂內唯一的乘客了。火車在昏暗夜色中奔馳，但車廂內的時間卻彷彿停滯凍結一般，宛如形成了另一個空間。這時，那名奇特的同乘者，與他所攜帶的那件同樣散發出神祕氛圍的黑緞風呂敷，向我伸出攝人心魄的魔力。老人迎視著我，以下巴指著身旁的那個以黑緞風呂敷包起的扁平行李，單刀直入地說：「是這個吧？」原來我的疑慮與恐懼已壓抑不住內心湧升的好奇，在不可思議的情緒促使之下，來到這個瀰漫妖異感的老人面前⋯⋯。

■專文解說：隱身於海市蜃樓的巨人／既晴

TITLE

魔女復甦

STAFF

出版　瑞昇文化事業股份有限公司
作者　中山七里
譯者　沈俊傑

總編輯　郭湘齡
責任編輯　徐承義
文字編輯　蕭妤秦
美術編輯　許菩真
封面設計　林智凱
排版　許菩真
製版　明宏彩色照相製版有限公司
印刷　桂林彩色印刷股份有限公司
　　　紘億彩色印刷有限公司
法律顧問　立勤國際法律事務所　黃沛聲律師

戶名　瑞昇文化事業股份有限公司
劃撥帳號　19598343
地址　新北市中和區景平路464巷2弄1-4號
電話　(02)2945-3191
傳真　(02)2945-3190
網址　www.rising-books.com.tw
Mail　deepblue@rising-books.com.tw

初版日期　2020年2月
定價　350元

國家圖書館出版品預行編目資料

魔女復甦 / 中山七里作 ; 沈俊傑譯. --
初版. -- 新北市 : 瑞昇文化, 2020.02
368面 ; 14.8 x 21公分
譯自 : 魔女は甦る
ISBN 978-986-401-400-2(平裝)

861.57　109000779

讀小說
Reading Novel